KB058896

"선배의 소설에 나오는
하루카는……
저, 저……인가요?"

스즈네에게 내가 관능 소설을
쓰고 있다는 사실을 들키고 말았다.

미나즈키
스즈네
SUZUNE
MINAZUKI

"선배. 입 아~앙."

혀 위에는 그녀의 타액으로 범벅이 된
붉은 알사탕이 올라가 있었다.

"선배…… 저,
　선배에게 도움이 되고 싶어요.
　이래도 역시 저는
　선배에게 도움이 될 수 없을까요……?"

스즈네는 그렇게 말하며 치마를 5cm쯤 집어 올렸다.

"자, 잠깐,

거긴 들어가면 안 돼…….

그녀는 치마 속까지 들어가려고 하는
발칙한 돼지에게 곤혹스러워하면서.
영 싫지만은 않은 기색이었다.

친구의 여동생이 관능 소설의 모델이

[일러스트] 오료

아키라 아카츠키

SHINYU no IMOUTO ga

KANNO-SHOSETSU

no MODEL ni

natte kureru rashii

커버 그림, 본문 일러스트 | **오료**

SHINYU no IMOUTO ga
KANNO-SHOSETSU
no MODEL ni
natte kureru rashii

CONTENTS

[illustration] 오료

[design] AFTERGLOW

"정말로 민폐라니까. 확실히 맛은 최고였지만, 이걸로 사흘 연속이라고. 매일, 단것만 먹는 내 처지도 되어보라고."

하아…… 또 시작됐어…….

어느 봄날 아침. 학교로 이어지는 벚꽃 가로수를 거들떠보지 않고, 나 카나에 류타로와 친구 미나즈키 쇼타는 평소처럼 걷고 있었다.

"스즈네 녀석, 진짜 날 당뇨병에 걸리게 할 속셈이 아닐까……."

여동생에 대한 푸념……을 가장한 쇼타의 여동생 자랑을 듣는 것도 평소와 같다.

아무래도 어제는 쇼타의 여동생, 스즈네가 쿠키를 만들어준 모양이었다.

사실은 귀여운 여동생이 자기를 위해서 쿠키를 만들어준 게 기뻐서 어쩔 줄 모르는 거겠지.

하지만 입으로는 짜증 난다는 둥 민폐라는 둥 떠들어대도 표정은 거짓말을 하지 않는다. 쇼타의 얼굴은 아까 전부터 시종일관 히죽거리기만 한다.

"좋잖아. 나였더라면 스즈네가 만든 쿠키를 매일, 아니, 매끼를 먹어도 안 질릴 거라고."

이제는 대꾸하는 것도 성가시다.

들뜬 쇼타에게 적당히 말을 맞춰주자, 쇼타는 기쁜 표정을 지었지만, 곧바로 일부러 그러는 양 한숨을 쉬었다.

그리고 못 말리겠다는 양 양손을 들었다.

"너는 정말로 아무것도 모르네. 확실히 얼굴은 예쁠지도 모르지만, 결국은 여동생이라고. 그 애가 이제 슬슬 오빠를 졸업하지 않으면 앞날이 불안해."

나는 여동생을 졸업 못 하는 네 앞날이 더 불안해…….

마음속으로 태클을 넣고 나서 "진정해"라고 적당히 달래두었다.

대화를 보면 알겠지만, 미나즈키 쇼타는 중증 시스콘이다. 아니, 딱 잘라 말해서 병 수준이다.

이 남자는 여동생이 너무 좋아서 어쩔 줄을 모른다. 덕분에 여동생 자랑을 듣는 것이 자연스럽게 나의 아침 일과가 되었다.

솔직히 말하자면 아무리 친구라고 해도 매일 이런 얘기를 듣는 것은 지극히 민폐이다.

이런 점만 빼면 좋은 녀석이라 함께 있으면 즐거운데, 그래서 더욱 유감스럽다.

뭐, 이렇게까지 친구를 시스콘이라고 해놓고 이런 말을 하기는 뭣하지만, 쇼타가 여동생을 자랑하고 싶어 하는 마음을 모르는 건 아니다.

미나즈키 스즈네, 그것이 쇼타의 여동생 이름이다.

그녀는 같은 고등학교의 1학년 후배인데, 이 고등학교에서는 상당한 유명인이다. 같은 고등학교에 다니는 남학생 중에서 그녀의 이름을 모르는 녀석은 없다고 해도 과언이 아니다.

그 이유는 그녀의 용모에 있다. 한마디로 말하자면 귀엽다.

그녀가 이 고등학교에 입학한 순간, 그전까지 학교의 아이돌로 군림했던 여학생들이 모두 그저 살짝 귀여운 여고생으로 격하되었을 만큼 귀엽다.

심지어 태도도 귀족 영애인가 싶을 만큼 고상해서, 많은 남학생에게 지지를 받고 있다.

나에게도 그런 여동생이 있었다면, 이 녀석처럼 누군가에게 자랑하고 다녔을지도 모른다.

그렇다고 해도 쇼타는 정도가 지나치지만.

"오빠."

등 뒤에서 누군가의 목소리가 들렸다.

그 목소리에 나와 쇼타가 동시에 뒤를 돌아보았다.

호랑이도 제 말 하면 온다더니. 학교의 절대적 아이돌, 미나즈키 스즈네였다.

그녀는 매끄러운 흑발과 치마를 나부끼면서 이쪽으로 걸어왔다.

이 화창한 하늘보다 눈부신 그 미소에 넋이 나가 있노라니, 어느샌가 그녀는 우리 앞에 서 있었다.

쇼타와 알고 지낸 지 5년이 넘었으니, 필연적으로 그녀와도 5년을 넘게 알고 지냈다. 그러나 이렇게 가까이서 볼 때마다, 여전히 나도 모르게 가슴이 철렁하고 만다.

"선배, 안녕하세요."

스즈네는 내 얼굴을 보고서 정중하게 고개를 숙였다. 낯익은 상대에게도 무척 정중한 태도에서 그녀의 숙녀다운 면모를 느낄 수 있었다.

동그랗고 커다란 눈동자와 오뚝한 콧날, 앳된 인상을 주는 작은 입이 절묘한 균형으로 배치되어 있었다.

그녀가 몸에 걸친 학교 지정 교복은 다리미질이 잘 되어 있었는데, 내 블레이저와는 다르게 먼지 하나 보이지 않았다.

그녀를 바라보고 있으면 자신이 얼마나 볼품없는지를 뼈저리게 깨닫게 된다.

"어, 스즈네. 안녕."

내가 인사를 받아주자, 스즈네는 다음으로 오빠인 쇼타를 올려다보았다.

"오빠, 도시락을 놓고 갔어. 모처럼 만들었는데 깜빡하다니, 너무해."

스즈네가 뾰로통한 얼굴로 항의했다.

귀여워.

그녀를 넋 놓고 보고 있는 사이, 그녀가 가방에서 도시락통을 꺼내 내밀었다.

우리 고등학교 남학생이라면 대부분 간절히 원할, 그녀의 수제 도시락.

그걸 본 쇼타 녀석이 살짝 히죽거렸다.

징그러워.

내 눈을 의식했는지, 쇼타는 금세 무뚝뚝한 표정으로 돌아오더니, 당연하다는 듯이 도시락을 받아 자기 가방에 집어넣었다.

그리고 시치미 떼는 얼굴로 다시 걷기 시작했다.

쇼타의 태도에, 나는 살짝 스즈네가 불쌍하게 느껴졌다.

하지만 스즈네는 오빠의 태도에 불만을 말할 기색도 없이, 앞을 걷는 오빠의 조금 뒤를 따라가듯이 걷기 시작했다.

조금 걷던 참에 문득 쇼타는 발걸음을 멈췄다.

"아아, 그렇지. 깜빡 잊었어."

갑자기 그런 소리를 하길래 무슨 일인가 하고 쇼타를 쳐다보자, 그는 스즈네를 내려다보았다.

"스즈네, 오늘 방과 후에 한가해? 실은 어머니가 돌아오는 길에 옆 마을 펫숍에서 멜의 먹이를 사 오라고 하셨는데, 늘 사던 게 뭔지 모르겠거든? 미안하지만 같이 갔으면 좋겠는데."

"어? 그게, 그……."

모호하게 대답하는 스즈네. 쇼타는 다소 고압적으로 "뭐 할 말이 있으면 똑바로 말해"라고 말하며 그런 그녀를 노려보았다.

"오늘은 미유키랑 같이 과자를 만들기로 약속했어. 미유키는 나보다 과자를 잘 만드니까, 이것저것 배울까 하고……."

살짝 떨리는 목소리로 대답하는 스즈네.

뭐라고 해야 하나, 옛 가부장 집안의 부부를 보는 것 같아서 그다지 기분이 좋지 않았다.

스즈네의 대답에 쇼타는 잠시 눈살을 찌푸렸지만, 결국은 수긍했는지 "뭐, 그렇다면 어쩔 수 없네"라고 대답했다.

스즈네는 나에게 시선을 보내더니 살짝 미소 지었다.

"선배, 오늘은 실례할게요."

그녀가 나에게 그런 말을 하는 이유는 단순명쾌하다.

그녀가 오늘 과자 만들기를 배우러 간다고 했던 미유키란 애는, 내 여동생인 카나에 미유키이기 때문이다.

미유키는 스즈네와 동갑인 고등학교 1학년인데, 우리와는 다른 학교에 다닌다.

그래도 스즈네하고는 지금도 자주 노는 모양이라서, 그녀가 우리 집에 찾아오는 것은 드문 일이 아니었다.

그녀가 집에 올 때마다 미유키의 지시로 나는 내 방에 틀어박혀 있는 신세가 되지만……

"이걸 어쩐다. 뭘 사야 할지 모르는데……"

스즈네에게 청을 거절당한 쇼타는 살짝 곤란한 듯이 머리를 긁적였다.

아무래도 집에서 키우는 햄스터에게 늘 주던 먹이가 뭔지 모르나 보다.

스즈네는 그런 오빠에게 서슴없이 "그거라면" 하고 스마트폰을 꺼내 들었다.

"요전번, 내가 부탁받았을 때 찍은 포장지 사진이 있어."

그녀는 오빠에게 사진을 보여주려고 스마트폰 잠금을 풀었다.

나는 그 모습을 생각 없이 우두커니 바라보고 있었는데, 스즈네가 스마트폰의 잠금을 푼 순간, 갑자기 눈을 크게 부릅뜨더니 뺨이 순식간에 붉게 물들었다.

"꺄악?!"

스즈네는 놀라서 어깨를 움찔거렸고, 그 바람에 그녀의 손에서 스마트폰이 스르륵 떨어졌다.

스마트폰은 그녀의 로퍼 끝에 한 번 충돌하고 나서 내 발 근처로 굴러왔다.

다행스럽게 뒷면으로 떨어졌는지 화면에 금은 가지 않은 모양이었다.

나는 쭈그려 앉아 그녀의 스마트폰을 주우려고 했다. 스마트폰 화면에는 무언가 창이 켜져 있었는데, 습관적으로 나도 모르게 화면을 보고 말았다.

"헉?!"

그 화면을 본 순간, 나는 온몸이 얼어붙는 것 같은 느낌이 들었다.

이, 이건…… 말도 안 돼…….

남의 스마트폰을 뚫어지게 바라보는 것이 얼마나 실례인지는 나도 잘 알고 있다.

하지만 화면의 내용이 너무나도 스즈네의 이미지와는 동떨어져 있었다. 나는 줍는 것도 잊고서 멍하니 화면을 응시하고 말았다.

"죄, 죄송해요!!"

스즈네는 재빠르게 쭈그려 앉더니, 낚아채듯이 지면에 떨어졌던 스마트폰을 주워 들었다. 그리고 숨기듯이 재빠르게 자신의 주머니에 넣었다.

평소의 숙녀 같은 스즈네에게서는 상상도 하지 못할 만큼 당황한 모습에, 나도 모르게 어안이 벙벙해졌다.

멍하니 스즈네를 바라보자, 스즈네는 나에게서 시선을 피한 채 얼굴을 더욱 새빨갛게 물들였다.

쇼타를 방치한 채로 그녀와 잠시 거북한 분위기를 공유하고 있노라니, 그녀는 갑자기 살짝 어색한 웃음을 띠며 "저, 저는 오늘 당번이라서 먼저 실례할게요"라며 나에게 고개를 숙이며 허둥지둥 학교 쪽으로 잰걸음으로 가버렸다.

마치 나한테서 도망치듯이…….

"뭐야, 왜 저래……?"

사정을 전혀 모르는 쇼타는 그녀의 뒷모습을 멍하니 바라볼 뿐이었다.

하지만 나는 그녀가 얼굴이 새빨개져서 도망치듯이 떠나간 이유를 알고 있다.

그녀의 스마트폰 화면에는…… 관능 소설의 연재 페이지가 열려 있었기 때문이다.

말도 안 돼…….

왜 스즈네의 스마트폰에 그런 게?!

스즈네만큼은 아니지만, 나도 내심 패닉에 빠졌다.

하지만 틀림없다. 그건 관능 소설을 투고할 수 있는 사이트였다.

도무지 스즈네가 열람한다고는 생각할 수 없는 야한 사이트…….

스마트폰이 떨어졌을 때, 우연히 열린 걸까?

아니, 그건 말도 안 되잖아.

내가 그 화면을 본 순간, 그녀는 명백히 당황한 반응이었다. 당사자도 무슨 화면인지 알고 있었다는 의미다.

확실히 나는 그녀의 스마트폰에 그런 사이트가 뜬 사실에 놀랐다.

하지만 내가 놀란 이유는 그뿐만이 아니다.

만약 내가 잘못 보지 않았다면, 그녀의 스마트폰에는 『친구의 여동생을 NTR』이라는 글자가 표시되어 있었다.

틀림없다.

그 관능 소설은 내가 쓴 것이다.

자택으로 돌아온 나는 거실 소파에서 머리를 감싸 쥐고 있었다.

　스즈네가 내 관능 소설을 읽는다니, 말도 안 된다.

　왜냐하면 관능 소설이라고. 그것도 근친상간 남매의 여동생을 오빠 친구가 빼앗는다는, 상당히 과격한 관능 소설을 그 스즈네가 읽고 있었다니. 평범하게 생각해서 말도 안 되잖아.

　적어도 내가 아는 스즈네는 그런 소설을 즐겨 읽을 만한 여자애가 아니다.

　스즈네는 우리 학교 제일의 숙녀이고, 옆을 지나치기만 해도 달콤한 향기가 감도는 것 같은 아름다움과 청결함의 극치에 있는 여자애다.

　그런 여자애가 뭐가 아쉬워서 이런 시원치 않은 동정이 쓴 더러운 소설을 읽겠는가.

　오히려 그녀에게 내 소설은 제목을 듣기만 해도 귀를 막고 싶어질 만한 저속한 문물이겠지.

　그렇게 생각하자, 오늘 아침에 있었던 일은 내가 무언가 착각한 게 아닐까 하는 생각이 들기 시작했다.

　그렇다. 역시 그런 일은 말도 안 된다.

　그렇게 자신을 타이르고 있노라니 갑자기 거실문이 열렸다.

　집에 아무도 없다고 믿었던 나는 나도 모르게 흠칫하여, 들고 있던 스마트폰을 바닥에 떨어뜨리고 말았다.

문 쪽을 보자 쇼핑 봉지를 든 미유키가 들어오는 참이었다. 그리고 떨어진 스마트폰에는 내 관능 소설 편집 페이지가 활짝 떠 있다.

위험……!

나는 황급히 스마트폰을 주워 들어서 주머니에 숨겼다.

"어, 어어, 여동생아. 돌아와 있었던 거냐?"

너무 어색하고 부자연스러운 태도에 미유키는 이상하다는 듯이 고개를 갸웃했다.

그러고는 이내 물끄러미 의심의 눈초리로 나를 바라보았다.

"오빠가 뭔가 수상한 표정을 짓고 있어……."

"수상한 표정? 글쎄, 무슨 말인지 모르겠는데."

"아니야, 분명히 야한 눈이었어."

"이거 참, 부모님께 받은 소중한 눈을 야한 눈이라고 하다니, 뜻밖인데."

"나는 부모님께 받은 소중한 눈을 야한 눈으로 만든 오빠에게 화내는 거야."

"유감이네, 이 야한 눈은 아버지에게서 물려받은 거라서."

"으으…… 반론 못 하겠어……."

이겼다.

하지만 뭘까……. 내가 이겼는데도 살짝 가슴이 아프다…….

아무래도 미유키는 내가 스마트폰으로 슬쩍 성인 사이트를 보았다고 의심하나 보다.

그건 완전한 오해이다.

나는 성인 사이트 열람자가 아니다.

성인 콘텐츠 제작자다!!

하지만 그런 변명을 하면 여동생에게서 더 심한 경멸의 눈빛을 받을 테니 입을 다물기로 했다.

미유키는 나를 쓰레기 보듯 노려봤지만, 이윽고 "하아……" 하는 한숨과 함께 쉬더니 거실로 들어왔다.

"그 야한 눈으로 스즈네를 보면 화낼 거야."

스즈네? 아, 그러고 보니…….

오늘 스즈네가 미유키에게서 쿠키 만들기를 배우기 위해서 우리 집에 찾아온다고 했었다.

아니나 다를까, 미유키의 뒤를 이어서 또 한 명의 소녀가 거실로 들어왔다. 스즈네였다.

스즈네는 미유키와 마찬가지로 쇼핑 봉투를 손에 들고 있었다.

그녀는 내 얼굴을 보자마자 살짝 미소 지었다.

귀여워…….

한순간이라고는 해도, 내가 학교의 아이돌 미나즈키 스즈네의 미소를 독차지하고 있다는 사실에 절로 웃음이 새어 나왔다.

"오빠!!"

하지만 그런 내 마음을 꿰뚫어 보듯이 미유키가 날카로운 시선으로 견제했다.

"선배, 오늘은 실례할게요."

여전히 미소 지으며 그렇게 말하는 스즈네를 향해, 나는 "어, 그래, 뭐 네 집이라고 생각하고 써도 돼"라고, 일가의 주인 같은 대답을 내놓았다.

역시 오늘 아침 일은 무언가의 착각이었다.

이런 천사 같은 미소를 띠는 그녀가 내 관능 소설을 읽고 있다니, 말도 안 된다.

역시 내 착각이었다.

그럴 게 틀림없다.

오히려 제발 그러기를.

그러자 그때 미유키가 갑자기 내 앞까지 다가왔다.

"자자, 이제부터 이 거실은 남자 출입 금지야. 오빠는 방으로 돌아가, 돌아가."

이 상황에서는 얌전히 물러가는 편이 좋을 것 같다. 나는 소파에서 일어나 거실을 나가기 위해서 스즈네의 앞을 가로지르려 했다.

"선배 몫의 쿠키도 열심히 만들게요."

그때 스즈네가 나를 올려다보며 그렇게 말했다.

"내 몫……?"

"선배는 단것을 별로 안 좋아하시나요?"

"아니, 그런 게 아니라…… 나도 먹어도 돼?"

"네, 괜찮으시다면요. 선배도 맛을 봐줬으면 좋겠어요."

"고마워. 그럼 기대하고 있을게."

그렇게 대답하자 살짝 불안한 표정을 짓던 스즈네는 다시 웃는

얼굴을 되찾고서 "네" 하고 작게 고개를 끄덕였다.

방에 돌아온 나는 어제 미리 다 썼던 관능 소설의 최신화를 퇴고 작업에 들어갔다.

한 시간 정도 걸려서 세세한 대사 변경이나 오탈자의 수정을 마치고는 그대로 투고 버튼을 눌렀다.

끝났다…….

액정과 눈싸움해서 눈이 완전히 피로해진 나는 그대로 책상에 기대고 눈을 감았다.

그 후로 멍하니 5분쯤 쉬고 있노라니, 갑자기 스마트폰에서 띠리링리링 ♪ 하고 알림음이 울렸다.

천천히 눈을 뜨고서 스마트폰에 눈길을 떨어뜨리자, 『당신의 소설에 감상이 올라왔습니다』라는 알림이 와있었다. 나는 황급히 스마트폰을 손으로 잡고서 알림을 눌렀다.

글을 막 올린 참인데, 감상이 올라오는 게 너무 빠른데?

그렇게 놀라면서 감상을 읽어 나갔다.

『코노논 님께. 최신화, 잘 읽었습니다. 이번에도 무척 재미있고 자극적이었습니다. 저 자신이 하루카가 된 것 같은 기분이 들어서, 부끄럽지만 아주 조금 흥분했습니다. 다음 이야기도 기대할게요.』

다행히도 호의적인 댓글이었다. 나는 가슴을 쓸어내렸다.

역시 자기 작품을 칭찬받는 것만큼 기쁜 일은 없다. 이 기쁨이

가시기 전에 답신을 적고자 댓글 입력란으로 화면을 스크롤 했다.

그러자 감상문에 문장이 더 이어지고 있었다.

『추신. 실은 오늘, 선생님의 작품을 읽고 있다는 사실을 오빠의 친구에게 들킨 것 같습니다. 선생님의 작품은 무척 좋아하지만, 남자에게 제가 야한 여자라고 여겨지는 것은 역시 조금 부끄럽습니다…….』

그 한 문장을 읽은 순간, 내 얼굴에서 핏기가 가시는 것을 느꼈다.

이 감상에 짚이는 곳이 너무 많은데…….

감상을 적어준 사람은 매화, 열심히 내 작품에 감상을 적어주는 단골 독자님이다.

그 사람이 여자였다는 사실조차 나는 지금에야 알았지만, 지금 그런 것은 아무래도 좋다.

문제는 그녀가 관능 소설을 읽고 있다는 사실을 오빠 친구에게 들켰다는 서술이다.

오늘 아침, 나는 스즈네의 스마트폰 화면에 관능 소설이 있는 것을 우연히 보고 말았다. 그리고 스즈네는 친구의 여동생이다.

이걸 우연이라고 해도 좋을까?

아니, 인터넷은 전 세계로 이어져 있다. 넓은 세계 안에서 이 정도 우연의 일치는 있을지도 모른다.

하지만 이 정도까지의 우연이 그렇게 흔한 일일까……?

안 되겠어…… 가슴의 술렁임이 멈추지 않아.

아니, 잠깐만. 스즈네는 지금, 우리 집 주방에서 과자 만들기에 힘쓰고 있을 터…….

옆에 미유키도 있는데, 내 작품을 읽고서 이렇게 긴 감상을 적을 수 있을까?

그렇다. 그런 일은 불가능하다. 그러니 이것은 역시 우연히 일치이다.

그렇게 나 자신을 타일렀다. 아니, 타이르지 않으면 평상심을 유지할 수 없었다.

나는 머릿속에서 '진정해, 류타로. 진정해, 류타로'라고 읊으면서 답신란을 열었다.

『스즈 님께.』

거기까지 적고서, 나는 새삼스럽게도 늘 감상을 적어주는 이 독자의 아이디가 '스즈'라는 사실을 깨달았다.

스즈…… 스즈…… 스즈네…….

아니, 아니, 우연이다. 틀림없이 그럴 것이다.

떨리는 손으로 답신을 입력했다.

『스즈 님께. 곧바로 감상을 달아주셔서 감사합니다. 스즈 님의 기대에 응할 수 있어서 다행입니다. 다음 이야기에서는 이야기가 더 전개될 예정이니 기대해주세요.』

거기까지는 정형문 같은 답신이다. 그 문장 아래에 나는 『추신』이라고 입력했다.

『확실히 그건 부끄럽네요. 앞으로는 혼자 있을 때 읽으시기를 권하겠습니다.』

그렇게 입력하고서 답신 버튼을 눌렀다. 감상란에 새로이 내 답신이 표시되는 것을 확인하고서 스마트폰을 놓았다.

하지만 그로부터 5분도 채 지나지 않아서 또 내 스마트폰의 알림음이 울렸다.

『당신에게 메시지가 도착했습니다.』

그렇게 적혀 있었다.

이 알림은 소설 사이트에 다이렉트 메시지가 도착했음을 알리는 것이다.

메시지?

나는 머뭇머뭇 버튼을 눌렀다. 그리고 거기에 적힌 메시지에 깜짝 놀랐다.

『코노논 님께. 곧바로 답을 주셔서 고맙습니다. 실은 지금, 그 오빠 친구의 집에 있습니다. 조금 무섭지만 들켰는지 아닌지 넌지시 확인하고 올게요.』

똑똑.

그때 누군가가 내 방문을 두드렸다. 그 기습에 나는 나도 모르게 "우왓?!"이라고 외치며 의자에서 미끄러져 떨어질 뻔했다.

"오빠, 문 열어도 돼?"

문 너머 쪽에서 들려오는 것은 미유키의 목소리였다.

뭐야. 놀라게 하지 말라고…….

살짝 안도하고서 의자에 다시 앉았다.

"괜찮아. 들어와."

그렇게 답하자 문이 천천히 열렸다.

문 앞에 모습을 드러낸 이는 미유키……가 아니라 스즈네였다.

"스, 스즈네?!"

내 놀라는 표정을 보고 스즈네 또한 살짝 놀란 듯이 눈을 크게 떴다. 그리고 어째서일까? 살짝 얼굴을 붉히는 것처럼 보였다.

"왜, 왜 그래?"

스즈네는 "어, 그게…… 그건……"이라며 살짝 곤혹스러운 기색으로 등 뒤에 감추었던 종이 꾸러미를 양손으로 가슴에 꽉 누르듯이 안았다.

"스즈네가 오빠도 먹어줬으면 좋겠대. 그래서 맛봐줬으면 좋겠어."

그러자 그때 스즈네의 등 뒤에서 미유키가 빼꼼 얼굴을 내밀었다.

"아아, 그러고 보니……."

그러고 보니 아까 내 몫도 만들겠다고 말했던가? 솔직히 지금의 나로서는 스즈네의 쿠키를 신경 쓸 여유는 없어서 까맣게 잊고 있었다.

"들어가도 되나요?"

그렇게 묻는 스즈네에게 "물론이지"라고 대답하자, 그녀는 방으로 들어왔다.

그녀는 교복 위에 토끼가 인쇄된 앞치마를 하고 있었는데, 그게 몹시 잘 어울렸다.

내가 아는 스즈네의 이미지다. 아무것도 다를 게 없는 평소의 순진무구하고 청초함이 넘치는 여자애다.

하지만 그녀는 내 관능 소설을 읽고 있다. 그것으로 모자라, 지금 들고 있는 이 쿠키를 만들면서도 머릿속으로는 관능 소설 생각으로 가득 찼을지도 모른다. 그런 일을 누가 상상할 수 있을까?

내 마음속에서 미나즈키 스즈네라는 여자애의 인상이 와르르 와르르 소리를 내면서 무너지려 하고 있었다.

실제로는 어째서 스즈네가 내 방으로 찾아왔는지는 모른다. 스즈네가 내 관능 소설을 읽고 있다니 평범하게 생각하면 말도 안 되고, 그녀의 말대로 단순히 내게 쿠키 맛을 봐주길 바랐을 뿐일지도 모르고.

하지만 셋이 접이식 책상에 둘러앉아 쿠키를 볼이 미어지게 먹는 사이, 내 긴장이 풀리는 일은 전혀 없었다.

솔직히 말하자면 쿠키 맛도 전혀 느껴지지 않았다.

물론, 그것은 스즈네의 쿠키가 맛없다는 뜻이 아니다. 분명 맛있을 거라고. 적어도 어제의 나라면 틀림없이 한 조각도 남김없이 먹었을 것이다.

하지만…….

"…………."

스즈네는 내가 쿠키를 먹는 사이, 그저 입을 다문 채 힐끔힐끔 내 표정을 엿보고 있었다.

"입 다물지 말고 감상쯤은 말해주지?"

그때 지쳐 버린 미유키가 나를 노려보았다.

그 말을 듣고 깜짝 놀랐다.

"어? 아, 미안. 맛있어. 무지막지 맛있어. 고마워."

그렇게 어색한 칭찬을 선사했지만, 스즈네는 그래도 만족한 것처럼 가슴을 쓸어내렸다. 그리고 살짝 웃음을 띠더니 나를 바라보았다.

"그럼 우리는 슬슬 거실로 돌아갈게."

미유키가 그렇게 말하고서 일어났다. 아무래도 내 방에 오래 있고 싶지 않은 모양이다. 미유키는 스즈네를 재촉하듯이 문으로 걸어갔지만, 스즈네는 "으, 응……"이라고 대답하면서도 좀처럼 일어서려고 하지 않았다.

"스즈네?"

그걸 이상하게 여긴 미유키가 고개를 갸웃거리자, 그녀는 앞치마 주머니에서 무언가 종이 꾸러미를 꺼냈다.

"실은 쿠키를 먹을 때 함께 마시려던 홍차를 가지고 왔어. 깜빡 잊었지만, 같이 마실래? 서, 선배도 괜찮다면 어떠세요? 얼그레이라는 감귤 계열 홍차인데요……."

어쩌면 착각일지도 모른다.

하지만 어쩐지 스즈네의 말은 홍차를 마시고 싶다기보다는, 좀 더 이 방에 머무르고 싶다고 말하는 것처럼 들렸다.

그렇게 느낀 것은 아무래도 미유키도 마찬가지였던 모양이라서, 한순간 이상하다는 듯이 나와 눈을 마주치고 나서 "그럼 모처럼이니 마실까. 스즈네, 그거 줘봐. 내가 우려내 줄게"라고 말하고 웃음을 띠며 방을 나갔다.

그리하여 나와 스즈네는 방에 둘이 남겨지고 말았는데…….

"…………."

마음이 불편해…….

스즈네는 테이블을 사이에 두고 맞은편에 예의 바르게 정좌해 있었다.

하지만 그녀 또한 나와 마찬가지로 거북함을 느끼는 모양이라서 뭔가 조마조마한 기색으로 어수선했다. 그리고 어째서인지 뺨을 살짝 붉게 물들이고 있었다.

이럴 땐 연상인 내가 먼저 말을 걸어야 하겠지…….

뜻을 정하고서 입을 열어 보았다.

"그러고 보니──."

"잠시 오빠에게──."

최악이다.

나랑 스즈네는 동시에 말을 꺼낸 탓에 말이 겹치고 말았다.

"미, 미안, 먼저 말해."

스즈네에게 발언을 양보하자, 그녀는 조금 미안하다는 듯이 입을 열었다.

"오빠에게 애완동물의 먹이 사진을 보내야만 하니 잠시 메시지 좀 보낼게요."

"어? 응, 전혀 상관없어. 그러고 보니 쇼타 녀석, 먹이 이름이 뭔지 모른다고 말했었지."

"마, 맞아요⋯⋯."

스즈네는 그렇게 말하더니, 앞치마에서 스마트폰을 꺼내 들고서 무언가를 입력하기 시작했다. 그런 그녀를 바라보면서 나는 생각했다.

역시 이렇게 귀엽고 가련한 여자애가 관능 소설 따위를⋯⋯.

그런 생각을 하고 있노라니, 그녀는 메시지를 다 입력했는지 스마트폰을 주머니에 넣었다.

그 직후였다.

띠리링리링♪

스마트폰 알림음이 방에 울려 퍼졌다. 울린 것은 내 스마트폰이었다.

뭐야⋯⋯ 이 너무나도 절묘한 타이밍은⋯⋯? 스즈네가 스마트폰을 주머니에 도로 집어넣은 순간, 내 스마트폰 알림이 울렸다.

그런 기적 같은 타이밍에, 나는 굳이 스마트폰 알림을 무시하기로 했지만⋯⋯.

"흐아앗⋯⋯."

스즈네는 그런 소리를 지르며 뺨을 새빨갛게 물들였다.

아, 이런. 곤란할지도⋯⋯.

스즈네야, 쇼타에게 멜의 먹이 사진을 보낸 게 아니었더냐?

스즈네는 믿을 수 없다는 양 나를 물끄러미 바라보았다.

그야 그렇다. 너무나도 알림음이 울리는 타이밍이 지나치게 완벽하다.

하지만 잠깐. 아직 어떻게든 발뺌은 할 수 있을 것이다.

여기에서 나는 한바탕 연극을 하기로 했다. 스마트폰을 손에 들고는 "아, 아하핫……"이라고 옥죄인 웃음을 띠었다.

"그, 그러고 보니 오늘은 모바일 게임 대규모 업데이트가 있었어. 그 때문에 쓸데없이 알림이 오지……."

"그, 그렇군요……."

그 명백하게 부자연스러운 내 말을 듣고 스즈네도 맞장구치려고 쓴웃음을 띠었다.

곤란해…… 이건 곤란해…….

나는 황급히 소설 투고 사이트 앱을 열었다. 거기에는 '스즈' 님에게서 도착한 앱 내 다이렉트 메시지가 표시되어 있었다.

『오빠 친구가 거동이 수상해요. 어쩌면 정말로 제가 선생님의 소설을 읽고 있다는 사실을 들키고 말았을지도 몰라요ㅠㅠ』

OH…… No…….

아무래도 지금의 나는 거동이 수상한가 보다…….

아니, 아직이다.

나는 고개를 가로로 내저었다. 백 보 양보해서 내가 스즈네의 관능 소설 취미를 알게 되어버렸다는 사실을 들키는 건 문제없다.

아니, 무척 많지만, 내가 그 소설의 작가라는 사실을 들키는 것에 비하면 상처는 작은 것이다.

"역시 게임 업데이트 알림이었어. 정말 곤란하네. 아하핫……."

어쨌거나 게임 알림이라는 주장을 밀고 나갈 수밖에 없다.

"…………."

하지만 스즈네는 그런 내 말에 아무 대답도 하지 않았다.

아, 곤란해…….

그녀는 당장이라도 울음을 터뜨릴 것 같은 얼굴로 스마트폰과 내 얼굴을 번갈아 보았다.

그런 스즈네를 보고도 못 본 척하고 앱 설정을 열었다.

어쨌거나 알림을 꺼놓지 않으면 곤란하다. 평소 잘 쓰지 않는 설정을 바라보며 필사적으로 알림 설정란을 찾는 나.

하지만 찾을 수 없다.

아니, 어딘가에는 있겠지만, 초조한 나머지 설정에 익숙지 않았던 탓에 알림을 끌 수 없다.

곤란해, 곤란해…… 내 인생이 끝장나 버리겠어……!

스즈네에게 작가가 나라는 사실을 들키면, 진짜로 인생은 끝장이다.

스즈네와 마찬가지로, 나 또한 울고 싶어지면서 설정을 만졌지만…….

띠리링리링♪

무정하게도 알림음이 다시 울렸다.

그리고,

띠리링리링♪

띠리링리링♪

띠리링리링♪

띠리링리링♪

띠리링리링♪

띠리링리링♪

알림음이 멈추지 않는다.

대체 무슨 일이 벌어지고 있는 거야?!

드디어 고장나버렸나?!

메시지를 열자, 거기에는 우는 얼굴 이모티콘이 연속 올라와 있었다.

마치 스즈네의 현재 마음을 표현하는 것처럼…….

고개를 들자 "흐아아……"라는 목소리를 흘리면서, 스마트폰 화면을 누르는 스즈네의 모습.

무지막지 연타하고 있어…….

그리고,

"서, 선배!"

스즈네가 나를 불렀다.

"네, 네……."

끝났어…… 완전히 끝났어…….

눈이 촉촉이 젖어 드는 감각을 느끼면서 그녀에게 시선을 보냈다. 그녀는 부끄러운 건지, 꽉 움켜쥔 손으로 입가를 가리면서 나에게서 시선을 피했다.

귀여워.

하지만 지금은 그 귀여움에 넋을 잃을 때가 아니다.

"선배, 한 가지 물어봐도 될까요?"

"네, 네…… 뭔가요?"

"하, 하루카에게 모델은 있나요?"

"무슨……!"

할 말을 잃었다.

나는 스즈네에게서 코노논의 정체를 추궁당할 줄 알았는데, 그녀의 추궁은 더 깊은 곳을 찌르고 있었다. 이미 스즈네의 마음속에서는 코노논=나라는 점은 확인할 필요도 없는 사실인 모양이다.

나에게는 이게 더 치명적인 질문이었다.

스즈네는 깨달았어……. 완전히 깨닫고 말았어…….

"선배의 소설에 나오는 하루카는……."

"…………."

"저, 저……인가요?"

이날, 내 신변에 최악의 사태가 일어나고 말았다.

들켰다……. 스즈네에게 내가 관능 소설을 쓰고 있다는 사실을 들키고 말았다.

아니, 그뿐만이 아니다. 그것도 모자라 히로인의 모델이 그녀라는 사실을 들키고 말았다.

그녀는 여전히 울음을 터뜨릴 것 같은 얼굴로 나를 바라보고 있었다.

화났으려나?

아니, 화내는 게 당연하겠지.

왜냐하면 관능 소설 모델이라고. 내가 멋대로 관능 소설에 등장시켜서, 작중에서 이런 일이나 저런 일을 당하고 있는 것이다.

화내지 않을 리가 없다.

경멸하지 않을 리가 없다.

그리고 그것이 당연한 반응이다.

"어, 어떤가요?"

아무 대답도 하지 않는 나에게 스즈는 지친 듯이 물었다.

"그건 그게⋯⋯."

"확실히 대답해 주세요⋯⋯."

이제 발뺌 따위는 할 수 없다.

"내, 내 소설에 나오는 하루카는⋯⋯."

"하, 하루카는?"

"하루카의 모델은⋯⋯."

거기까지 말했을 때였다.

"오빠."

문 쪽에서 그런 목소리가 들렸다. 나와 스즈네는 황급히 목소리가 나는 쪽으로 고개를 돌렸다.

거기에는 티세트가 놓인 쟁반을 든 미유키가 서 있었다.

미유키가 난입하는 바람에 결국 스즈네와 깊은 얘기는 할 수 없었다.

미유키에게 괜한 의심을 받지 않게끔 어디까지나 자연스러움을 가장하며 홍차를 즐기려 했지만, 나도 스즈네도 처음부터 끝까지 거동이 수상했을 것이다.

그리고 홍차를 다 마신 참에 이날은 헤어지게 됐다.

"미유키, 오늘은 고마워. 그리고 선배도 오늘은 실례했습니다."

현관까지 배웅하러 나간 나와 미유키에게 스즈네가 인사했다.

그 무렵에는 스즈네도 간신히 평상심을 되찾았는지, 평소와 다름없는 천사 같은 미소를 띠고 있었다.

그녀는 로퍼에 발을 넣더니 그대로 한쪽 다리로 서서 발꿈치 부분에 손가락을 넣었다. 그때 그녀의 치마가 살짝 팔락 나부꼈다.

신발을 신기만 해도, 그게 스즈네라는 점만으로, 그 몸짓이 소설의 묘사에 쓸 수 있을 것처럼 느껴지니까 무섭다.

스즈네는 신발을 다 신자 내게 한 번 정중하게 인사를 하고 나서, 미유키에게 "그럼 갈게"라고 말하며 작게 손을 흔들고서 떠나갔다.

이 상황이면 한동안 연재는 진행할 수 없을 것 같네. 정신적으로……

문이 닫힐 때까지 스즈네에게 "또 보자!"라고 말하며 기운차게 손을 흔들던 미유키였지만, 문이 닫힌 순간 손을 내리고서 나를 올려다보았다.

"오빠."

그 참으로 무기질한 목소리에 "뭔데……"라고 다소 동요하면서도 대답하자, 그녀는 화난 듯이 뾰로통 뺨을 부풀렸다.

"오빠!! 어떻게 된 일인지 설명해."

한순간 무슨 일인가 싶어 곤혹스러웠지만, 금세 나는 그녀가 화내는 이유를 깨달았다.

곤란해…… 들켰어…….

분명 미유키는 들은 것이다, 홍차를 우려서 방으로 돌아올 때 나와 스즈네의 대화를 들은 것이다.

잠깐만. 그거 곤란하지 않나?

내가 관능 소설을 쓰고 있는 것만이라면 모를까, 그것을 스즈네가 읽고 있었다는 사실을 알게 되면 미유키가 날 죽여도 불평은 할 수 없다.

"뭘 설명하라고?"

하지만 나는 다 들통났다는 걸 알면서 굳이 시치미를 뗐다.

고문을 당한다 해도 스즈네의 명예를 지키기 위해서 불지 않겠다!!

미유키는 그런 나를 잠시 묵묵히 노려보았다.

그리고,

"이유는 모르겠지만, 오늘 스즈네가 오빠에게 향한 시선이 이성을 바라보는 눈빛이었어."

미유키는 그렇게 말하며 고개를 갸웃거렸다.

관능 소설 건이 들켰다고 굳게 믿었던 나는 예상 밖의 말에 다소 맥이 빠졌다.

"뭔…… 그게 무슨 눈빛인데?"

"나도 이해할 수 없으니까 묻는 건데."

"그야 스즈네와는 성별이 다르니 이성이긴 하지……."

"그런 뜻이 아니야. 오늘 스즈네의 눈빛은 명백히 오빠를 짝사랑하는 여자였어!"

"뭐, 뭐어?!"

무슨 소리를 꺼내나 했더니 그런 말을 하는 미유키.

대체, 언제 스즈네가 그런 눈으로 나를 봤지?

"난 있지, 스즈네하고는 오래 알고 지냈으니까 알아. 오늘 스즈네는 명백히 오빠를 이성으로 의식하고 있었어……."

미유키가 그렇게까지 말하자 나는 깜짝 놀랐다.

아무래도 눈앞의 바보 여동생은 무언가 커다란 착각을 하는 모양이다.

확실히 오늘 스즈네는 시종일관 차분함이 없었고, 내 안색을 엿보는 행동을 했다. 하지만 그것은 딱히 나에게 호의를 품었기 때문이 아니다.

단순히 자신이 관능 소설을 읽고 있다는 사실을 나한테 들키지 않았는지 확인했을 뿐이다.

하지만 그런 해명은 입이 찢어져도 할 수 없겠지…….

"차, 착각이겠지. 생각해 봐. 내 어디가 좋아서 스즈네가 추파를 던지는데?"

"모르겠어……. 하지만 틀림없어. 스즈네는 오늘 암컷의 얼굴이었어."

"그건 또 무슨 얼굴이야……."

"그보다 오빠는 언제 스즈네랑 번호를 교환했어?"

"뭔 소리야? 나는 알려준 적 없는데?"

"그러면 스즈네가 과자 만드는 짬에 조마조마하면서 메시지를 보내던 상대가 오빠는 아니라는 거지?"

"과자 만들면서? ……아."

아니, 잠깐만. 그건 착각이라고, 미유키.

그녀는 조마조마하면서 나랑 연락한 게 아니야.

조마조마하면서 관능 소설 감상을 쓰고 있었던 거라고!!

그렇게 목소리를 높여서 말해주고 싶었다. 하지만 물론 그런 설명을 할 수 있을 턱도 없는데, 그것도 모자라 내 "아" 하는 반응에 미유키의 의심은 확신으로 바뀌었다.

"뭐야, 역시 몰래 스즈네랑 메시지를 주고받고 있었잖아~! 화내지 않을 테니 이 미유키에게 솔직히 말해 봐."

"아니, 오해라니까……."

"오빠는 정말로 뭘 못 숨기네. 게다가 스즈네, 오빠가 쿠키를 먹을 때도 마찬가지로 조마조마하면서 오빠를 힐끔힐끔 봤는걸?"

아니, 그것도 아마 관능 소설 때문에…….

아아, 안 되겠어. 무엇 하나 진실을 설명할 수 없어서 답답해!!

"나는 알아. 아마, 스즈네는 오빠를 좋아하는 거야."

거기에서 미유키는 어째서인지 기뻐 보이는 웃음을 띠며 그렇게 말했다.

"……에이 설마."

"나 역시 어제까지는 말도 안 된다고 생각했어. 하지만 틀림없어. 오빠에게 쿠키를 만들어주고 싶다고 말했던 것도, 전부 그런 거였어. 이해했어, 이해했어."

혼자서 기쁘게 수긍하는 미유키. 정말로 여고생은 이런 이야기를 무척 좋아하는구나.

하지만 확실히 사정을 모르면 미유키가 그렇게 착각하는 것도 무리는 아닐지도 모른다.

미유키는 고개를 쑤욱 늘여서 나에게 얼굴을 가져다 대더니 씨익 웃었다.

"오빠, 내가 큐피드가 되어줄까?"

"쓸데없는 참견이네. 게다가 스즈네가 나를 좋아한다니, 착각이야."

경멸받을 가능성은 있지만.

하지만 오늘 미유키는 끈덕졌다.

고개를 옆으로 내젓더니 "아니, 그렇지 않다니까. 분명 기회야"라며 어디까지나 큐피드 역할을 떠맡을 셈인가 보다.

"생각해 보라고. 상대는 스즈네인데? 그 누구의 눈에 넣어도 아프지 않을 만큼 귀여운 스즈네가, 오빠 따위에게 마음이 있는데?

이건 인생 처음이자 마지막 기회야!!"

"슬며시 나를 깎아내리는 거 아니야?"

"그럼, 오빠는 스즈네 이상의 여자애가 앞으로 오빠를 좋아하게 될 거 같아?"

"그건……."

제기라알!! 대꾸할 수 없어!!

"오빠, 나는 여동생으로서 오빠가 행복해졌으면 좋겠어. 스즈네는 외모도 예쁘고, 성격도 좋아. 그건 친구인 내가 보증해. 그런 여자애와 다리를 놓는 큐피드가 되어주겠다고 하는데, 오빠는 뭐가 불만이야?"

불만? 그딴 건 없다.

그야 나 역시, 스즈네처럼 귀여운 여자애랑 친해질 수 있다면 덩실거리기도 하겠지.

관능 소설의 모델로 삼을 정도로 대단한 미소녀니까!!

하지만 여동생아. 이건 착각이다. 스즈네는 나를 좋아하는 게 아니야. 내가 쓰는 관능 소설을 좋아한다고.

응? 나, 무슨 소리를 했지?

"어쨌거나 오빠. 잘 생각해 봐. 오빠가 걱정하지 않아도 내가 만사를 잘 풀리게 할 테니까. 아, 하지만 쇼타 오빠한테는 들키지 않도록 조심해. 왜냐하면 쇼타 오빠는 스즈네랑 오빠가 사귄다는 걸 알게 되면, 오빠를 부엌칼로 찌를 우려가 있으니까."

"웃음도 안 나오네……."

귀여운 여동생에게 내가 관능 소설 따위를 읽게 했다는 사실을 알게 되면, 그 녀석은 나를 돌절구에 갈아서 가루로 만들어 흔적도 없이 처리해도 이상하지는 않다.

"그런 거니까. 오빠, 힘내!!"

미유키는 그렇게 말하며 내 등을 툭 두드리더니 그대로 거실로 사라졌다.

현관에서 우두커니 멈춰 선 나.

아아, 뭔지 모르겠지만 이래저래 성가신 일에 휘말린 것 같은 느낌이 들어…….

내가 우발적인 마음으로 쓰기 시작한 관능 소설은 내 인생을 엉뚱한 방향으로 이끌려고 하는 모양이다…….

※ ※ ※

"지난주 일요일엔, 그 녀석의 쇼핑에 하루 종일 동참했고, 밤에는 레스토랑에서 디너를 먹었다고. 그 녀석은 아마, 나를 남친인지 뭔지로 착각하고 있어……."

어련하시겠습니까. 오늘은 스즈네의 남친인 척할 수 있는 게 기뻤다는 얘기구나.

대단하다~ 쇼타는 참 그 스즈네랑 데이트를 했구나~. 친구로서 진심으로 부러워.

나 같은 시원치 않은 고등학생에게는 평생 손이 닿지 않는 영

역이네. 그걸 간단히 할 수 있는 쇼타는 대단하네~.

나는 기껏해야 스즈네랑 데이트하는 망상을 떠올리며 꿀꿀거리는 게 한계인걸. 꾸울!! 꾸울!!

하아…….

오늘도 여전히 쇼타의 여동생 자랑을 들으면서 등교한다.

이제는 이 녀석의 여동생 자랑이 상쾌하게 느껴질 지경이다. 그래서 오늘은 이 녀석이 가장 기뻐할 만한 반응을 해주었다.

물론, 입 밖으로 내지는 않겠지만.

하다못해 마음속으로 친구의 자랑을 칭찬했던 나였지만, 실제로는 그런 것을 할 상황이 아닐 만큼 정신적으로 피폐해졌다.

요 일주일 동안, 나는 관능 소설을 쓸 수 없었다.

물론 그 원인은 스즈네가 내 소설을 읽고 있었다는 사실, 아니, 그것으로 모자라 작품의 모델이 스즈네라는 사실을 본인에게 들키고 만 것이다.

심한 말이기는 하지만, 나는 여태까지는 본인에게 들키지 않는 것을 이유 삼아 제멋대로 쓰고 있었다.

때로는 독자가 요구하는 과격한 일을 작중 하루카에게 시켰고, 쇼타와 나눈 대화도 자주 가져다 썼다.

뭐, 애당초 과격한 내용을 추구하던 게 '스즈'라는 닉네임을 쓰던 스즈네 본인이었지만…….

스즈네 역시, 적어도 그날까지는 자신이 하루카의 모델이라고는 티끌만큼도 생각하지 않았을 것이다.

하지만 사실을 알게 된 지금, 분명 틀림없이 나를 경멸하고 있겠지.

그 상태에서 내가 연재를 진행하면 여지없는 성추행이다. 실제로 그날 이후 '스즈'에게서는 감감무소식이다.

그날 이후, 스즈네하고는 만나지 않았다.

물론 같은 고등학교에 다니니까, 때로는 복도에서 스쳐 지나갈 때도 있었다. 하지만 스즈네는 나와 눈이 마주치면 수치심에 얼굴을 새빨갛게 붉히며 도망치듯이 떠나가고 말았기 때문에, 전혀 대화하지는 않았다.

그야 그렇게 되겠지. 분명 스즈네가 가장 숨기고 싶었을 비밀을 나한테 들키고 말았으니까. 아마도 쇼타 역시 이 비밀은 모를 것이다.

끝없이 스즈네 자랑을 하는 쇼타를 놔두고, 나는 속으로 끙끙 앓으면서 걸었다.

그러자 그때.

"오빠!"

그런 목소리가 등 뒤에서 났다. 그 목소리를 들은 순간, 나는 그 목소리의 주인이 누구인지를 이해하고 머리에서 핏기가 가졌다.

뒤를 돌아보자, 예상대로 스즈네의 모습이 있었다.

스즈네는 아침의 무거운 머리를 한순간에 가볍게 할 만한 상쾌한 미소를 지으며 이쪽으로 걸어오더니, 가방에서 도시락통을 꺼내 들었다.

"오빠도 참, 도시락을 놓고 갔어⋯⋯. 모처럼 아침 일찍 일어나서 썼는데, 너무해⋯⋯."

그렇게 말하고서 스즈네는 오빠인 쇼타에게 도시락통을 내밀었다.

이미 몇 번이고 본 광경이다.

처음에는 단순히 쇼타가 잊어버렸다고 생각했지만, 이렇게까지 이어지면 스즈네가 도시락을 싸주고 있다는 사실을 과시하고자 일부러 하는 짓이라고 확신한다.

히죽거리는 쇼타.

정말로 이 녀석은 표정을 숨기는 게 서툴다.

쇼타가 히죽거림을 다 감추지 못한, 어설프게 무뚝뚝한 표정으로 도시락을 받는 모습도 아랑곳하지 않고, 나는 스즈네를 바라보았다.

그 직후 스즈네는 내 시선을 깨달은 듯이 한순간 나와 눈이 마주쳤지만, 그 직후 얼굴을 붉히며 나에게서 시선을 피했다.

"서, 선배⋯⋯. 안녕하세요⋯⋯."

"어, 그래⋯⋯ 안녕."

둘이 어색한 인사를 나눴다.

이런, 마음이 불편해⋯⋯.

역시 스즈네는 요전 날 일이 아직 마음에 걸리는 모양이었다.

나와 스즈네는 한동안 불편한 분위기를 공유하면서 입을 다물었다. 하지만 쇼타가 "뭘 멍하니 서 있어? 가자"라고 말하고는 우리를 놔두고 걷기 시작해서, 스즈네는 "으, 응……"이라고 대답하며 쇼타 뒤를 따라갔다.

나 또한 그런 스즈네와 함께 걷기 시작했다.

선두에 쇼타. 그리고 조금 뒤에 나와 스즈네가 나란히 걸었다.

내가 옆에서 걷는 스즈네가 신경 쓰여 힐끔힐끔 시선을 향하자, 그녀 또한 나에게 힐끔힐끔 시선을 보내는 모양이라서, 문득 눈이 마주쳐 서로 부끄러워져서 눈을 피하는 상황이 몇 번이고 반복됐다.

하지만 딱히 대화가 시작되는 것도 아니고 불편한 시간이 이어졌다. 속 편하게 콧노래를 부르는 쇼타와는 대조적이다.

역시 화난 걸까? 그렇지 않으면 경멸하고 있는 걸까?

나로서는 스즈네의 마음속을 헤아릴 수는 없었다.

그저 묵묵하게 나란히 걸을 뿐.

그때 스즈네가 블레이저 주머니에 손을 넣었다.

그런 스즈네를 은근슬쩍 쳐다보고 있노라니, 그녀가 주머니에서 두 번 접힌 작은 종이를 꺼내 들었다.

응?

이상하게 생각하며 바라보고 있노라니, 스즈네는 종이를 든 손을 살짝 내 쪽으로 뻗어왔다.

어?

그녀는 놀랍게도 내 블레이저 주머니에 그 종이를 쑤셔 넣었다.

그 갑작스러운 행동에 눈을 휘둥그레 뜨고 있노라니, 스즈네는 작게 고개를 옆으로 내저으며 시선만을 오빠인 쇼타에게로 향했다.

아무래도 아무 말도 하지 말라는 뜻 같다.

적어도 그녀는 쇼타에게 들키지 않게끔 나한테 무언가를 전하고 싶었던 모양이다.

"그러고 보니 스즈네, 오늘 방과 후에 한가해?"

그때 갑자기 쇼타가 뒤를 돌아보며 스즈네를 바라보았다. 스즈네는 살짝 놀란 듯이 "어어?"라고 말하며 눈을 크게 떴다.

"뭐야. 너, 잠이 덜 깬 거야? 오늘 방과 후엔 한가하냐고 물었어."

쇼타가 묻자, 그녀는 "미, 미안…… 오늘도 미유키랑 약속이 있어……"라며 사과했다.

쇼타는 한순간 울컥한 표정을 띠었지만, 약속 상대가 미유키이기도 해서 "그렇다면 어쩔 수 없네……"라고 일단 수긍했다.

방과 후, 나는 자택에서 세 정거장 떨어진 츠키모토역에 와 있었다. 나는 개찰구를 빠져나와 소규모 상점가에 있는 작은 찻집으로 향했다.

"저기인가……."

구체적인 가게 이름은 지정하지 않았지만, 역에서 가장 가까운 찻집은 여기다.

오늘 아침 주머니에 쑤셔 넣어진 종이의 정체는 스즈네가 보낸 편지였다.

『오늘 방과 후, 한가하세요? 만약 시간이 있다면, 츠키모토역에 있는 찻집에서 하고 싶은 말이 있어요.』

달필이면서도 살짝 동그래서, 적은 사람이 여자애라는 사실을 금세 알아볼 글자였다.

글자만으로 귀엽다고 여겨지다니 역시나 대단하다.

아무래도 오늘 아침, 스즈네가 했던 미유키와 놀기로 했다는 말은 쇼타를 속이기 위한 거짓말이었나 보다. 일부러 츠키모토역을 지정한 것도 남의 눈에 띄지 않기 위한 배려겠지.

분명 나랑 둘이 만난다고 쇼타에게 말해봤자 허락하지 않았을 것이다.

나는 커플도 아닌데 속박당하는 스즈네를 불쌍하게 생각하면서 찻집의 문을 열었다.

딸랑딸랑 손님의 방문을 알리는 종소리가 울렸다.

가게 안은 카운터석과 테이블석이 늘어서 있는, 예스러운 찻집의 광경이었다.

가게 안 안쪽 테이블석에서 익숙한 얼굴을 발견했다. 스즈네다. 그녀는 나를 알아채고는 여전히 살짝 부끄러운 듯이 얼굴을 붉히며 인사했다.

대체 할 말이란 게 뭘까…….

솔직히 말하자면 나로서는 그녀가 나를 불러낸 이유를 전혀 몰라서, 아까 전부터 식은땀이 멈추지 않았다.

"미안해. 오래 기다렸어?"

그녀에게 물으며 의자에 앉자, 그녀는 고개를 옆으로 내저었다.

"아뇨, 저도 방금 도착한 참이에요."

그렇게 말하며 살짝 미소 짓는 스즈네.

그때 이 가게의 마스터로 보이는 초로의 남성이 차가운 물을 가지고 다가왔다. 나는 커피를 주문했다.

"쇼타에게 비밀로 나를 만나다니, 혼나지 않겠어?"

우리 고등학교에 다니는 학생 중에는 츠키모토에 사는 사람도 있다. 뭐, 그렇다고 한들 누구도 이런 작은 찻집에는 들어오지 않겠지만 살짝 걱정된다.

스즈네는 "에헤헤……"라고 쓴웃음을 띠었다.

"오빠가 알게 되면 분명 기분이 언짢아질 거예요. 어쨌거나 오빠의 청을 거절하고 선배랑 만나고 있으니까요……."

"뭐, 뭐어, 그렇겠지……."

노골적으로 언짢아지는 쇼타의 모습을 쉽사리 상상할 수 있었다.

마스터가 쟁반에 안미츠*를 얹어서 가져왔다. 아마도 스즈네가 주문한 것이겠지. 테이블에 안미츠가 놓이자, 스즈네는 "와아~" 하고 웃음을 절로 지었다.

"맛있어 보이네."

"실은 저, 어릴 적 이 마을에 살았어요. 어머니가 가끔, 저를 여기에 데리고 와주셔서, 이 안미츠를 먹게 해주셨어요. 그 이후 이 안미츠를 엄청 좋아하게 되어서, 지금도 때때로 먹으러 와요."

---

*삶은 팥에 과일, 아이스크림 등을 얹은 일본 음식.

스즈네는 그렇게 말하더니 숟가락으로 팥과 경단을 퍼 올려서 입으로 옮겼다.

그런 광경을 바라보면서, 나도 같은 메뉴를 주문할 걸 그랬다고 살짝 후회했다.

그런 내 마음이 표정으로 드러났는지, 스즈네는 갑자기 이쪽을 보더니 키득키득 웃었다.

"선배도 한 입, 어떠세요?"

"어? 하지만 그러면 스즈네의 몫이 줄어들어 버리는데……."

"부럽게 쳐다보면 먹기 좀 부담스러워요. 게다가 선배에게도 이곳의 안미츠가 얼마나 맛있는지 알려주고 싶거든요."

"그렇다면 한 입만 먹을까……."

내가 그렇게 대답하자, 스즈네는 다시 숟가락으로 팥과 경단을 퍼서, 그것을 내 입 앞으로 내밀었다.

어? 설마 먹여주려고?

그 동정 남자에게는 조금 자극이 심한 스즈네의 행동에 동요하고 있자, 그녀는 그런 내가 우스웠는지 또 키득키득 웃었다.

하지만 내민 숟가락을 거두지는 않았다.

아무래도 할 수밖에 없는 모양이었다.

살짝 배덕감을 품으면서 숟가락을 입에 넣었다.

음, 맛있어…….

입안에 퍼지는 달콤한 팥과 매끈매끈한 경단의 감촉이, 살짝 기온 높은 오늘 날씨에 잘 어울렸다.

그런 감상을 늘어놓고 싶었지만, 스즈네는 좀처럼 내 입에서 숟가락을 빼주지 않았다.

스즈네가 여전히 키득키득 웃으면서 손가락으로 숟가락 자루를 돌리자, 내 입안에서 숟가락이 빙글 한 바퀴 돌았다.

아무래도 스즈네의 사소한 장난인 모양이다. 실제로 그녀는 살짝 곤란한 표정을 짓는 나를 보고서 즐거워하는 것 같았다.

그녀가 움직인 숟가락 끝이 혀나 잇몸에 닿아서, 어쩐지 스즈네가 직접 손가락을 넣은 것 같은 묘한 착각에 빠졌다.

그런 행동을 몇 초 계속한 참에, 그녀는 숟가락을 빼냈다.

놀림당한 내가 그런 스즈네를 가볍게 노려보자, 그녀는 살짝 웃음을 띠면서도 "죄송해요……"라고 사과했다.

뭐랄까, 그녀에게 그런 장난기가 있다는 사실에 나는 살짝 놀랐다.

적어도 쇼타나 미유키와 함께 있는 스즈네는 장난과는 거리가 먼, 정숙한 이미지였다.

아니, 지금도 몹시 정숙하지만, 오늘의 스즈네는 아주 조금 평소보다도 꾸밈이 없는, 본성에 가까운 상태인 것이라고 이해할 수 있었다.

그건 그렇다 치고…….

스즈네가 빼낸 숟가락에는 내 타액이 살짝 묻어 있다.

스즈네가 내 입 안에서 빙글빙글 둘렸기 때문에 당연하다.

이런…… 부끄러워…….

하지만 스즈네는 딱히 내 타액을 불쾌해하는 기색도 없이 안미츠를 퍼서 입으로 옮겼다.

그런 스즈네의 모습에 살짝 동요하고 있노라니, 그녀는 고개를 갸웃거렸다.

"왜 그러세요?"

"아니, 아무것도 아니야……."

내가 그렇게 대답하고서 한 번, 대화는 끊어졌다. 1분 정도 대화가 사라지고, 그사이에 마스터가 가져온 커피에 우유를 넣었다.

"솔직히 말하자면, 쥐구멍이 있으면 들어가고 싶을 만큼 부끄러웠어요……."

문득 스즈네가 입을 열었다.

"어?"

"선배의 소설 말이에요……."

"으음, 그야 그렇겠지……."

거기에서 나는 그녀의 말을 이해했다.

그야 그렇다. 당연히 부끄러울 것이다. 관능 소설을 읽는다는 사실을 들킨 것도 그렇지만, 자신을 모델로 삼은 소설이 전 세계에 공개되고 있으니까.

애당초 독자 수는 그렇게까지 많지는 않지만…….

"미안……. 이런 말로 용서받을 수 있다고는 생각 안 하지만, 미안해."

그래서 솔직하게 사과했다. 이 일은 내 마음속에 담아두고, 그

동안 투고했던 소설은 삭제할 셈이었다.

하지만 내 사죄에 스즈네가 고개를 갸웃거렸다.

"왜 사과하는 건가요?"

"아니, 그야……."

굳이 설명할 필요도 없는 일이다.

하지만…….

"저는 딱히 화나지 않았어요. 저는 그저, 선배에게 비밀을 들킨 게 부끄러웠을 뿐이에요……. 선배에게 경멸당하는 것도 무서웠고요……."

"겨, 경멸하지 않아!"

"하지만 저는 모두가 생각하는 것처럼 정숙한 여자애가 아닌 걸요?"

"그렇다고 해도 스즈네를 경멸하지는 않아. 오히려 난 이렇게 나 내 작품을 읽어준 독자에게 감사할 지경이야."

"…………."

한번 대화가 끊겼다. 몇 초 동안 침묵한 뒤 스즈네가 다시 입을 열었다.

"진정한 저를 알아주시겠어요?"

"어?"

갑자기 입에 올린 스즈네의 말을 이해할 수 없었다. 하지만 그녀의 표정은 지극히 진지했다.

"진정한 저에 대해서, 선배에게는 털어놓고 싶어요. 오빠도 미유키도 모르는 저에 대해서, 선배에게 전부 얘기해도 되나요?"

"스즈네에 대해서? 괜찮겠어? 나 같은 녀석에게 얘기해도."

"네, 오히려 선배에게만 말할 수 있어요. 왜냐하면 제 마음의 자물쇠를 열어준 건 선배의 소설이니까요."

"…………."

스즈네는 그렇게 말하며 이야기하기 시작했다.

"저, 저는 오빠나 미유키가 생각하는 것 같은, 청초한 여자애가 아니에요……."

분명 그녀 나름대로 용기를 쥐어 짜내서 꺼낸 말이겠지. 스즈네의 목소리는 살짝 떨리고 있었다.

그리고 감정이 깃들어 있는 것이겠지. 그녀의 목소리는 무의식중에 성량이 올라가 있었다.

"저는 모두가 생각하는 것 같은 여자애가 아니에요. 저는…… 저는 모두가 생각하는 것보다도 훨씬 야한 여자예요!"

일생일대의 대고백.

그녀는 그 사실을 나에게만 전할 생각이었을 것이다. 하지만 무의식중에 그녀의 목소리는 외침으로 변해 있었다.

특히 야한 여자라는 말은 가게 안에 울려 퍼지고, 그 직후 가게 안은 쥐 죽은 듯이 고요해졌다. 무슨 일인가 하고 주위의 단골처럼 보이는 노인들이 일제히 스즈네에게 고개를 향했다.

그러자 스즈네도 자기 목소리가 컸다는 걸 깨달았는지, 여태까지 본 적 없을 정도로 얼굴을 새빨갛게 물들이며 고개를 숙이고 말았다.

"스, 스즈네, 조금 진정하자."

그렇게 말하자 그녀는 작게 고개를 끄덕였다.

그녀는 한 번 심호흡하고는 테이블에 몸을 쑥 내밀 듯이 나에게 얼굴을 가져다 대고서, 나를 물끄러미 바라보았다.

그 때문에 나와 스즈네의 얼굴이 가까워졌다.

아아, 가까워, 가까워.

아무래도 주위에 목소리가 들리지 않게끔 소곤소곤 얘기하고 싶은 모양이다.

이 귀여운 얼굴은 뭐냐…….

스즈네의 얼굴은 코앞에서 보아도 속수무책으로 귀여웠다. 좌우 대칭이라고 하는 것일까, 좌우에 늘어선 완전히 같은 형태의 쌍꺼풀, 그리고 살짝 오똑 선 코, 그리고 반들반들한 피부.

어디를 보아도 스즈네의 얼굴에는 조잡함이 없다. 그런 그녀가 부끄럽게 얼굴을 붉은색으로 물들이고 있다.

정신이 나가버릴 것 같아…….

그리고 아무런 의미도 없이 쇼타의 안면을 후려치고 싶어졌다.

"어, 어쨌거나 그게…… 저는 모두가 생각하는 것보다도…… 야한 여자예요……."

그렇게 한숨을 쉬듯이 대담한 말을 속삭이니까, 나는 나도 모르게 몸을 떨 것 같아졌다.

현실은 소설보다 더하다고나 할까, 적어도 지금의 그녀는 내

소설의 그녀보다도 몇 단계 더 요염했다.

하지만 그런 그녀의 말에 흥분할 때는 아니다. 그녀는 지극히 진지하게 이 일을 얘기하고 있다. 그렇다면 나 또한 진지하게 대답해야만 한다.

"애, 애당초 말인데…… 왜 스즈네 넌 관능 소설 같은 걸 읽게 된 거야?"

그것이 나로서는 가장 이상했다.

이런 말을 하기도 뭣하지만, 내 작품은 주로 남성향 라이트노벨의 성인판이라는 표현이 가장 딱 와닿는다.

그런데 그것과는 인연이 없다고 여겨지는 스즈네가 알고 있었던 것이 신기하기 그지없다.

"그, 그건 그게……."

그러자 그 상황에서 일단 가라앉기 시작했던 스즈네의 뺨의 홍조가 도졌다.

"아, 아니, 억지로 대답하지 않아도 돼. 나로서는 하고 싶은 말만 하고 조금 편해진다면 그걸로 충분하니까."

하지만 스즈네는 고개를 옆으로 내저었다.

"아뇨, 오늘은 선배에게 알몸을 드러내는 것 같은 마음으로 여기에 왔으니 들어주세요."

아아, 이 애는 엄청난 말을 하는구나…….

알아. 안다고. 지금 한 말이 비유적 표현이라는 사실쯤은.

하지만…… 그런 말을 이런 숨결이 닿을 것 같은 거리에서 들고 있다고.

"제, 제가 선배의 소설을 읽게 된 건 그…… 오빠의 영향이에요."

"뭐어?"

그 예상 밖의 말을 듣고 나는 나도 모르게 눈을 부릅떴다.

"반년쯤 전에 소파에서 자던 오빠를 깨우려고 했는데, 우연히 오빠의 스마트폰에 눈길이 가서, 거기서 선배의 그…… 야한 소설이 있길래……."

"농담이지……?"

웃기지 말라고!!

충격이 너무 크다.

그 녀석 내 소설을 읽고 있어?

꺼림칙해……. 작가가 나라는 사실을 제쳐놓고서 미안하지만 꺼림칙해…….

요컨대 나는 쇼타네 남매에게 숨기고 몰래 그들을 모델로 삼은 관능 소설을 썼는데, 정작 그 둘이 모두 내 독자였다.

"처음에, 오빠가 그런 소설을 읽는다는 사실을 받아들일 수 없었어요. 물론 이야기로써 즐기고 있을 뿐이라는 점은 알아요. 하지만 충격적이라서 한동안 오빠가 무서웠어요……."

정말로 쇼타는 이야기로써 선을 긋고 있는 걸까? 그 부분은 심히 수상하지만, 괜히 말허리를 끊어도 좋지 않으니 입 다물기로 했다.

"처음엔 왜 오빠가 그런 소설을 읽는지 이해할 수 없었어요. 하지만 그날부터 소설에 대한 생각이 머릿속에서 떠나지 않게 되었고, 어느 날 침대에 누워있을 때 우발적인 마음으로 그 소설 제목을 검색하고 말았어요. 그러다 정신을 차리고 보니…….”

스즈네는 한 번 심호흡했다. 정신을 차리고 보니 그녀는 테이블 위에 놓은 손을 강하게 꽉 움켜쥐고 있었다.

“저, 정신을 차리고 보니 저도 푹 빠지게 되어 버려서…… 날밤을 새우고 말았어요…….”

이 사실을 기뻐해야 할까, 슬퍼해야 할까…….

시간 가는 줄도 모르고 푹 빠져서 읽어주었다는 기쁨과 친구 여동생의 성벽을 비틀었을지도 모른다는 슬픔의 감정이 가슴속에서 소용돌이친다.

“미안하다는 말밖에 할 말을 못 찾겠어…….”

“선배가 사과할 일이 아니에요. 오히려 제 진정한 마음을 끌어내 줘서 감사할 지경이에요.”

“헉, 잠깐만! 그렇다는 건 스즈네 너 설마…….”

한순간 불길한 예감이 들었지만, 그것을 부정하듯이 스즈네가 격렬하게 고개를 가로로 내저었다.

“오, 오빠는 어디까지나 오빠예요. 정말 좋아하기는 하지만 연애 감정은 아니에요.”

“그, 그렇구나. 다행이다…….”

“하지만 선배의 소설을 계기로, 저는 자신이 무의식중에 감정을 억눌렀다는 사실을 깨달았어요. 선배의 소설은 무척 자극적이에요. 선배의 소설을 읽는 동안에는 억눌려 있던 감정을 활짝 해방할 수 있어요."

"감사의 마음은 기쁘지만, 내가 이걸 기뻐해도 되는 걸까?"

"적어도 저는 감사하고 있어요. 선배가 그리는 하루카는 저와 쏙 빼닮았어요. 저 역시 사실은 하루카처럼 자극적인 일을 해보고 싶어요. 하지만 그럴 수 없으니, 그녀에게 대리 만족을 하고 있어요."

거기까지 얘기하고서 스즈네의 표정은 살짝 어두워졌다.

"하, 하지만 이 마음은 죽을 때까지 마음속에 담아둘 생각이었어요. 이런 마음을 누군가에게 들키면 부끄러워서 살아갈 수 없어요······."

"그런데 나한테 들키고 만 건가."

고개를 끄덕 주억였다.

"완전히 제 실수예요. 전날 밤에 읽다가 그대로 잠들어버린 탓에, 소설 화면을 띄운 상태로 집을 나서고 말았어요······."

과연, 사정의 전말을 전부 알았다. 스즈네는 상당한 각오로 얘기해준 것이겠지. 사실대로라면 이런 얘기는 무서워서 이성에게 할 수는 없을 것이다.

"선배는 이런 제게 환멸을 느꼈나요?"

스즈네는 머뭇머뭇 내게 그런 질문을 했다.

불성실할지도 모르겠지만, 이렇게나 내 소설로 감정이 어지러워졌다는 건 작가로서 감사한 일이다.

본인은 자기가 품은 감정을 불순하다고 생각하는 것 같지만, 분명 그녀의 마음은 어디까지나 순수하다.

"스즈네는 어디까지나 숙녀이고 청초한 여자애라고 생각해."

거기까지 말하자 스즈네는 놀란 듯이 눈을 휘둥그레 떴다. 분명 내가 환멸하고 있다고 생각했던 거겠지.

하지만 이건 그런 감정을 품을 일이 아니다.

"이건 불순하다고 볼 일이 아니야."

"아, 아니라고요? 저는 이렇게나——."

"나는 그 감정이 평범하다고 생각해. 사춘기 남녀란 그런 생물이야. 물론 나도 그렇고. 그걸 이렇게나 진지하게 고민하는 스즈네는 순수하고 무구한 여자애야."

하지만 쇼타. 너는 용서 못 한다.

그 말을 듣고 스즈네는 대꾸도 하지 못한 채 물끄러미 나를 바라보았다.

고작 몇 초의 침묵. 하지만 이 잠깐이 나에게는 무한처럼 길게 느껴졌다.

이윽고 스즈네는 못 참겠다는 듯 키득키득 웃음을 흘렸다.

"스즈네?"

"갑자기 웃어서 죄송해요. 역시 선배에게 전부 털어놓기를 잘한 것 같아요. 저는 좀 더 솔직해져도 되는 거군요. 그걸 알게 된 것만으로도 마음이 편해졌어요."

솔직히 나는 스즈네에게 도움이 될 만큼 명확한 조언은 하지 않았다. 하지만 스즈네의 웃는 얼굴은 자연스러웠다. 어디까지나 티 없고 무구한 웃음이었다.

"저는 겁쟁이라서, 이 감정을 오빠나 미유키에게 털어놓을 용기는 없어요. 하지만 선배에게만큼은 이제 숨기지 않겠어요. 선배 앞에서 그런 여자애라는 사실을 숨기지 않을 거예요."

환한 얼굴로 그렇게 주장하는 스즈네.

방금 터무니없는 말을 들은 거 같은데…….

"그, 그러니까 선배도……."

스즈네가 다시 얼굴을 붉혔다. 정말로 신호등처럼 다채롭게 얼굴색이 바뀌는 여자애이다.

"그…… 저는 신경 쓰지 말고 계속 집필해주세요."

거기에서 화제는 내 얘기로 바뀌었다.

"선배는 저를 배려해서 연재를 멈추신 거죠?"

"그건 뭐……. 스즈네의 마음을 상하게 하면서까지 쓸 건 아니니까……."

"저는 선배의 소설을 무척 좋아해요. 앞으로도, 좀 더 많이 선배의 소설을 읽고 싶어요."

"……정말 괜찮겠어? 히로인의 모델은 스즈네 너인데?"

"괜찮아요. 저라도 괜찮다면 얼마든지 쓰세요. 필요하다면 소설 속에서 좀 더 더러워져도 괜찮아요."

"여기서 더?!"

내 마음속에서는 이미 액셀을 꽉 밟아서 더럽히고 있는데…….

"어, 그래…… 고맙다……."

그렇게 올곧은 눈으로 그런 말을 해도, 뭐라고 대꾸하면 좋을지 모르겠어…….

그녀의 그 올곧은 눈을 보며 나는 생각했다.

어쩌면 나는 터무니없는 사태에 발을 들인 게 아닐까?

쇼타야. 네 여동생, 조심스럽게 말해서 초변태야.

터무니없이 순진무구한 초변태…….

"오빠!! 가끔은 같이 학교에 가자!!"

스즈네가 털어놓은 일생일대의 대고백을 들은 다음 날, 내가 평소처럼 몸단장을 마치고 학교로 향하려 했을 때 미유키가 말을 걸었다.

현관에서 신발을 신던 내가 뒤를 돌아보자, 거기에는 세일러복을 입은 미유키의 모습이 있었다.

"오빠, 듣고 있어? 같이 학교에 가자니까."

"뭐야 갑자기? 잠꼬대하냐?"

"눈은 또랑또랑하거든? 이 귀여운 미유키가 오빠랑 같이 학교에 가겠다고 하는 말을 못 들었어?"

그렇게 살짝 고개를 갸우뚱한 미유키. 나는 그런 여동생을 차가운 눈으로 바라보았다.

"왜 같이 가려고 하는데? 어차피 학교도 다르잖아."

"전철역까지는 같은 길이잖아. 응? 오빠!"

그렇게 말하며 미유키는 허물없이 뒤에서 나한테 매달렸다.

애가 갑자기 왜 그래? 어디에 머리라도 부딪쳤냐?

자기 속옷을 오빠의 옷과 같이 빨지 말라고 어머니에게 말했던 미유키가, 왜 지금에 와서 나와 같이 가려고 하지?

솔직히 말해서 미유키의 행동이 너무 수상쩍었다. 가능하다면 따로따로 등교하고 싶었다.

"아니, 난 역시——."

"같이 가자는 말이 안 들려? 또 말하게 하면 죽는다."

"……네, 같이 등교하겠습니다."

무서워…….

아무래도 나한테 거부권은 처음부터 없었나 보다.

낮은 톤의 목소리로 협박당한 나는 어쩔 수 없이 같이 등교하는 신세가 되었다.

나는 미유키가 신발을 신기를 기다렸다가 현관문을 열었다. 그러자 이미 단독주택 문 앞에 한 소녀가 우리를 기다리고 있었다.

끈덕지게 나를 꼬신 이유가 이거였나.

"선배, 안녕하세요……."

스즈네는 내 모습을 발견하더니, 청초함이 배어 나오는 웃음을 생긋 띠며 정중하기 그지없이 나한테 인사했다.

그렇군. 아무래도 미유키의 술수에 걸린 모양이다. 뻔뻔하게 손을 흔들며 인사하는 미유키를 노려보았지만, 그녀는 심술궂은 웃음을 히죽, 지을 뿐이었다.

"스즈네, 아, 안녕……."

이미 벌어진 일은 어쩔 수가 없다. 나는 여동생을 향한 분노를 감추면서 어색하게 웃는 얼굴로 인사를 돌려줬다.

스즈네는 오늘도 귀엽구나.

오늘도 해바라기처럼 눈부시고, 청초한 느낌이 흘러넘치고 있다.

믿기는가? 이런 여자애가 내가 쓰는 '여동생 NTR' 관능 소설을 읽고 있다니.

문을 나서자, 미유키는 양손을 맞대며 "미안해, 오래 기다렸어?"라고 사과했고, 스즈네는 "아니, 나도 이제 막 도착했어"라고 말하며 고개를 가로로 내저었다.

그녀는 신기하다는 듯이 내 얼굴을 한 번 보더니 다시 미유키에게 고개를 돌렸다.

"오늘은 선배랑 같이 등교하는구나."

스즈네도 나와 같이 등교하는 건 듣지 못한 듯했다. 그녀가 살짝 신기하다는 듯이 고개를 갸웃했다.

그러자 미유키가 마치 쓰레기를 보는 시선으로 나를 노려보며 모함했다.

"하아……. 어쩐지 아침부터 오빠가 같이 등교하자고 끈덕지게 졸라서……. 시스콘, 징그러워……."

"얼씨구? 내가 들은 거랑 얘기가 다른데? 잠이 덜 깼으면 때려서 깨워줄 수도 있다만?"

"그러니까 있지, 오늘은 마지못해 오빠랑 같이 가야 해……."

그런 나와 미유키의 대화를 듣고서, 스즈네는 뭐가 재미있었는지 키득 웃음을 흘렸다.

"미유키네 남매는 정말로 사이가 좋네. 어쩐지 부럽다……."

어째서인지 부러워하는 눈빛으로 나와 미유키를 번갈아 보는 스즈네. 나랑 미유키는 얼굴을 마주 보았다.

"하지만 스즈네랑 쇼타 오빠도 사이가 좋잖아?"

두 사람이 동시에 품은 의문을 대표해서 미유키가 물었다.

그런 미유키의 물음에 스즈네는 "응, 무척 사이가 좋고, 난 오빠를 무척 좋아해……"라고 살짝 모호하게 대답했다.

"하지만 난 미유키나 선배처럼 서로 농담을 주고받을 만한 관계가 즐거워 보여서."

그런 스즈네의 말을 듣고 나는 잠시 생각했다.

확실히 스즈네와 쇼타의 관계는 나와 미유키의 관계하고는 조금 다르다.

사이가 좋은 것은 틀림없겠을 테고, 스즈네도 쇼타를 무척 좋아한다는 사실은 알지만, 어쩐지 '사이 좋은' 종류가 우리하고는 다른 것이다.

"그럼 갈까."

그렇게 말하고서 셋이 걷기 시작했다.

쇼타에게는 학교에 먼저 가겠다고 연락해 둘까.

그 후로 우리 세 사람은 하잘것없는 이야기를 하며 학교로 향했다.

하지만 5분 정도 걸었던 참에 갑자기 미유키가 발걸음을 멈추었다.

"아차!!"

"뭐야. 무슨 문제 있어?"

"숙제를 책상 위에 놔두고 왔어."

그렇게 말하기가 무섭게 어째서인지 나를 물끄러미 쳐다보았다.

"아하핫!! 난 숙제를 가지러 갈 테니까…… 두 사람은 그게……
먼저 가도 돼."

미유키는 그렇게 말하더니 도망치듯이 돌아서서는 집으로 뛰
어갔다. 그런 미유키의 뒷모습을 바라보면서 나는 머리를 감싸
쥐고 싶어졌다.

미유키, 연기가 너무 서툴잖아…….

아무래도 처음부터 이럴 속셈이었나 보다.

자칭 나와 스즈네의 큐피드인 미유키는 나와 스즈네를 단둘이
등교시키고 싶었던 모양이다.

"어쩔까요?"

갑자기 벌어진 일에 살짝 곤란한 표정이 된 스즈네.

귀여운 여동생을 위해서 그 녀석이 돌아올 때까지 여기에 멀거
니 서 있을까 생각했지만, 그런 짓을 하면 나중에 얻어터질 것 같
았다.

"뭐 미유키도 먼저 가라고 했으니, 우리끼리 갈까."

그렇게 말하자 스즈네는 살짝 뺨을 붉히며 "그, 그렇군요……"
라고 대답했다.

말은 그렇게 했지만, 나는 어제 일이 떠올라 몹시 불편했다.

서로 말을 꺼내지도 않고 묵묵히 걷기를 몇 분.

"어제 일 말인데요……."

문득 스즈네가 침묵을 깼다.

스즈네가 갑자기 어제 일을 화제에 올리자, 나는 **뺨**이 달아오르는 감각을 느꼈다. 스즈네 또한 나를 보고서 얼굴이 빨개졌다.

주택가 한가운데에 빨간 신호가 두 개가 늘어져서 사소한 교차점이 생겼다.

"제 얘기를 진지하게 들어주셔서 감사해요."

"아냐, 신경 쓰지 않아도 돼. 쇼타만큼이나 오래 알고 지냈잖아. 고민이라면 언제든지 들어줄게."

친구의 여동생이란 포지션은 최근 일 때문에 몹시 껄끄러워졌지만요!!

그러자 그때 스즈네는 학생 가방 지퍼를 열고서 안을 뒤적거리기 시작했다.

가방에서 손을 꺼내자, 거기에는 무언가 작은 포장 봉투가 쥐어 있었다. 봉투에는 작은 고양이 일러스트가 그려져 있었다.

"선배, 이런 걸로 답례가 될 수 있으리라고는 생각 안 하지만, 괜찮다면 드세요."

그렇게 말하며 그녀는 나에게 봉투를 내밀었다.

"이건?"

"쿠키예요……. 미유키처럼 잘 만들지는 못했지만요……."

"정말 나 주는 거야?"

"네, 게다가 선배에게는 늘 소설로 신세를 지고 있었고요……."

다른 건 몰라도, 이 경우에 신세를 졌다는 표현은 조금 오해의 소지가…….

"받아주시겠어요?"

스즈네는 내가 거부한다는 생각이라도 하는 것인지, 살짝 불안하면서도 두려워하는 표정이었다.

"그러면 감사히 받을게, 고마워 스즈네."

그녀의 얼굴이 살짝 풀렸다.

역시 귀여워…….

내 관능 소설을 읽고 있다는 사실만 눈 감으면, 사진을 찍어서 스마트폰 배경 화면으로 쓰고 싶을 만큼 귀여운 미소야.

"그런데 선배, 소설 말인데요…….."

나는 망상을 품을 틈도 없이 곧바로 현실로 끌려 나왔다.

아무래도 관능 소설을 읽고 있다는 사실에 눈 감는 전제는 애당초 불가능한가 보다.

그녀는 소녀처럼 가슴 앞에서 양손을 맞잡고, 반짝거리는 눈동자로 나를 올려다보았다.

그 빛나는 눈동자에는 한 점의 흐림도 없다.

"선배는 『친구의 여동생을 NTR』을 장차 서적으로 낼 생각이 있나요?"

"스즈네, 밖에서 작품명을 굳이 전부 읊지 않아도 괜찮아…….."

가능하다면 스즈네의 입에서 그런 말을 듣고 싶지 않다.

그리고 스즈네 또한 자신의 파렴치한 발언을 자각한 모양이라서 "흐아앗……"이라고 말하며 뺨을 새빨갛게 물들였다.

"죄, 죄송해요! 하지만 그게…… 선배가 프로 소설가가 될 생각이 있는지 알고 싶어서……."

"프로 소설가라……."

솔직히 말하자면 그다지 의식한 적이 없었다.

물론 여태까지도 웬만큼은 소설에 대해서 진지하게 마주했다. 하지만 그것은 어디까지 웹 소설가로서의 이야기이다.

애당초 여태까지 랭킹에 제대로 올라간 적도 없고, 그런 제안이 오리라고는 꿈에도 생각하지 않았던 만큼, 그 뒤의 일은 그다지 생각해 본 적이 없었다.

"선배의 소설은 굉장히 야하고 재미있어요. 다른 관능 소설에 비교해서도 압도적으로 퀄리티가 높다고 전 생각해요."

선뜻 다른 관능 소설에도 손을 댄다는 사실을 커밍아웃하면서 내 소설을 절찬하는 스즈네.

"저, 선배의 소설을 좀 더 많은 사람이 읽었으면 좋겠어요. 사실은 미유키에게도 추천하고 싶고, 좀 더 많은 사람에게도 선배의 실력을 알리고 싶어요."

얘는 날 죽일 작정인가?

실제 여동생에게 그 소설을 보여줘? 지옥인데?

하지만 뭐 스즈네가 그렇게까지 내 소설을 좋아해 주는 것은 친구로서는 어쨌거나 소설가로서는 기쁘다.

그런 그녀에게 "고마워. 그렇게 말해줘서 기뻐"라고 감사 인사를 하자, 그녀는 어째서인지 표정을 흐리며 나에게서 시선을 피했다.

"하지만 선배는 아직 모든 실력을 발휘한 건 아니잖아요?"

"어? 아니, 그게 내 실력의 전부인 거 같은데……."

그건 스즈네의 과대평가다. 하지만 내 말을 인정할 수 없는지, 그녀는 고개를 옆으로 내저었다.

"그렇지 않아요. 선배는 아직 소설에 조심스럽게 접근하고 있는 게 느껴져요……."

"나는 그런 적이……."

거기까지 말한 참에 스즈네가 내 손을 잡았다.

스즈네의 손은 참 따뜻하고 부드럽구나.

그렇게 혼자서 감동하고 있노라니, 스즈네는 "선배, 잠시 이쪽으로 오세요"라며 내 손을 당기며 가까운 나무 그늘로 끌고 갔다.

"어어엇?"

"저는 선배가 생각보다 훨씬 더 변태란 걸 알고 있어요."

나는 이걸 칭찬이라고 생각해야 하는 걸까?

그녀는 남의 시선을 확인하고 나서 그 자리에 쭈그려 앉더니, 붙잡은 손을 아래로 꽉꽉 잡아당겨 나도 쭈그려 앉게 했다.

그리고 그녀는 가방 지퍼를 다시 열더니 안에서 무언가를 꺼내 들었다.

"선배, 이걸 봐주세요."

그렇게 말하며 그녀가 내 앞에 든 물건은 은색 숟가락이었다.

그녀는 나에게로 얼굴을 가져다 대더니, "어제 먹은 안미츠는 맛있었죠? 실은 그 찻집에서 썼던 숟가락과 똑같은 게 집에 있었어요"라고 말하며 뺨을 붉히면서 살짝 입꼬리를 올렸다.

"선배, 어제 제가 안미츠를 먹여줬을 때, 굉장히 기쁜 표정을 지었었죠."

"어……?"

"그리고 입 안에서 숟가락을 돌렸을 땐 훨씬 기쁜 표정을 지었어요."

"아니, 그건……!"

"벼, 별로 상관없어요. 좀 더 솔직해져도 저는 선배를 경멸하지 않을 테니까요."

"…………."

아무래도 어제 나에게 안미츠를 먹여주는 척, 내 성벽을 확인한 모양이었다.

"보통, 안에서 숟가락을 돌리면 불쾌해하지 않나요? 그런데 선배는 왜 기쁜 표정을 지었죠?"

그렇게 말하며 그녀는 가져다 댄 얼굴을 더욱더 들이대며 내 눈동자 속을 물끄러미 쳐다보았다. 그녀는 숟가락으로 내 아랫입술을 살짝 쓰다듬기 시작했다.

위험하다. 이거 몹시 위험하다.

아랫입술에 느껴지는 간지러움과 숟가락의 차가운 감촉에 나도 모르게 몸을 떨었다. 그런 내 눈동자를 보고서 그녀는 키득 웃었다.

"역시 기뻐 보이네요? 연하의 여자애에게 이런 짓을 당하면 보통 화나지 않나요?"

"스, 스즈네, 대체 왜 그래?"

"선배, 입을 아~앙 벌려주세요."

완전히 그녀에게 농락당하고 있다. 그녀의 그런 도발적인 말을 듣고 그 사실을 뚜렷이 자각했다.

연하의 여자애에게 이런 식으로 농락당하는데, 나는 왜 화가 나지 않는 걸까?

완전히 우습게 보이고 있잖아, 류타로. 안 된다. 이런 꼴을 당하고도 가만히 있으면 선배로서의 위엄이 서질 않는다.

류타료야. 그녀의 말을 들어서는 안 된다.

이 상황에서는 숟가락을 잡고서 '선배를 놀려서는 안 돼'라고 주의를 주는 것이 선배란 말이다.

나는 그녀의 유혹에 넘어갈 것 같아졌지만, 아슬아슬하게 생각에 그치고 마음을 독하게 먹었다.

"아~앙."

결국, 나는 스즈네의 말대로 입을 벌렸다.

그러자 숟가락 끝이 내 입 속으로 스르륵 들어왔다.

스즈네는 숟가락을 문 나를 보고 키득키득 웃더니 "착한 아이네요. 장하다, 장해"라고 칭찬했다.

나쁘지 않은 감각.

내 선배로서의 위엄은 이 순간, 흔적도 없이 사라졌다.

"선배는 좀 더 자신의 욕구를 소설에 담아야 해요. 그러면 좀 더 많은 독자가 선배의 소설을 읽을 거예요."

나를 괴롭히듯이 숟가락으로 입 안을 휘젓는 스즈네.

"그러면 랭킹도 올라갈 테고, 랭킹이 올라가면 프로가 될 수도 있겠죠."

대답하고 싶지만, 숟가락이 입에 처박힌 탓에 대답할 수 없어서 고개를 끄덕 주억였다.

"저, 선배에게 힘이 되고 싶어요. 선배가 프로 소설가가 될 수 있게끔, 진정한 선배를 훨씬 더 끌어내 주고 싶어요."

스즈네가 돌리는 숟가락이 어금니나 혀에 닿으며 입 속을 자극했다.

부끄러움과 음란함으로 가슴의 두근거림이 멈추지 않는다.

아무래도 스즈네는 어제의 선언대로 정말 겉꾸리기를 그만둔 모양이다.

"선배는 참 아기처럼 귀여워요."

그녀는 그렇게 말하며 숟가락으로 내 혀 옆면을 살살 어루만지며 나를 희롱했다.

1분쯤 내 입 속을 가지고 놀던 참에, 스즈네는 내 입에서 숟가락을 뽑아냈다.

그녀는 숟가락을 바라보더니 "선배의 타액…… 잔뜩 묻어버렸네요"라고, 그 말대로 타액이 묻은 숟가락을 눈앞에 내밀었다.

"부끄러운가요?"

"부, 부끄럽습니다……."

"후배의 숟가락에 이렇게나 잔뜩 타액을 묻히다니, 선배는 너무하네요…….."

아아, 뭘까…… 굉장히 좋아…….

"미, 미안, 스즈네."

내가 잘못한 것도 아닌데 나도 모르게 사과하고 말았다.

그런 나에게 스즈네는 고개를 갸웃했다.

"왜 사과하는 거죠?"

"아니, 그야…….."

그 이유는 하나뿐이잖아.

하지만 눈앞의 소녀는 내가 왜 사과하는지 모르는 모양이다. 스즈네는 잠시 뺨에 검지를 댄 채 생각에 잠기고 나서 살짝 입꼬리를 올렸다.

"저는…… 서, 선배의 입으로 듣고 싶어요…….."

"어……?!"

농담이지? 내 입을 숟가락으로 실컷 희롱해 놓고, 아직도 부족하다는 거야?

"왜 사과했는지, 선배의 입으로 말했으면 좋겠어요."

내게 더한 수치심을 줘서 철저하게 내 마음을 꺾을 작정인가.

"자, 선배…… 왜 사과한 건가요?"

안 되겠어. 스즈네, 너무 강적이야…….

"그, 그게…… 스즈네의 소중한 숟가락을…….."

아아, 부끄러워서 죽고 싶어…….

"제 소중한 숟가락이 어쨌는데요?"

"스, 스즈네의 소중한 숟가락을……."

거기까지 말하고서 한번 심호흡했다. 스즈네는 그런 나를 물끄러미 바라보며 내 말을 기다렸다.

이제 할 수밖에 없다. 수치심을 버리고서 할 수밖에 없다.

"스즈네의 소중한 숟가락을 내 침 범벅으로 만들어서 미안해!!"

아아, 죽고 싶어. 죽고 싶어, 죽고 싶어, 죽고 싶어, 죽고 싶어. 당장 몸부림치고 싶을 만큼 부끄럽다.

눈동자에 번지는 눈물을 흘리지 않으려고 필사적으로 참고 있노라니, 스즈네는 싱긋 미소 지었다.

"솔직하게 사과하다니 착한 아이네요. 장하다, 장해."

그렇게 나를 칭찬했다.

"하지만 사과할 필요는 없어요. 선배의 귀여운 입에 숟가락을 넣은 건 저인걸요."

스즈네는 그렇게 말하고서 숟가락을 손수건으로 감싸 가방에 넣었다. 그리고 진지한 눈빛으로 나를 바라보았다.

"선배, 저랑 같이 프로 소설가를 노려보실래요? 저, 선배의 제일가는 독자로서, 선배의 소설을 훨씬 더 많은 변태가 읽는 모습을 보고 싶어요."

"하지만 나로서는……."

"그렇지 않아요. 선배의 재능은 제가 보증해요."

그녀는 귀엽게 주먹을 쥐고서 나를 격려했다.

방과 후, 나는 교문 앞에 서 있었다.

실은 오늘 아침, 스즈네에게서 '방과 후 교문 앞에서 착하게 기다리세요'라는 말을 들은 것이다.

아무래도 창작에 도움이 되는 곳으로 데리고 가준다고 한다.

구체적으로 어디에 가는지는 가르쳐주지 않았지만, 가면 안다고 하니 일단 교문 앞에서 착하게 기다리고 있었지만, 스즈네의 모습은 없다.

수업이 늦게 끝나는 걸까?

그런 생각을 하면서 교문 앞에 서서 주위를 둘러보았지만…….

저게 뭐야…….

나는 기묘한 광경을 보았다.

내 시선 앞에는 『창립 10주년 기념수』라고 적힌 커다란 벚꽃 나무. 그리고 거기에서 빼꼼 고개를 내민 여자애.

자세히 보니 스즈네였다. 스즈네는 몸을 나무에 숨긴 채 나에게 손짓하고 있다.

이쪽으로 오라는 뜻인가 보다.

어쨌거나 부르니까 가지 않을 수는 없다. 고개를 갸웃거리면서도 기념수로 다가갔다.

"놀라게 해서 죄송해요…….."

스즈네는 다가온 나를 향해서 정중하게 고개를 숙였다.

"아니, 딱히 상관없지만…… 왜 그런 곳에 있어?"

그렇게 묻자, 스즈네는 "에헤헤……"라며 쓴웃음을 띠었다.

"학교 안에는 오빠랑 아는 사람도 있고, 뭐랄까, 그…… 이런 말을 스스로 하기는 부끄럽지만, 저는 꽤 남들 눈에 띄기 쉬워서요……."

그렇게 말하며 뺨을 물들였다.

과연, 요 며칠로 초변태 이미지가 너무 앞서가서 깜빡했지만, 스즈네는 압도적인 학교의 아이돌이었다.

아무래도 역시나 스즈네도 자신이 그 나름대로 눈에 띄는 존재라는 사실은 자각하는 모양이다.

"확실히 그렇지……. 하지만 그렇다면 일부러 학교 안에서 만나기로 약속하지 않아도……."

눈에 띄는 게 싫다면, 일부러 이런 곳을 약속 장소로 잡을 필요는 없다. 역 앞……은 역시나 눈에 띄겠지만, 어제처럼 찻집 같은 곳이라면 다소는 남들 눈을 피할 수 있을 것이다.

"그렇긴 하지만, 오늘은 여기에서 만나야만 해요."

"무슨 소리야?"

"선배를 데리고 가고 싶은 곳은 학교 안에 있어요."

스즈네는 기쁘게 미소 지었다.

아무래도 이제부터 수상한 학교 탐색이 시작되는 모양이다.

창작 활동에 도움이 되는 곳…….

나는 그 말에 몹시 수상쩍음을 느꼈지만, 스즈네에게 이끌려서 찾아간 곳은 의외로 수상쩍음이 한 톨도 없는 건전의 극치 같은 곳이었다.

"여기는……."

"도서실이에요. 실은 저, 도서위원 일을 하고 있는데, 여기가 최근 제 마음에 드는 곳이에요. 여기라면 선배의 창작 활동에 도움이 될 거예요."

"뭐 확실히 도움이 된다면 도움이 되겠지만……."

"죄송해요. 기대에 어긋났나요? 보건실이 더 좋았나요?"

"아니, 오히려 안심할 지경이야……."

스즈네의 성격상 진심으로 보건실에라도 끌고 가나 싶어서 조마조마했지만, 도서실이라는 선택에 솔직히 안심했다.

등잔 밑이 어둡달까 뭐랄까, 확실히 여기에 노트북이라도 가지고 들어오면 조용하게 집필도 할 수 있고, 관능 소설에 도움이 될지 아닐지는 제쳐두고 자료 수집은 할 수 있을 법하다.

"미안, 스즈네 널 오해했어."

"오해라니요?"

스즈네는 어리둥절한 표정으로 나를 올려다보았다.

"그래, 스즈네가 생각했던 것보다도 분별 있는 여자애라서 안심했어."

그렇게 대답하자 스즈네는 아주 조금 불만스럽게 뺨을 부풀렸다.

"선배. 저는 확실히 다른 여자애보다도 그…… 아주 조금 야한 구석이 있을지도 모르지만, 그래도 남들 눈은 신경 쓰고 있어요."

"그, 그렇구나. 이상한 소리를 해서 미안해."

이래 봬도 스즈네는 학교 제일의 숙녀로 통하는 것이다. 설령 본성이 초변태라고 해도, 그렇게 여겨지지 않을 능력은 갖추고 있을 것이다.

"그럼 들어갈까요……."

스즈네가 앞장서듯이 도서실로 들어가길래 그녀의 뒤를 따랐다.

이제 와서 깨달았지만, 입학 이래 도서실에 들어오는 것은 이번이 처음이다.

애당초 읽고 싶은 책은 언제나 서점에서 사고 있고, 내가 읽을 만한 라이트노벨 부류는 이 학교 도서실에는 비치되어 있지 않다는 사실도 친구에게 들었다.

도서실에 들어온 순간, 은은하게 풍기는 곰팡내와 먼지. 교실을 두 개 붙인 정도 되는 넓이의 도서실 안쪽 절반은 책장으로 점령되어 있었고, 바로 앞에 놓인 커다란 테이블에서는 학생 두세명 정도가 독서에 매진하고 있었다.

스즈네는 우선 카운터로 향하더니, 오늘 접수 담당을 맡은 학생에게 가볍게 인사를 하고서 책장이 있는 안쪽으로 걸어갔다.

조용한 도서실에서는 나와 스즈네의 발소리여도 실내에 울리고 만다.

스즈네가 도서실 가장 안쪽 책장 앞까지 다가가서는 정성스럽게 치맛자락을 접고서 그 자리에 쭈그려 앉았길래 나도 그 옆에 쭈그려 앉았다.

"여기예요……."

그녀는 목소리를 죽이고서 천장까지 이어진 거대한 책장 가장 위 칸을 손가락으로 가리켰다.

"여기가 뭐 어쨌는데?"

"…………."

스즈네는 내 물음에 아무런 대답을 하지 않은 채, 어째서인지 부끄러운 듯이 뺨을 붉혔다.

나는 책장을 쳐다보았다. 아무래도 이 책장은 동남아시아 여러 나라의 문화에 관해서 쓰인 책이 늘어져 있는 모양인데, 책등을 보아하니 『인도네시아와 이슬람 문화』, 『캄보디아 종교 여행기』 등, 이런 말을 하기는 미안하지만, 고등학생이 그다지 손을 대지 않을 만한 책이 늘어져 있었다.

나는 고개를 갸웃거렸다. 왜 스즈네는 나를 이런 곳으로 데리고 온 거지?

적어도 그런 서적은 내 소설 자료로서 그다지 도움이 될 것처럼 보이지는 않았다.

그런 내 태도에 스즈네는 여전히 얼굴을 붉게 물들이고 있었다. 그리고 새빨간 얼굴을 한 채 나를 바라보더니 마침내 입을 열었다.

"제 컬렉션이에요……."

"컬렉션? 스즈네 넌 외국 문화에 흥미라도 있어?"

하지만 스즈네는 얼굴을 붉힌 채 고개를 옆으로 내저었다.

그 표정은 마치, "제 입으로 설명하게 하지 말아요"라는 말이라도 하는 것 같았다. 이 건전한 공간에서 무엇이 그녀를 그런 표정으로 만드는 걸까?

어쨌든 나는 앞으로 평생 읽지 않을 법한 책등을 바라보고는 그중에서 한 권을 뽑았다.

그리고 한 페이지를 넘긴 순간, 심장이 멎을 뻔했다.

"헉!"

스즈네가 당황한 기색으로 주위를 둘러보며 손가락을 입에 댔다.

"서, 선배, 목소리가 커요…….."

"어? 아, 미안……. 하지만…….."

분명 내가 손에 집은 건 동남아시아의 문화를 전달하는 문고본이었다.

표지를 다시 확인했지만, 틀림없이 앙코르와트처럼 보이는 사진과 딱딱한 제목이 적혀 있었다. 하지만 한 페이지를 넘기자 『배덕의 보충 수업, 스즈카의 경우. ―프란츠서원』이라고 적혀 있었다.

역시 이 애는 초변태야…….

나는 머리를 감싸 쥐었다. 역시 스즈네는 나 말고 다른 작품에도 손을 대고 있나 보다…….

기막힌 표정을 짓는 나를 스즈네는 울상을 지으면서 바라보았다.

"선배니까 가르쳐준 거예요. 그런 경멸하는 것 같은 눈빛으로

절 보지 마세요……."

"아, 아니, 경멸하지는 않아. 그보다, 왜 이런 책이 이 건전한 도서실에 놓여 있는 건데……."

"그건……."

그러자 그 상황에서 스즈네는 살짝 겸연쩍은 표정으로 나에게서 시선을 피했다.

"선배는 아까 도서실 입구에 놓인 기증 도서라 적힌 상자를 보셨나요?"

"어? 그러고 보니 그런게 있었던 것 같은데……."

"그건 학생들의 필요 없는 책을 수집하는 상자예요. 도서위원은 그 상자에 들어 있는 책을 선생님께 검열받고 나서 기증본으로 도서실 책장에 늘어놓아요."

"아니, 검열이라니, 이런 책이 검열을 통과할 리 없잖아."

"검열은 명목뿐이에요. 실제로는 기증 도서에 들어 있는 대량의 책 표지만을 보고서, 괜찮은 것에 선생님이 '기증본' 도장을 찍을 뿐이에요."

"요컨대 스즈네는 표지만 그럴싸한 책으로 바꿔치고서, 기증본에 섞었다는 소리야?"

"맞아요……."

터무니없는 변태 책사가 눈앞에 있었다. 이 수법을 쓰면 당당하게 스즈네 취향의 소설을 도서실 책장에 늘어놓을 수 있는 것이다.

분명 동남아시아 문화 책장에 섞은 이유는 이 책장이 이 도서실에서 한층 더 남들 눈에 닿지 않는 장소에 자리 잡고 있기 때문일 것이다.

"이런 걸 도서실에 늘어놓아서 어쩌려고?"

"읽어요……. 들키지 않게끔……."

"와……."

나는 멀리 떨어진 카운터에 앉은 도서위원 여학생을 바라보았다. 그녀는 지루하게 문고본을 바라보고 있었다.

과연, 스즈네는 당번인 날에 저기에 앉아서, 남몰래 컬렉션을 읽는다는 건가…….

이것이 학교 제일의 아이돌이자 숙녀인 스즈네의 실태이다.

"굳이 그렇게 위험한 도박을 할 거 없이 집에서 가지고 오면 되잖아."

그렇게 묻자, 스즈네는 격렬하고 고개를 가로로 내저었다.

"방에는 숨길 수 없어요. 오빠가 때때로 제 방을 슬쩍 물색하고 있는 것 같아서……. 게다가…… 방에서 읽는 것보다 여기에서 모두의 시선을 신경 쓰면서 읽는 편이, 어쩐지 두근거려요."

그렇게 스즈네는 선뜻 오빠의 성벽과 자신의 성벽도 고백했다.

나는 떡 벌어진 입이 다물어지지 않았지만, 문득 생각했다.

"잠깐만……."

그러고 보니 스즈네는 아까 컬렉션이라고 말했었지.

화들짝 놀라서 거기에 늘어진 문고본을 닥치는 대로 뽑아내 표지를 들췄다.

『야구부 매니저의 숨겨진 헌신』

『도쿄 변태 여고생』

『친구의 오빠는 내 가정교사이고……』

OH…… NO…….

소중한 동남아시아 문화가, 스즈네에 의해서 절정의 위기에 처했다…….

"선배……."

"왜……."

"저, 선배에게는 감사 인사로는 다 전해질 수 없을 만큼 크게 감사하고 있어요. 그러니 미력하나마 선배의 창작 활동에 도움이 되고 싶어요."

그렇게 수정보다도 티 없이 올곧은 눈동자로 나를 바라보는 스즈네.

스즈네여, 어찌 그리 순수한 마음을 가지고 초변태가 된 것이더냐…….

스즈네는 책장에 눈길을 떨어뜨리더니, 컬렉션 중에서 한 권을 뽑아내서 그것을 가슴에 끌어안았다.

"선배, 모처럼 왔으니까 잠시 읽고 돌아가실래요?"

그렇게 말하고는 고개를 살짝 기울이며 희미하게 미소 지었다.

귀여워…….

그녀가 터무니없는 말을 입에 담고 있다는 사실은 알지만, 그 귀엽게 웃는 얼굴 때문에 마치 어쩐지 그것이 무척이나 건전한 행위처럼 착각하고 만다.

결국, 나는 거절하지 못한 채 그녀의 제안을 받아들였다…….

창문에서 불어 드는 바람에 커튼이 나부낀다.

1년 중에서 바로 오늘이 봄이라고 확신할 수 있는 기분 좋은 바람을 느끼면서, 나는 정면에 앉은 문학소녀에게 눈길을 빼앗겼다.

아름다워…….

그저 도서실에서 책을 읽고 있을 뿐인데, 그것이 미나즈키 스즈네라는 사실만으로 인상파의 회화라도 바라보는 것 같은 착각을 느낀다.

분명 누구라도 그녀를 보면 틀림없이 그렇게 생각할 것이다.

그녀가 책을 읽는 모습은 100명의 남자가 있으면 100명이 넋을 잃고 쳐다보고 말 것 같은 매력이 있다.

하지만 그런 시냇물처럼 마음이 씻기는 광경을 깨부술 수 있는 단어를 나는 알고 있었다.

『학생회장의 조련비망록 −프란츠서원』

그것이 그녀가 읽고 있는 소설의 제목이다.

아, 덧붙여서 가짜 표지는 『카자흐스탄의 식문화』라는 제목입니다.

그녀의 컬렉션은 동남아시아만으로는 질리지 않고, 중앙아시아에도 그 세력을 뻗치기 시작했다.

현대를 살아가는 칭기즈칸의 모습이 거기에 있었다.

눈앞에서 독서에 매진하는 스즈네를 바라보면서, 나는 기막힘을 뛰어넘어서 감탄했다.

도서실에서 잘도 이렇게나 집중할 수 있구나. 그녀는 이미 그럭저럭 한 시간 가까이 관능 소설을 쭉 읽고 있다.

뭐 스마트폰으로 연재 플롯을 짜고 있는 내가 뭐라 할 처지는 아니지만, 적어도 내 뒤에는 창문밖에 없는 데다 도서실은 3층이니 우선 누군가가 들여다볼 일은 없다.

하지만 정면에 앉은 스즈네는 그렇지 않다.

그녀의 뒤에는 카운터나 옆 테이블이 있다. 실제로 아까 전부터 몇몇 학생이 그녀의 뒤를 지나가고 있고, 그럴 마음을 먹으면 들여다보고 말 것 같다.

아, 참고로 내 명예를 위해서 말해두겠는데, 나는 처음에 스즈네에게 창가 자리를 권했다. 하지만 그녀 자신이 "이, 이쪽이 두근거려요……"라고 말하며 일부러 저쪽에 앉은 것이다.

아무래도 뒤를 사람이 지나가면 부끄러워서 가슴이 콩닥해진다며…….

아마 그녀는 일본에서 제일 콩닥이라는 단어를 잘못 쓰고 있을 것이다.

하지만 역시나 그녀도 남들의 시선은 신경 쓰는 모양이라서, 누군가가 뒤를 지나갈 때는 황급히 펼친 책에 얼굴을 묻고서 넘기고 있다.

그리고 이건 여담이지만, 때때로 그녀가 갑자기 얼굴을 붉히거나 살짝 몸을 비트는 탓에, 그녀가 어느 타이밍에 '그 장면'에 접어드는지 빤히 알 수 있었다.

소설에 푹 빠진 스즈네와는 대조적으로 내 플롯은 암초에 걸렸다.

뭐 당연하다면 당연하다. 눈앞의 소녀는 내 소설을 애독하는 것이다. 그리고 그녀는 히로인의 모델이 자신이라는 사실을 안다.

즉, 여기에 내가 과격한 묘사를 넣으면, 눈앞의 소녀에게 나는 널 뇌 내에서 이런 식으로 엉망진창으로 만들어 버렸다고 고백하는 것이나 마찬가지이다.

그 때문에 한 걸음 더 파고든 플롯을 짤 수 없었다.

스마트폰과 눈싸움하면서 끙끙거리는 나.

그러자 그때 정면의 변태 문학소녀가 갑자기 문고본을 테이블 위에 놓더니 카운터로 걸어갔다. 그녀는 접수 담당 학생에게 무언가 말을 걸더니, 그 학생에게서 무언가를 받아서 이쪽으로 돌아왔다.

"왜 그래?"

"어쩐지 저 애, 피곤한 것 같길래 문단속을 교대했어요. 어차피 저는 문 닫을 때까지 있을 테니까요."

카운터를 보자, 학생은 가방을 손에 들더니 스즈네에게 고개를 숙이고 도서실을 나갔다.

그 상황에서 나는 어느샌가 도서실에 나와 스즈네 말고는 인적이 없다는 사실을 깨달았다.

"이 시간엔 늘 이런 느낌이에요."

그녀는 내 마음을 꿰뚫어 본 것처럼 대답했다.

"그보다도 선배…… 뭔가 제가 도울 수 있는 일은 있나요?"

"도울 수 있는 일?"

"소설 말이에요……."

"으음……."

변태인데도 마음 다정한 스즈네는 내 소설이 정체하고 있는 사실을 걱정하나 보다.

"고마워. 하지만 괜찮아."

그렇게 대답하자 스즈네는 "그런가요……"라고 살짝 유감스럽게 대답했다.

그 후, 스즈네는 무언가 고민하듯이 "으~음……" 하며 잠시 입술에 검지를 대고 있었는데, 갑자기 화들짝 놀란 듯이 눈을 크게 떴다.

그리고 어째서인지 뺨을 새빨갛게 물들이면서 나를 바라보았다.

"저, 저기…… 선배……."

"왜, 왜?"

"자, 잔뜩 봐도 돼요……."

"뭘……?"

갑자기 알아들을 수 없는 말을 꺼내는 스즈네. 내가 다시 묻자,

그녀는 당장이라도 울음을 터뜨릴 것 같은 눈동자를 보이며 떨리는 목소리로 말했다.

"그, 그게…… 선배가 쓰는 소설의 모델은 저……잖아요?"

"그런데?"

"그러니까 그…… 만약 선배의 소설에 도움이 될 수 있다면, 저를 그…… 야한 눈으로 뚫어지게 봐도 좋아요……."

"스, 스즈네?!"

아무도 없다는 사실은 알고 있지만, 나도 모르게 주위를 둘러보고 말았다.

눈앞에 있는 미소녀가 자신을 야한 눈으로 봐도 좋다고 말한다. 이 무슨 악마의 유혹인가. 대체 이 유혹에 굴하지 않을 남자가 이 세상에 존재하는 것일까? 진심으로 그렇게 생각했다.

더군다나 무섭게도 그녀의 눈동자는 한없이 맑아서, 그저 내소설에 도움이 되고 싶다는 순수한 감정만이 전해져왔다.

"저, 저라면 걱정하지 않으셔도 괜찮아요. 살짝 부끄럽긴 하만…… 그걸로 선배에게 도움이 될 수 있다면, 어디에서 어떻게 보셔도 상관없어요."

"으윽……."

어디에서 어떻게 봐도…….

안 되겠어. 마음속으로 죄책감과 남자의 로망이 서로 치고받아서 전혀 결판이 날 것 같지 않아.

"…………."

"………."

내가 어느 쪽 결단도 내리지 못한 상태로 침묵이 도서실을 뒤덮었다.

스즈네는 여전히 맑은 눈으로 나를 한결같이 바라보고 있었다. 그리고 먼저 침묵을 깬 사람은 스즈네였다.

"선배는 여자애의 다리를 좋아하시죠?"

"그, 그게 무슨 소리야?"

"저, 알아요……. 왜냐하면 전, 선배 소설의 제일가는 독자니까요. 선배의 소설은 여고생의 치마에서 뻗어 나오는 허벅지의 묘사가 많아요."

스즈네가 꺼낸 갑작스러운 지적을 듣고 얼굴이 순식간에 달아올랐다.

"어떤가요? 선배……."

"아니, 그건……."

결론부터 말하자면 스즈네의 지적은 옳다.

솔직히 말하자면 다리 묘사를 의식적으로 적을 마음은 없었지만, 내 소설에는 무의식중에 성벽이 투영되었던 모양이다.

"좋아하시잖아요……. 여자애 다리……."

스즈네의 눈은 확신에 차 있었고, 살짝 웃음기가 떠올라 있었다.

죽여줘어어어어어!! 누가 지금 당장 나를 죽여줘어어!!

태어나서 여태까지 맛본 적 없을 만한 수치심이 나를 덮쳤다.

"저, 세어봤어요. 선배에게 도움이 되고 싶어서……. 그랬더니 선배가 쓴 소설의 묘사는 가슴 묘사에 비해서, 다리 묘사 쪽이 3.14배나 많았어요…….”

뭐, 뭐냐, 그 인생에서 전혀 도움이 되지 않을 변태 원주율은!! 어디까지 초연한 거냐고. 이 애는…….

스즈네는 전부 다 꿰뚫어 본 것이다. 그녀는 분명 화등잔처럼 큰 눈으로 소설을 읽고 있다. 그중에서 그녀는 완벽하게 내 성벽을 훤히 내다보고 있었다.

그녀의 외모에 속아서는 안 된다.

그녀의 변태 기질은 내 상상을 아득히 능가한다.

마치 그녀의 손바닥 위에서 굴러다니는 것 같았다.

“…………”

수치심을 느낀 나머지 목소리를 낼 수도 없었다.

그 상황에서 스즈네는 일어섰다. 그녀의 뺨도 역시 붉었다.

분명 무리하는 것이다. 사실은 부끄러울 것이다. 틀림없이 그럴 것이다. 하지만 내 소설을 위해서 몸을 희생하려고 하는 것이다.

스즈네는 무릎길이의 치맛자락을 손가락으로 집었다.

“치마는 어느 정도의 길이가 좋으세요?”

“그걸…….”

대답할 수 있을 턱이 없잖아!!

“전 알아요. 왜냐하면 하루카의 치마 길이는 이 정도인걸요.”

스즈네는 그렇게 말하며 치마를 5cm쯤 집어 올렸다.

그 길이는 내가 상상했던 하루카의 치마 길이와 딱 맞아떨어졌다.

　"선배…… 저, 선배에게 도움이 되고 싶어요. 이래도 역시 저는 선배에게 도움이 될 수 없을까요……?"

　스즈네는 각오를 다진 모양이었다.

　그녀는 내 소설을 읽기 이해서라면, 어떤 고생이든 어떤 수치든 무릅쓸 생각이다.

　이 눈앞의 친구 여동생은 어쩌면 천재적인 변태일지도 모른다…….

　선생님, 죄송합니다. 그리고 아버지, 어머니 죄송해요. 저는 지금 이 도서실이라는 교내에서도 가장 지적인 공간에서, 학교에서 제일 예쁜 여자애와 변태적인 대화를 나누고 있습니다…….

　폐관까지 30분을 남긴 방과 후 도서실. 그녀의 말대로 이 시간이 되자, 이곳을 찾아오는 학생은 전혀 없었다.

　그 결과, 이 도서실은 벌써 한 시간 가까이 나와 스즈네가 대절한 상태가 되었다.

　"저, 여태까지 하루카에 대해서 착각하고 있었을지도 몰라요. 하루카는 소극적인 여자애이고, 마조히스트인 여자애라고 생각했어요……."

　독서용 테이블을 사이에 두고서 마주 보고 앉은 나와 스즈네. 누군가가 대화를 들을 염려 없는 도서실에서, 스즈네는 엔진을 끝까지 돌린다.

"하지만 몇 번이고 다시 읽는 사이에, 저는 간신히 깨달았어요. 하루카는 분명 정숙하고 소극적인 여자애지만, 마음속에 장난을 좋아하고 적극적인 또 하나의 하루카를 키우고 있어요……."

스즈네의 눈동자는 여태까지 봐온 어떤 그녀의 눈동자보다도 반짝반짝 빛나고 있었다. 여태까지 억눌러 온 내 작품을 향한 사랑이 단숨에 폭발한 모양이다.

기뻐. 물론 기쁘지.

여태까지 살아오면서, 이렇게까지 내 작품을 파고들어 읽어준 사람은 없다. 그리고 그녀는 나보다도 내 작품을 깊게 파고들어서, 히로인 하루카의 마음을 깊게 이해하고 있다. 이렇게까지 멋진 독자를 적어도 난 모른다.

하지만 말이지……. 그래도 아까 전부터 스즈네의 이야기를 진지하게 들으면서, 때때로 머릿속을 스쳐 지나가.

우린 도서실에서 대체 뭘 하는 거냐…….

나도 알아. 알고 있어. 그건 내 마음이 음흉하기 때문이야. 그건 나 자신이 관능 소설이라는 장르를 떳떳지 못한 것이라고 받아들이고 있기 때문이야.

자, 스즈네의 눈동자를 보라고, 류타로.

저렇게나 반짝반짝 빛나는 순진무구하고 탁하지 않은 눈동자를 넌 본 적이 있어?

저건 칠석날 밤에, 유성을 향해 세계평화를 기도하는 여자애의 눈이라고.

스즈네는 음흉한 마음 따위는 하나도 품지 않고서, 그저 순수하게 내 관능 소설이 훨씬 더 변태적이고 많은 사람을 야한 마음으로 만드는 작품이 되기를 바라는 거다.

그런데 너란 놈은…….

그러자 그때 열변을 토하던 스즈네가 제정신을 차린 듯이 화들짝 놀란 표정을 지으며 얼굴을 붉혔다.

"죄송해요……. 좀 지나치게 열이 올랐어요……. 선배는 어떻게 생각하세요?"

그녀는 나에게 맡기듯이 그렇게 물었다.

솔직한 심정을 말하겠다.

나는 그렇게까지 깊게 구상하여 작품을 쓰지 않았다.

무언가 관능 소설에 안성맞춤인 시추에이션은 없나? 그렇다, 쇼타의 여동생은 귀엽지. 실은 쇼타랑 스즈네가 금단의 사랑을 키우고 있는데, 그걸 옆에서 빼앗는다는 전개는 웃기지 않나? 정도의 기분으로 썼다…….

하지만 그런 사실은 부끄러워서 입이 찢어져도 말 못 한다.

아니, 멋지게 고쳐 말하자. 나는 스즈네의 마음을 배신하는 짓은 하고 싶지 않다.

"물론, 한 사람이라도 많은 독자를 기쁘게 해줄 만한 작품을 쓰려고 생각해서 썼어."

그렇게 독도 약도 되지 않을 만한 대답을 하자, 스즈네는 지체

없이 "멋져요. 저도 한 사람이라도 많은 독자에게 선배의 작품이 얼마나 멋진지 알려주고 싶어요"라고 말하며 얼굴 앞에서 양손을 깍지 꼈다.

"하지만 독자를 기쁘게 하기 위해서는 우선, 선배가 기뻐야만 하겠죠?"

응? 무슨 소리지?

스즈네의 말을 전혀 이해하지 못한 채 당황하고 있노라니, 그녀는 얼굴을 불쑥 내게 가져다 댔다.

"제가 선배를 잔뜩 기쁘게 해줄 테니, 그걸 소설 묘사로 써 주세요."

"기쁘게 해준다니……."

스즈네야. 제정신이냐?

알고 있겠지만, 내가 쓰고 있는 건 관능 소설이라고요…….

하지만 그녀는 동요하는 나에게서 시선을 피하려 들지 않았다.

"좀 더 뚫어져라 보셔도 되는데요?"

"보, 보라니——."

"지금, 테이블 밑으로 들어가면, 제 다리를 찬찬히 관찰할 수 있겠죠?"

OH…… NO…….

이게 웬 말이냐. 스즈네는 내 소설을 위해서 진심으로 몸을 바칠 생각인가 보다.

하지만, 역시나 이건 일선을 넘었다.

"스즈네, 아무리 그래도 그건——."

"선배는, 의외로 기개가 없네요……."

이 애, 무지막지 도발하고 있어……!

스즈네는 그렇게 중얼거리더니, 살짝 시시하다는 듯이 나에게서 시선을 돌리고서 한숨을 쉬었다.

그 한숨조차도 나를 도발하기 위한 행위.

그렇더라도 스즈네의 말대로 기개 없는 내가 혼자 당황하고 있노라니, 그녀는 또 내게 시선을 되돌리고서 살짝 웃음을 띠었다.

"그럼 이렇게 하죠."

그녀는 그 상황에서 책상 위에 놓인 자신의 필통으로 손을 뻗었다.

필통에서 볼펜을 한 자루 꺼내더니, 그것을 손바닥에 얹고서 내 앞으로 내밀었다.

"선배, 이 펜을 잘 보세요."

"어? 그, 그래……."

뭐냐고. 마술이라도 선보이려는 건가?

그녀의 손바닥에 올라간 펜을 바라보고 있노라니, 그녀는 펜을 데굴데굴 테이블 위로 굴렸다.

펜은 책상 위를 굴러가 테이블 끝에 다다르더니 바닥에 툭 떨어졌다.

때마침 스즈네의 발치 근처에.

"스, 스즈네 양……. 뭐 하는 겁니까……."

"선배, 주워 주세요."

"아니, 이거는……."

만약 펜을 주우려고 하면 필연적으로 테이블 밑으로 숨어들어 스즈네의 발치를 기게 된다.

그 매력적이면서도 위험한 스즈네의 제안에 아무런 대답도 하지 못하고 있노라니, 내 발등에 무언가가 닿았다. 그리고 그 무언가가 내 발 위에서 꼼지락꼼지락 움직였다.

"흡……!"

다, 닿았어……. 스즈네의 발가락이 내 발에 닿아 버렸어…….

스즈네는 발가락으로 내 발등을 살살 쓰다듬었다. 스즈네의 발이 양말 너머로 닿는 감촉. 살짝 간지럽고, 그런데도 살짝 기분 좋은 감촉에 몸이 움찔움찔했다.

그녀 자신도 스스로 하면서 부끄러운 것인지, 그 표정에서는 수치심이 느껴졌다.

그래도 자기 발을 멈추지 않고서, 내 발등부터 더 나아가서는 옆면, 발목 등을 핥아대듯이 쓰다듬어 댄다.

"서, 선배, 아무 말도 안 하면 마음은 전해지지 않는데요?"

"그러니까 그게……."

그래도 명확히 대답하지 못하는 나에게 스즈네는 추가 공격을 시작했다. 그녀는 발가락을 내 발등에 누르고 빙글빙글 돌렸다.

엄청나게 빙글빙글 돌린다…….

이성이…… 내 이성이……!

"줍지 않으시나요? 그렇지 않으면 줍고 싶지 않나요? 사실을 줍고 싶죠? 왜냐하면 지금 테이블 밑으로 들어가면 제 치마 속이 보이는걸요?"

거기서 더욱 도발.

그녀는 부끄러움에 몸부림치면서도 눈만큼은 도발적으로 나를 바라보고 있었다.

"만약 줍고 싶지 않다면 저를 꾸짖어주세요. 하지만 만약 선배에게 펜을 줍고 싶다는 마음이 있는데 그럴 수 없다고 하면, 선배는 단순한 겁쟁이겠죠?"

뭘까……. 벌건 얼굴로 부끄러워하는 표정과 입에서 나오는 말의 괴리가 엄청난데…….

"선배…… 후회할걸요? 선배는 여자애의 다리를 좀 더 가까이에서 느끼고 싶죠?"

그런 소리를 듣고서 순순하게 줍고 싶다고 말하면 나는 진정한 변태다.

물론, 매력적인 제안이라고 생각하기는 한다.

하지만 여기에서 유혹에 굴하면 인간으로서 무언가 소중한 걸 잃고 만다.

그래서,

"주, 줍고 싶어요……."

솔직하게 마음을 표명했다.

다행히도 나에게는 이 이상 인간으로서 잃을 것은 없었다.

"변태……."

그런 나에게 스즈네가 차가운 말투로 주는 상…….

"서, 선배는, 그런 걸 하고 싶나요? 테이블 밑으로 숨어들어서 여자애의 다리를 뚫어지게 바라보는 걸 좋아하나요? 어째서 연하의 여자애에게 그런 부끄러운 부탁을 하는 건가요?"

경멸의 눈으로 매도 받는 나였지만, 신기하게 괴롭다기보다도 기쁜 감정이 앞서는 것은 어째서일까?

하지만 그런 스즈네도 잠시 지나자 부끄러워하면서도 살짝 입꼬리를 올렸다.

"그래도 선배가 꼭 하고 싶다면 주워도 돼요……. 제 펜을……."

귀여워.

"고, 고맙습니다……."

그렇게 해서 나는 즉시 스즈네의 펜을 줍기 위해서 테이블 밑으로 숨어들어 가려고 했다.

그런 나를 "아, 선배……"라고 불러세운 그녀. 무슨 일인가 하고 조급한 마음을 억누르면서 고개를 갸우뚱하자, 스즈네는 가방 속에서 무언가를 꺼내 들더니 그것을 나한테 내밀었다.

"역시 이걸 착용해주세요."

"이, 이건 뭡니까……."

"눈가리개예요……. 아까는 실컷 봐도 좋다고 했지만, 역시 조금 부끄러워서요……."

그건 머리띠처럼 길쭉한 천이었다.

"아니, 왜 그런 걸 가지고 있는데……."

"뭔가 선배의 소설에 도움이 되면 좋겠다 싶어서 가지고 왔어요. 쓸 기회가 찾아와서 다행이에요."

"유, 유비무환이네……."

"그러게요."

역시 스즈네다. 눈가리개 플레이를 대비해 철저히 준비했던 모양이다.

살짝 유감스럽기는 하지만, 이러면 스즈네도 안심이다. 그렇게 됐으니 곧바로 머리띠를 눈 위에 감아보았다.

음, 아무것도 안 보여.

하지만…… 그럴 마음만 먹으면…….

"이, 있잖아, 스즈네, 한 가지 물어봐도 될까?"

"네…… 뭔가요?"

"확실히 이러면 아무것도 안 보이지만, 이런 건 살짝 젖히면 금세 풀려버릴 거 같은데."

"그렇군요. 설령 선배가 눈가리개를 풀었다고 해도, 제 눈에는 테이블 밑이 보이지 않으니……."

"괘, 괜찮겠어? 나 같은 놈을 믿어도……."

"저는 눈가리개를 하는 쪽이 선배의 상상력이 부풀어 올라서 선배의 소설에 도움이 될 것 같아요. 그렇지만 눈가리개를 빼는 편이 소설의 참고가 된다고 생각하시면 저는 말리지 않아요."

"아니, 하지만 그런 짓을 하면——."

"괜찮아요. 딱히 봐도. 저는 그 일을 누군가에게 말하지 않을 테고 화내지 않아요. 하지만…… 그땐 선배를 마음속 깊이 경멸할 거예요……."

그렇구나, 요컨대 눈가리개를 풀면 스즈네가 나를 경멸한다는 뜻인가.

"그렇지 않으면 경멸받고 싶나요?"

그리고 스즈네는 그런 내 흑심을 훤히 들여다봤다.

"어쩐지 살짝 경멸받고 싶어 하는 표정을 짓고 있네요?"

"아, 아뇨, 그렇지는 않은데……."

나는 애매한 대답을 남기고서 도망치듯이 테이블 밑으로 숨어들려고 했다.

손으로 더듬어서 테이블 위치를 파악하고 천천히 허리를 낮췄다. 바닥에 손을 대고는 그대로 아기가 기어다니는 것 같은 자세로, 스즈네의 발치로 나아갔다.

하지만 눈가리개를 한 탓에 방향감각도 영 파악할 수 없다. 차가운 바닥에 손을 대고 기어가 스즈네의 펜을 찾아 나갔다.

하지만 그럴싸한 물건은 발견하지 못했다.

"선배…… 펜은 찾았나요?"

"아뇨, 현재 탐색 중이라서요……."

"정말인가요? 사실은 이미 발견했는데 거짓말을 하는 거 아닌가요?"

"아뇨, 그런 일은 결단코……."

"눈을 쓸 수 없다면 코를 쓰면 찾을지도 몰라요."

이 무슨 악마의 유혹이냐.

"바닥에 얼굴을 가져다 대고 킁킁 냄새를 맡으면, 펜을 찾을 수 있을지도 모르겠죠?"

"아니, 역시 송로버섯을 찾는 돼지도 아니고."

"하지만 지금의 선배는…… 돼지 같은데요?"

"크윽……."

"선배, 눈을 쓸 수 없다면 상상력을 쓰세요. 청각, 후각, 촉각, 온갖 감각을 곤두세우면, 분명 선배의 눈을 보완할 거예요."

그렇다.

메인 카메라는 봉인 당했지만, 나한테는 아직 감각이 남아 있다.

온갖 감각을 곤두세워서, 뇌내 비전으로 눈앞의 광경을 비추는 거다.

류타로야. 지금이 바로 소설가로서의 진면목을 발휘할 때라고. 상상력을 움직여서 보이지 않는 것을 보는 거다, 류타로.

킁킁 코를 움찔거려 보았다. 그러자 살짝 곰팡내 나는 도서실 특유의 냄새가 콧구멍을 간질였다. 하지만 그중에 살짝이기는 하지만 섬유유연제 같은 달콤한 향기가 섞여 있다는 사실을 깨달았다.

이, 이건……!

나는 엉금엉금 앞쪽으로 나아갔다. 내가 찾아내야 할 물건이 펜이라는 사실도 잊고서, 송로버섯을 찾는 돼지처럼 향기의 발생지로 나아갔다.

그리고 내 코끝이 무언가에 닿았다.

"응, 으읏……."

그와 동시에 무언가 야한 숨결이 테이블 너머로 들려왔다.

곤란해…… 이성이 날아가 버리겠어…….

코끝에 닿는 울의 감촉과 그 안쪽에 느껴지는 발가락 같은 감촉.

스, 스즈네의 발이다…….

아무래도 나는 후각에 기대 스즈네의 양말로 뒤덮인 발에 도착한 모양이다.

스즈네의 양말에서는 섬유유연제의 달콤한 향기가 감돌아서 불쾌한 냄새는 손톱만큼도 나지 않았다.

그 달콤한 향기에 나도 모르게 졸도할 뻔하면서도 킁킁거리자 다시 "으응……"이라는 야한 숨결과 함께, 몸부림치는 것처럼 스즈네의 발가락이 움직였다.

"서, 선배……. 간지러워요……."

아무래도 그녀는 정말로 간지러운 모양인지 키득키득 웃음을 흘리면서 도망치려고 발을 좌우로 이동시켰다.

그래도 나는 스즈네의 냄새를 따라서 도망치는 발을 쫓았다.

보, 보인다……. 스즈네의 몸부림치는 모습이 손에 잡힐 듯 보인다.

분명 내가 냄새를 맡는 건 스즈네의 왼발.

엄지발가락의 감촉이 여기에 있고, 비스듬하게 코를 미끄러뜨리면 거기에는 새끼발가락의 감촉.

"서, 선배⋯⋯. 으응⋯⋯."

"쿵쿵⋯⋯."

만약 이게 왼발이라고 하면, 내 기준으로 왼쪽에 얼굴을 이동시키면 거기에는 스즈네의 또 다른 발이 있을 것이다.

마음먹었으면 실행하는 것이 좋다. 얼굴을 180도 방향으로 회전시키고는 살짝 감도는 섬유유연제의 향기에 기대 얼굴을 뻗었다.

그야말로 송로버섯을 찾는 변태 돼지처럼⋯⋯.

그리고,

"꺄악?!"

내 코끝이 천으로 만들어진 무언가에 닿은 순간, 스즈네의 짧은 비명 같은 목소리가 도서실에 울려 퍼졌다.

아무래도 기습이었던 모양이다. 스즈네는 오른발을 움찔 떨었다.

"서, 선배⋯⋯. 기습은 비겁해요⋯⋯."

"미, 미안⋯⋯."

"괘, 괜찮아요⋯⋯."

내가 엉겁결에 사죄하자 스즈네는 괜찮다고 말했지만, 그 목소리는 살짝 떨리고 있었다.

"그, 그보다도⋯⋯ 펜은 찾을 수 있을 것 같나요?"

그, 그렇지⋯⋯. 내 본래 목적은 스즈네의 양말 냄새를 맡는 것이 아니라 펜을 찾는 것이다.

하지만 그 너무나도 자극이 강한 유혹에 나는 굴할 것 같아졌다.

그러자 그때 스즈네가 살짝 발을 바닥에서 띠웠다. 스즈네의 발의 움직임에 나는 무심코 얼굴을 한 번 뒤로 물렸지만, 이번에는 스즈네의 발 쪽이 내 얼굴을 찾아내서 얼굴의 형태를 확인하듯이 뺨이나 턱을 쓰다듬었다.

"여, 여기가 입이로군요……."

스즈네는 그렇게 말하며 엄지발가락으로 내 아랫입술을 부드럽게 쓰다듬었다.

아아, 안 되겠어……. 뭔가가 폭발할 것 같아…….

"선배…… 빨리 펜을 찾아내 주세요. 그렇지 않으면 전…… 너무 부끄러워서 정신이 나가버릴 것 같아요……."

"그, 그렇게 말해도……."

"아직 어디에 있는지 모르시겠어요?"

유감스럽게도 펜이 있는 장소는 아직 특정할 수 없을 것 같았다. 스즈네의 발은 냄새로 찾아내도 펜은 냄새 따위가 안 난다.

황급히 양손으로 바닥 더듬었지만, 펜에 닿을 수는 없었다.

그러자 그때 다시 머리 위에서 목소리가 들렸다.

"선배…… 정말로 펜은 바닥에 떨어진 걸까요?"

"무, 무슨 소리야?"

"선배는 펜이 바닥에 떨어진 소리를 들었나요?"

"어? 들은 거 같은데……."

"아뇨, 듣지 못했어요. 분명 선배가 잘못 들은 거예요……."

"스즈네?"

그녀의 말에 담긴 뜻이 무엇인지 곧바로 이해할 수는 없었다. 하지만 다음에 그녀가 꺼낸 말을 통해 나는 모든 것을 이해했다.

"펜은 분명 치마 속에 떨어졌어요."

"스, 스즈네?!"

어찌 된 일이냐……. 어찌 된 일이냐.

펜 녀석. 물리법칙을 무시하고 그런 장소에 떨어지다니!!

"딱 제 허벅지 사이에 펜이 떨어졌을 거예요."

스즈네는 거기까지 말하고서 한번 심호흡을 했다.

그리고,

"서, 선배……. 치마 속의 펜…… 주워 주실 거죠?"

"…………."

"선배, 제 말 못 들으셨어요? 펜…… 주워 주실 거죠?"

"…………네, 기꺼이……."

이미 나에게 그 바람을 거절할 만한 용기는 없다.

스즈네가 치마 속에 펜을 떨어뜨렸다고 말하면 그건 떨어뜨린 것이다. 그리고 스즈네가 주워달라고 말하면 줍는 것 이외의 선택지는 없는 것이다.

스즈네가 어느 타이밍에 그런 망측한 곳으로 펜을 넣었는지는 눈을 가린 상태인 나로서는 모르겠지만 한마디 하고 싶다.

고맙습니다!!

"서, 선배……. 후각을 곤두세우세요. 그러면 분명 펜을 찾을

수 있을 거예요……."

"라, 라져……."

그렇게 해서 나는 급거 행선지를 변경하게 되었다. 내가 노리는 곳은 도서실 바닥이 아니라 스즈네의 치마 속이다.

곧바로 스즈네의 오른발 냄새를 다시 맡고 나서 천천히 고개를 들었다. 그리고 아마도 스즈네의 무릎 아래 부근에서 삭스는 끊어지고, 코끝에 사락사락한 감촉이 느껴졌다.

"아앗……. 으응……."

스즈네의 음란한 숨결.

아무래도 스즈네의 맨다리에 코가 닿았나 보다. 코를 살짝 앞으로 내밀자, 스즈네의 딱딱한 무릎뼈 감촉이 났다.

다음은 앞쪽으로 얼굴을 향했다. 눈을 가린 탓에 배알할 수는 없지만, 지금 내 눈앞에는 스즈네의 치마 속 풍경이 크게 펼쳐져 있을 것이다.

보, 보고 싶어……. 하지만 여기에서 보면 인간으로서 끝장이야…….

대체 내 눈앞에는 어떤 광경이 펼쳐져 있을까?

무슨 색이지? 내 눈앞에는 무슨 색 천이 얼굴을 비치고 있는 거냐?!

"서, 선배……. 눈가리개는 제대로 하고 있나요?"

"물론이지."

"선배에게는 보이지 않는다는 걸 알아도, 어쩐지 허전해서 부끄러워요…….”

　허전. 스즈네는 대체 어디가 허전한 걸까…….

　스즈네의 말 하나하나가 내게 무한한 상상력을 주었다.

　“연분홍색…….”

　그 상황에서 스즈네가 선뜻 결정적인 말을 입에 담았다.

　“스, 스즈네?! 무, 무슨 소리를 하는 거야?!”

　“제, 제가 좋아하는 색을 입에 담았을 뿐이에요……. 다른 뜻은
없어요…….”

　“…………．”

　정말로 다른 뜻은 없나요?

　이러면 상상할 수밖에 없잖아. 치마 속, 스즈네의 매끈매끈한
두 허벅지 사이에서 얼굴을 내비치는 연분홍색의 무언가를 상상
해버린다고!

　보인다. 마음의 눈이 개안한 나에게는 보인다!

　건강한 두 허벅지. 치마 속의 어스름한 터널 안쪽에 보이는 연
분홍색 팬티…….

　변태 천리안을 구사해서 그 멋진 광경을 뇌에 새겨넣었다.

　“서, 선배……. 빨리하세요…….”

　그리고 그런 내 행동이 그녀를 초조하게 만들어 버린 모양이
다. 스즈네는 차마 견디지 못한 것인지 떨리는 목소리로 중얼거
렸다.

　“미, 미안…….”

나는 그렇게 사과하고서 느릿하고 신중하게 치마 쪽으로 나아갔다.

하지만 그 직후, 사고는 일어났다.

치마 속에 펜이 있다고 믿고서 꽃밭을 향해 얼굴을 들이밀던 나였지만, 그때 뺨에 스즈네의 허벅지가 스쳤다.

"응웃?! 아, 안 돼……."

스즈네는 저도 모르게 그런 목소리를 흘리더니, 다리에 꽉 힘을 실어서 허벅지를 안쪽으로 오므렸다.

내 얼굴이 좌우 허벅지에 꽉 조여졌다.

"으윽?!"

으으…… 아파……. 하지만 기뻐……. 하지만 아파……. 하지만 기뻐…… 기뻐…… 기뻐……

나는 이 세상에 이런 행복한 통증이 있다는 사실을 처음 알았다.

"시, 싫어……. 선배, 간지러워요……."

허벅지로 내 얼굴을 조이는 스즈네.

"스, 스즈네, 괴로워……."

"그, 그치만 부끄러워요……."

바르작거리듯이 얼굴을 움직여 봤지만, 머리를 움직이면 움직일수록 스즈네는 "으응……"이라는 음란한 숨결과 함께, 말랑말랑한 허벅지로 내 머리를 조여왔다.

괴, 괴로워……. 행복하지만 괴로워…….

쾌락과 고통 사이에서 몸부림치던 나였지만 역시나 괴로움이 앞서기 시작했다.

이대로 가면 곤란해…….

빨리 펜을 회수하지 않으면 산소 결핍에 빠져 버리겠어…….

"스즈네, 미안!!"

그렇게 외치고서 스즈네의 허벅지로 오른손을 뻗었다. 하지만 내가 만진 것은 그녀의 허벅지가 아니라 사락사락한 천의 감촉.

스즈네의 치마였다.

아무래도 난, 어느샌가 스즈네의 치마 속에 머리를 쑤셔 넣은 상태가 되었던 모양이다.

이, 이게 웬일이냐…….

그리고 펜을 회수하기 위해서는 스즈네의 치마 속에 손을 쑤셔 넣어야만 한다.

하지만 이대로는 펜을 회수할 수 없다.

할 수밖에 없다!!

나는 결심했다. 손으로 더듬어서 스즈네의 치맛자락 부분을 찾아내고는, 천천히 조심스럽게 그녀의 치마를 들쳐 올렸다.

"서, 선배, 그만해요…….''

"미, 미안, 스즈네. 하지만, 이렇게 해야 펜을 잡을 수 있어."

"그, 그렇지만, 부끄러워요…….''

"참아줘!!"

나는 마음을 독하게 먹고서 치마를 천천히 천천히 들쳐 올렸다.

"서, 선배…… 팬티가 보여요…….''

"으억?!"

보, 보고 싶어……. 하지만 펜 회수가 먼저다.

치마를 들친 참에, 나는 오른손을 좌우 허벅지 사이에 끼워 넣었다. 손등에 닿는 매끈매끈한 피부의 감촉.

"그, 그런 곳을 만지면 안 돼요!!"

스즈네를 무시하고 스즈네의 가랑이로 손을 넣었다. 그리고 마침내 손가락이 펜 같은 물건을 만졌다.

"으응…… 싫어……."

여전히 몸부림치는 스즈네의 방해를 견디면서, 검지와 중지로 재주 좋게 펜을 끼워 넣고는 그대로 손을 빼냈다.

그다음은 탈출만이 있을 뿐이다. 나는 일단 펜을 바닥에 놓고는, 좌우의 손으로 스즈네의 허벅지를 움켜잡았다.

그리고 억지로 스즈네의 가랑이를 좌우로 벌렸다.

"싫어…… 이런 자세는 부끄러워요……."

머리를 잡아 뽑기 위해서라고는 해도, 지금 스즈네는 틀림없이 다리가 벌어져 나에게 팬티를 보여주는 것 같은 자세가 되었을 것이다.

이게 무슨 일이냐…… 이게 무슨 일이냐…….

학교 제일의 미소녀이자 숙녀인 스즈네에게 나는 무슨 짓을…….

눈가리개를 풀고 싶은 마음을 꾹 억누르면서 머리를 탈출시켰다.

한숨 돌린 나는 바닥에 놓인 펜을 회수해, 엉금엉금 기는 자세로 테이블에서 몸을 빼냈다.

"스즈네…… 펜 찾았어."

눈가리개를 풀었다.

눈 부신 빛에 나도 모르게 눈을 가늘게 뜨면서도 차차 적응해 눈꺼풀을 서서히 뜨자, 거기에는 스즈네가 서 있는 모습이 흐릿하게 보였다.

뿌옜던 스즈네의 실루엣이 서서히 뚜렷해져 가는 것이 느껴졌다.

그리고,

"아니……."

거기에는 살짝 들쳐 올라간 치마를 필사적으로 누르면서 뺨을 새빨갛게 붉히는 스즈네의 모습.

그녀는 "하아…… 하아……" 하고 숨을 흐트러뜨리면서 나에게서 고개를 돌리고 있었다. 치마가 들쳐진 탓에 그녀의 허벅지가 크게 노출되고 말았다.

마, 망측해…….

"스, 스즈네…… 미안…….."

그런 그녀에게 사과하자, 스즈네는 잠시 입을 다물었지만 "괘, 괜찮아요……"라고 가까스로 대답했다.

그 후로 잠시 그녀는 입을 다문 채 숨을 가다듬었다.

예측하지 못한 사태가 발생해서 그녀도 상당히 동요한 것이리라. 따지고 보면 그녀가 꺼낸 말이기는 했지만, 그녀의 마음속을

117

헤아렸다.

하지만 그녀는 마지막에 "후우~" 하고 크게 숨을 내뱉더니, 살짝 들쳐진 치마에서 손을 떼고서 이쪽으로 고개를 향했다.

"선배, 펜은 주웠나요?"

"어? 이, 이거……."

나는 그녀의 발치에서 손발을 바닥에 댄 상태로 오른손에 쥔 펜을 그녀에게 내밀었다.

그녀는 나에게서 펜을 받더니 그것을 주머니에 넣고서 살짝 싱글거렸다.

얼굴은 새빨간 상태이지만…….

그녀는 잠시 웃음을 띤 채 나를 내려다보았지만, 내 머리에 손을 얹더니 "참 잘했어요. 장하다, 장해"라고 내 머리를 쓰다듬었다.

"…………"

뭘까…… 이 배덕적인 마음은…….

하지만 쓰다듬어줘서 기뻐…….

다정하게 머리를 쓰담쓰담 받는 거, 무척 좋아…….

그리고 깨달았다. 나는 완전히 지금, 자신의 성벽을 끄집어내졌다.

『연하의 여자애에게 쓰담쓰담 받아서 기쁘다.』

머릿속에서 내가 새로운 성벽을 해방했음을 알리는 트로피가 출현했다.

아무래도 나는 무언가 업적을 달성했나 보다…….

※ ※ ※

"서, 선배…… 열심히 애썼네요. 장하다, 장해."

넙죽 엎드려서 스즈네에게 감사하는 나.

그리고 그런 내 앞에 쭈그려 앉아서 길고양이라도 달래는 것처럼 "장하다, 장해"라며 내 머리를 쓰담쓰담 쓸어주는 스즈네.

고개를 숙이고 있어서 보이지 않지만, 스즈네는 틀림없이 분명 천사처럼 웃는 얼굴로 내 머리를 쓰다듬고 있을 것이다.

"하, 하지만 정말로 괜찮은가요? 선배는 저보다도…… 나이가 위인데요? 연하 여자애한테 이런 식으로 쓰담쓰담 받으면 부끄럽지 않나요? 다들 우리를 보고 있는데요?"

내 머리를 쓰다듬으면서 그녀는 그렇게 말했다.

"이런 건 굴욕이야. 반 애들이 보기라도 하면 평생 웃음거리가 되겠지."

"그러게요……. 평범한 남자애라면 연하의 여자애에게 이런 식으로 쓰담쓰담 받아도 기쁘지 않겠죠……. 그런데 어째서 선배는, 아까 전부터 강아지처럼 기쁘게 꼬리를 살랑살랑 흔드는 건가요?"

"그, 그건…….."

무, 무거워……. 너무 무거워서 몸이 안 움직여…….

내 머리 위에는 변태 트로피가 얹어져 있었다.

이 무거운 물체가 바로 나를 이렇게 굴욕적인 자세로 만들고 있는 것이다.

그렇다…… 내 머리에 얹은 이 무식하게 큰 트로피만 없다면, 그녀가 쓰다듬는 손을 뿌리칠 수도, 일어설 수도 있을 텐데…….

『연하의 여자애에게 쓰담쓰담 받아서 기쁘다.』

그 트로피에는 그렇게 깊이 새겨져 있었다. 이 녀석이 내 머리 위에 얹어지고 나서, 나는 이 자세에서 고작 몇 밀리도 몸을 움직일 수 없게 되었다.

키득 웃는 스즈네의 웃음소리가 들렸다.

"뭐가 우스운데……."

"서, 선배……. 그거 아세요? 선배의 머리에 얹어진 트로피, 사실은 가벼운데요? 제가 숨을 후 하고 내쉬기만 해도 날아가 버릴 정도로 가벼워요."

"아, 아냐, 그렇지 않아. 이 트로피는 무겁고 또 무거워서 어쩔 수 없어."

"그런가요? 그러면 시험 삼아서 고개를 들어보세요. 분명, 간단히 들 수 있을 거예요."

"그럴 리가……."

"정말이에요. 게다가 고개를 들면 그…… 부, 부끄럽지만 제 팬티도 보이는데요? 선배, 보고 싶지 않나요? 만약 무슨 색인지 맞히면, 좀 더 쓰다듬어줄게요……."

"그, 그건⋯⋯."

그렇다. 스즈네는 교복 차림으로 내 머리 위에서 쪼그려 앉아 있다. 즉, 내 고개를 들면 그녀의 다리 사이에서 엿보이는 행복의 천을 보는 일도 가능하다!!

스즈네의 팬티색은 무슨 색이냐?

흰색인가? 하늘색인가? 그렇지 않으면 진한 검은색이나 붉은색일까?

보고 싶어!! 죽을 만큼 보고 싶어!! 왜냐하면, 스즈네의 팬티라고!!

아, 아니, 아니, 그러면 단순한 변태 동정 고등학생이다.

이렇게 말하자.

관능 소설에 참고하기 위한 자료로써 색을 확인하고 싶다.

나는 목에 힘을 주었다. 목뼈를 삐걱삐걱 울리면서도 조금씩 고개를 들었다.

보는 거야, 류타로!! 스즈네의 팬티를 보는 거야!!

그리고 마침내 나는 고개를 들었다. 그런 내 시선 앞에 있었던 것은 스즈네의 팬티⋯⋯가 아니라, 귀여운 여동생 미유키의 귀신 같은 형상이었다.

"오빠아, 이제 작작 좀 일어나아아아아아아아아아아아아!!"

"어젠 스즈네 녀석, 내 햄버그스테이크만 하나 더 많이 만들다니⋯⋯ 정말로 날 살찌울 셈인가 봐⋯⋯."

평일 아침. 오늘도 오늘대로 쇼타의 스즈네 자랑을 듣던 나는 적당히 '흐음……', '대단하네', '부럽다'라는 세 개의 맞장구를 무작위로 반복하며, 얘기를 듣고 있는 척 연기했다.

솔직히 상당히 대충 맞장구쳤지만, 애당초 쇼타는 자기 얘기를 하고 싶을 뿐이라서 상대의 목소리 따위는 귀에 들어오지 않으니까 이래도 충분히 속일 수 있다.

"그 후로 스즈네가 같이 목욕하자는 말을 꺼내서 곤란했어. 정말로 꿈이라서 다행이야."

꿈이냐!!

흘려들을 셈이었지만, 역시나 마음속에서 태클을 넣지 않을 수 없었다.

이거 봐, 이 녀석 마침내 꿈꾼 내용까지 나한테 자랑하기 시작하게 된 거냐…….

마침내 끝장이로군…….

"정말 꿈속까지 나오다니, 작작 좀 오빠를 졸업했으면 좋겠어……."

아니, 꿈에서까지 여동생을 출연시키다니, 작작 좀 여동생을 졸업해라…….

꿈에 스즈네…….

쇼타가 이상한 얘기를 하니까, 나까지 어제 꿨던 꿈을 떠올리고 말았다.

어젯밤, 내가 꾼 꿈……. 아앗!! 죽고 싶어!! 그런 꿈을 꾼 걸 스즈네에게 들키면 자살감이야…….

요 며칠, 나는 이상한 꿈만 꾸고 있다. 그 이상한 꿈에는 매일같이 스즈네가 나타났는데, 내 성벽을 완전히 꿰뚫어 본 그녀가 나를 마음대로 농락하는 것 같은…… 그런 꿈뿐이다.

그런 꿈을 꾸고는 늦잠 자기 직전에 미유키가 깨우는 나날을 보내고 있다.

『연하의 여자애에게 쓰담쓰담 받아서 기쁘다.』

그런 변태 트로피를 스즈네에게 강제 해방당한 나는, 그 트로피가 상상 이상으로 정신적 중압이 된다는 사실을 며칠 뒤늦게 깨닫는 처지에 놓인 것이다…….

머리에 남은 스즈네의 부드러운 손바닥의 감촉……. 그리고 '착하다, 착해'라고 어린아이를 어르는 것 같은 다정한 목소리…….

아아, 안 되겠어!! 인정하고 싶진 않지만, 몸이 원하고 말아!!

나는 스즈네에게서 쓰담쓰담 받고 싶어!!

뭐, 이런 식으로 스즈네의 먹이 후유증에 요 며칠 동안 괴로워하는 나였지만, 어느 한 가지 점에 있어서 만큼은 그녀의 먹이가 공을 세우고 있다.

관능 소설이다.

그 도서실에서 있었던 일 이후, 나는 스즈네의 조언과 끌어내진 성벽에 기대어, 최신화를 노도처럼 다 써 올렸다.

그날, 나는 스즈네에게 자신의 소망을 관능 소설에 적고 있다는 말을 들었는데, 써 올린 최신화는 그야말로 내 소망의 덩어리라고 해도 지장이 없다.

그 결과, 나는 투고 사이트에서 인생 첫 랭킹 입성을 달성하게 되었다.

휴일 전날 밤에 써서 올린 최신화의 열람 수가 다음 날 아침 눈을 뜨자 폭등해 있었다. 아직 하위권이기는 하지만 랭킹에서 『작가 코노논』을 볼 수 있었다.

뭐랄까, 스즈네의 조언이 이렇게나 결과에 직결될 줄은 몰랐는데, 이 결과를 보니 그녀를 인정할 수밖에 없었다.

실제로 『장난치기 좋아하는 하루카 최고!!』, 『나도 하루카가 착하다 착해 해줬으면 좋겠어……』 등, 히로인의 적극성을 칭찬하는 감상이 눈에 띄었다.

앞으로 스즈네 방향으로 발을 뻗고 잘 수 없겠어…….

아니, 오히려 앞으로는 스즈네가 내 방향으로 발을 뻗고 잤으면 좋겠어!!

그런 변태적인 마음이었다.

"스즈네 녀석…… 안 오네……."

그러자 그때 옆을 걷던 쇼타가 문득 중얼거렸다. 그 목소리에 퍼뜩 제정신을 차린 나는 "왜 그러는데?"라고 물었다.

그러자 쇼타는 "어? 아, 아니…… 혼잣말이야……"라고 살짝 당황한 것처럼 대답했다.

이 녀석 뭐지……라고 고개를 갸우뚱하고 있노라니, 등 뒤에서 "선배!"라는 목소리가 들렸다.

그 목소리에 나와 쇼타가 동시에 뒤를 돌아보자, 거기에는 나와 쇼타의 꿈속 메인 히로인 미나즈키 스즈네의 모습이 있었다.

그녀는 여전히 화창함보다도 눈부신 미소로 나에게 손을 흔들더니, 잰걸음으로 이쪽에 다가왔다.

전날 꿈에 나온 여자애를 현실 세계에서 보니 어쩐지 두근거리네……

고작 며칠 동안 만나지 않았을 뿐인데, 무척 오랜만인 것 같은 기분이 들었다.

그녀는 내 앞에 멈춰서더니, 여전히 정중하게 고개를 숙이며 "선배, 안녕하세요……"라고 인사했다.

"그래, 안녕……"

내가 그렇게 인사하자, 스즈네는 다음으로 쇼타를 보았다. 그런 스즈네의 모습에 쇼타는 무뚝뚝함을 가장하면서도 여전히 싱글거리고 있었다.

한동안 서로 바라보던 남매.

여기에서 스즈네가 도시락통을 꺼내서 쇼타에게 건네주는 것까지가 템플릿이다.

하지만,

"………"

스즈네는 생글생글 웃으면서 쇼타를 올려다보았지만, 전혀 도시락을 꺼내 들 기색이 없었다.

나는 그 점에 의문을 품었지만, 그것은 쇼타도 마찬가지였나

보다. 그는 도시락통을 꺼내지 않는 스즈네의 태도에 살짝 초조한 듯이 눈을 크게 떴다.

"오빠, 왜 그래?"

그런 오빠에게 고개를 갸우뚱하는 스즈네. 쇼타는 "그, 그건 그게……"라고 말하며 살짝 허둥지둥했다.

"스, 스즈네…… 도시락은?"

"도시락? 무슨 소리야?"

"그, 그 왜, 난, 오늘도 잊지 않고 도시락통을 깜빡한 것 같은데……."

곤혹스러운 나머지 영문을 알 수 없는 말을 입에 담는 쇼타. 스즈네는 그런 쇼타를 향해 여전히 웃음을 띤 상태였다.

"도시락통이라면 오빠 가방에 넣어뒀어. 오빠도 참 늘 내 도시락을 깜빡하는걸……. 그러니까 앞으로는 잊어버리지 않게끔 매일 아침 오빠 가방에 넣어두기로 했어."

그녀는 웃는 얼굴을 유지한 채 그렇게 대답했다. 평범하게 들으면 우애 좋은 남매이다.

쇼타 역시 미리 가방에 도시락을 넣어둔 여동생에게 감사해야 마땅한 상황. 그런데 쇼타는 동요를 숨기지 못하고 있다.

그리고 나는 그가 동요한 이유를 안다.

앞으로는 모두에게 스즈네의 도시락통을 과시할 수 없다. 애당초 쇼타가 늘 도시락을 깜빡하는 이유는 그것이다. 그 매일 아침 치르는 항례 이벤트를 잃게 된 쇼타는 동요로 눈을 희번덕거리고 있었다.

그런 쇼타를 보고서 내가 한 생각.

꼴 좋다!! 쇼타, 있잖아, 어떤 심정이야? 지금 어떤 심정이야?

적당히 쇼타의 스즈네 자랑에 질렸던 내가 웃음을 꾹 참고 있노라니, 문득 나는 스즈네의 차림새에 위화감을 느꼈다.

아니, 평소처럼 교복을 입은 스즈네였지만 뭐랄까 평소하고는 다른 것 같은 느낌이 든다.

나는 잠시 위화감의 정체를 생각하다가⋯⋯ 깨달았다.

치마가 평소보다도 살짝 짧다⋯⋯.

아니, 바꿔 말하자. 스즈네의 치마 길이는 내가 상상했던 하루카의 치마 길이와 같아졌어⋯⋯.

혹시 일부러 그런 건가? 일부러 하는 건가?

그런 그녀의 이미지 체인지에 경악하고 있노라니, 문득 그녀가 내 시선을 알아채고서 고개를 갸웃했다.

"제 치마에 뭐가 묻었나요?"

"어? 미, 미안, 아무것도 아니야⋯⋯."

그렇게 황급히 대답하자, 그녀는 "그럼 다행이지만요⋯⋯"라고 어째서인지 뺨을 붉게 물들이며 대답했다.

아무래도 그녀는 내 마음이 훤히 보이는 모양이다⋯⋯.

그 후 우리 셋은 고등학교로 향했다. 선두에서 살짝 언짢은 기색으로 걷는 쇼타와 그 뒤를 따라가는 나와 스즈네. 스즈네는 아까 전부터 스마트폰을 바라보고 있었다.

그런 그녀를 곁눈질로 쳐다보면서 어떤 생각을 계속했다.

실은 최신화를 투고한 지 이틀이 지났는데, 지금으로서는 '스즈'라는 닉네임을 쓰는 스즈네로부터의 감상은 아직 올라오지 않았다.

평소라면 맨 먼저 감상을 써주는 그녀인데 이번에는 달랐다. 그래서 나는 남몰래 초조해졌다.

스즈네는 이제 내 소설을 읽어주지 않는 걸까? 그리고 어떤 감상을 품고 있는 걸까?

아아…… 알고 싶어……. 빨리 알고 싶어……. 가능하다면 스즈네에게서 소설을 칭찬받고 싶어…….

머리를 쓰담쓰담 받으면서 "참 열심히 했네요. 착하다, 착해"라는 말을 듣고 싶다.

나는 쇼타 앞에서 그런 질문을 직접 할 수 있을 턱도 없어서 끙끙댔지만, 갑자기 스즈네에게서 "으응……" 하고 한숨이 흘러나오는 것 같은 목소리가 들리기에 그녀를 보았다.

그녀는 여전히 스마트폰을 바라보고 있었다.

뭐 하는 거지?

미유키와 연락이라도 취하고 있는 걸까?

그런 생각을 하면서 그녀를 바라보고 있노라니, 갑자기 그녀가 내 시선을 알아챘는지 곁눈질로 힐끔 나를 보았다. 그리고 그 순간, 그녀는 어째서인지 뺨이 벌게지며 나에게서 시선을 피했다.

그 모습을 본 순간, 나는 얼이 빠졌다.

자, 잠깐만…… 스즈네 너 혹시…….

나는 미안하다고 생각하기는 했지만, 그녀의 스마트폰을 슬쩍 들여다보려고 했다. 하지만 그녀의 스마트폰에는 전까지 없었던 엿보기 방지 필름이 붙어 있어서 무엇을 읽고 있는지 확인할 수 없었다.

하지만 나는 안다. 그녀의 표정을 보기만 해도 나는 완전히 안다.

이 녀석…… 현재 진행형으로 관능 소설을 읽고 있어……!

아무래도 그녀는 도서실에서 심장이 콩닥콩닥하는 것만으로는 부족해서, 절대로 들킬 수는 없는 오빠 바로 곁에서 읽기 시작한 모양이다.

입을 떡 벌리면서 그런 스즈네를 바라보았지만, 갑자기 그녀는 화면을 바라보는 채로 스마트폰에 무언가 꾹꾹 입력하기 시작했다.

입력을 마친 그녀가 스마트폰을 주머니에 넣자, 그 직후 내 주머니에서 띠리링리링♪ 하는 소리가 울렸다.

스마트폰을 꺼내 들고서 화면에 시선을 떨어뜨리자, 거기에는 『새 메시지가 도착했습니다』라고 표시되어 있었다.

아무래도 스즈네가 메시지를 보낸 모양이다.

나는 메시지 앱을 열고서 곧바로 메시지를 확인했지만, 거기에 적힌 문언을 보고서 나도 모르게 발이 멈췄다.

『왜 그러세요? 그렇게 초조한 표정을 다 짓고.』

아, 들켰어…….

아무래도 스즈네 수준이 되면, 내 초조함쯤은 쉽게 간파할 수 있나 보다.

스즈네의 능력에 기가 막혀서 멈춰 서 있자, 살짝 앞쪽을 걷던 스즈네가 발걸음을 멈추고 이쪽을 돌아보았다.

"선배, 서두르지 않으면 지각해요."

"어? 아, 미안……."

황급히 그녀 곁으로 달려가자, 그녀는 나를 향해서 생긋 미소 지었다. 그리고 그대로 내 귓가로 입술을 가져다 대더니,

"그렇게, 쓰담쓰담 받고 싶었어요?"

쇼타에게 들리지 않을 만큼 작은 목소리로 그렇게 속삭였다.

방과 후, 텅 빈 껍데기 상태로 집에 돌아온 나는 거실 소파에 누워있었다.

무거워…… 변태 트로피가 무거워…….

스즈네의 애태우기 효과는 절대적이었다.

1교시, 2교시, 3교시가 진행됨에 따라서 내 마음속 트로피가 점점 무거워져 가는 것을 느꼈다.

칭찬받고 싶어……. 스즈네에게서 '착하다, 착해'라는 말을 들으면서 머리를 쓰담쓰담 받고 싶어…….

그저 그 마음만이 강해져 간다.

하지만 아무리 스마트폰을 바라보아도 알림은 오지 않는다.

스즈네에게서의 감상은 도착하지 않는다.

"하아……."

관능 소설을 쓸 모티베이션이 샘솟지 않았다.

내 몸은 스즈네가 해주는 칭찬이라는 원동력이 없으면, 소설을 쓸 수 없는 몸이 되어 버리고 있다…….

어쨌거나 오늘은 침대에 누워서 안정을 취하자.

그런 생각을 하면서 소파에서 일어나려고 한 그때였다.

딩동♪

거실에 손님이 찾아온 걸 알리는 벨 소리가 울려 퍼졌다.

누구지? 그런 생각을 하면서 인터폰으로 다가갔다. 그리고 화면에 비친 인물을 본 순간, 심장이 멎을 뻔했다.

"스즈네?!"

『그 목소리는…… 선배인가요?』

왜냐? 왜 스즈네가 우리 집 앞에 서 있지?

"혹시 미유키랑 놀기로 약속이라도 했어? 미유키는 학원에 갔을 텐데……."

그렇게 묻자, 화면에 비친 미소녀는 고개를 가로로 내저었다.

『오늘은 그…… 선배에게 볼일이 있어서 왔어요.』

"나한테 볼일? 뭐 약속한 게 있었던가?"

『선배에게는, 제가 해주길 바라는 게 있잖아요?』

그렇게 말하며 그녀는 살짝 뺨을 붉게 물들었다.

이, 이건?!

131

스즈네의 그런 질문에 모든 것을 알아차린 나는 황급히 현관으로 달려갔다.

몇 분 후, 문을 두드리고 나서 내 방으로 들어오자, 스즈네는 테이블 앞에서 예의 바르게 정좌해 있었다. 쟁반을 든 나는 그녀가 가지고 온 홍차를 넣은 찻잔 두 개를 테이블 위에 늘어놓고서 그녀의 맞은편에 앉았다.

"갑자기 찾아와서 죄송해요. 방해되지는 않았나요?"

그녀는 찻잔을 입에 대더니 살짝 미안하다는 듯이 내 안색을 엿보았다.

"아니, 전혀. 나도 때마침 한가하던 참인걸."

방해는커녕 쌍수 들고 환영하는 상태이다.

쓰담쓰담에 굶주려 있던 참에 스즈네의 방문. 사실은 기뻐서 춤을 추고 싶을 지경이지만, 역시나 그런 짓을 하면 기겁할 것은 눈에 선하니 자중했다.

"그럼 다행이에요……."

그런 조심스러운 내 말을 듣고 스즈네는 안심한 듯이 간신히 표정을 풀었다.

귀여워.

다시금 그런 그녀를 바라보며 진심으로 그렇게 생각했다. 살짝 앳된 티가 남았으면서도 균형 잡힌 얼굴은 몇 번을 봐도 질리지 않을 만큼 아름답다.

설마 이런 여자애가 심각한 변태라니, 누구에게 얘기해도 믿어 주지 않겠지.

아니, 정말로. 왜 심각한 변태인 거냐…….

그런 생각을 하면서 홍차를 홀짝이고 있노라니, 스즈네는 무언 가 머뭇머뭇하는 상태로 힐끔힐끔 내게 시선을 보내왔다.

그런 그녀를 보고 있자 내 욕망이 점점 강해진다.

아아, 감상을 원해. 머리를 실컷 쓰담쓰담 받으며 '착하다, 착 해'라는 말을 듣고 싶어…….

"선배…… 소설의 평가는 어때요?"

스즈네가 입을 열었다.

그녀는 여전히 힐끔힐끔 내게 시선을 보내기만 할 뿐, 똑바로 눈을 마주치려고 하지 않는다. 찻잔 손잡이 부분을 검지로 덧그 리고 있다.

그리고 어째서인지 정좌한 허벅지를 꼼지락꼼지락 맞비비고 있었다.

어쩐지 움직임이 야해…….

"더, 덕분에 더할 나위 없이 좋아. 독자 수도 늘었고 호의적인 감상도 늘었어. 스즈네 너한테는 감사하다는 말밖에는 못 찾겠 어. 고마워."

실제로 소설의 평판이 더할 나위 없이 좋은 것은 스즈네가 내 성벽을 끌어내 준 덕분이다.

뭐, 지금 그 부작용에 괴로워하고 있지만요!!

"다행이에요. 하지만 독자가 늘어난 건 선배의 실력이에요. 선배의 소설은 다른 걸 압도한다고 저는 생각하거든요."

하지만 스즈네 쪽은 어디까지나 겸손했다.

그런 그녀를 바라보고 있노라니 참을 수 없게 된다.

"가능하다면 스즈네의 감상도 들어보고 싶어……."

그렇게 물은 순간이었다. 스즈네는 흠칫 몸을 떨었다.

그 움직임은 마치 내가 감상을 묻는 것을 두려워하는 듯했다.

"스, 스즈네?!"

"죄송해요……. 저는 그게…… 최신화는……."

"재미있었어?"

"그건 그게……."

어째서인지 스즈네는 소설의 감상을 입에 담으려고 하지 않았다. 그 이상한 반응에 고개를 갸우뚱하자, 그녀는 당장이라도 울음을 터뜨릴 것 같은 눈으로 나를 바라보았다.

어, 어라? 나, 스즈네를 울릴 만한 말을 했던가?

"서, 선배는 저한테서 칭찬받고 싶으신가요?"

"으……."

갑자기 핵심을 찌르는 스즈네의 질문에 나도 모르게 할 말을 잃었다.

그녀의 눈에는 마치 내 마음의 변태 트로피가 보이는 것 같았다.

그런 그녀의 반응에 동요하면서도, 필사적으로 평정을 가장해서 어색한 웃음을 띠었다.

"뭐, 누구든지 칭찬받는 건 기뻐."

"그런 게 아니에요……."

"그런 게 아니라니 어떤 건데?"

"선배는 저한테 쓰담쓰담 받으면서 칭찬받고 싶을 거예요……."

"아니, 그건……."

"그럼 쓰담쓰담 받고 싶지 않나요? 만약 선배가 불쾌하게 여기신다면, 저는 이제 두 번 다시 쓰담쓰담하지 않을 거예요……."

아, 굴러가고 있다. 손바닥에서 데굴데굴 굴러가고 있어. 나는…….

"선배, 만약 제게 해주길 바라는 일이 있다면 본인 입으로 말해주세요. 명확히 말해야 전해져요……."

"그, 그럴 수가……."

"명확히 입으로 말하세요."

이 애는 대체 뭐냐……. 아까 전부터 흠칫거리는데, 입에서 나오는 말에서는 공격성밖에 안 느껴져…….

하지만 이대로 가면 곤란하다.

평생 스즈네에게서 쓰담쓰담 받을 수 없게 된다면, 나는 무엇을 모티베이션으로 소설을 쓰면 되냐고.

아니, 애당초 그런 모티베이션은 없었을 텐데, 완전히 내 몸은 스즈네의 쓰담쓰담 없이는 살아갈 수 없게 되었다.

"선배…… 말해주세요……."

"그건 그게……."

"선배…… 지금이 중요한 고비예요."

그렇게 귀여운 얼굴로 나를 부추기는 스즈네의 태도에, 욕망과 수치심의 틈새에서 몸부림쳐서 괴롭다.

류타로야. 정말로 그래도 되는 거냐? 이런 몸도 마음도 연하인 여자애에게 장악당해도 괜찮은 거냐?

선배로서 자존심은 어디로 갔나?

"쓰담쓰담 받고 싶어요."

아, 그런 자존심은 원래부터 없었어…….

울상을 지으며 스즈네에게 쓰담쓰담 받고 싶다고 마음을 표명했다.

"누가 누구에게 쓰담쓰담 받고 싶나요?"

하지만 스즈네는 이 정도로는 봐주지 않았다.

"내가 스즈네에게 쓰담쓰담 받고 싶어요."

"참 잘했어요. 착한 아이네요."

스즈네는 살짝 웃음을 띠었다. 아무래도 스즈네의 마음에 드는 대답이었나 보다.

스즈네는 "알겠어요. 선배, 머리를 내미세요"라고 말하며 오른손을 머뭇머뭇 내 쪽으로 내밀었다.

우여곡절은 있었지만, 아무래도 지극히 행복한 시간이 찾아온 모양이다.

이로써 스즈네의 부드러운 손으로 쓰담쓰담 받을 수 있다.

나는 떨리는 가슴으로 머리를 쭉 스즈네 쪽으로 내밀고서, 그녀가 주는 상을 기다렸다.

"⋯⋯⋯⋯."

"⋯⋯⋯⋯."

"⋯⋯⋯⋯."

"⋯⋯⋯⋯."

하지만 아무리 기다려도 스즈네의 손이 내 머리를 만지는 일은 없었다.

좀 더 기다려볼까⋯⋯.

"⋯⋯⋯⋯."

"⋯⋯⋯⋯."

"⋯⋯⋯⋯."

"⋯⋯⋯⋯."

하지만 역시 스즈네의 손이 내 머리를 만져오지 않았다.

역시나 의아하게 생각한 나는 고개를 들어보았다. 그러자 거기에는 자기 오른손을 왼손으로 잡으면서 몸부림치는 스즈네의 모습이 있었다.

"스, 스즈네?!"

"아, 안 돼요⋯⋯. 저, 쓰담쓰담할 수 없어요⋯⋯."

"아니, 대체 왜?"

여전히 몸부림치는 스즈네를 향해 그렇게 묻자, 그녀는 "잘 모르겠어요⋯⋯"라고 말하며 고개를 옆으로 내저었다.

"저는 선배를, 잔뜩 칭찬해주고 싶어요. 선배에게 '착하다, 착해.

참 잘했어'라고 말하며 머리를 실컷 쓰담쓰담 해주고 싶어요."

"그렇다면 왜……."

"안 돼요."

"안 된다니 뭐가……."

"제 마음속에 선배를 애태우고 싶은 또 하나의 제가 있어요."

그녀는 대체 무엇과 싸우고 있는 거냐…….

내 머리로 손을 뻗는 그녀와 그것을 저지하려고 드는 또 하나의 그녀가 벌이는 치열한 싸움이 눈앞에서 펼쳐지고 있었다.

그리고 나는 깨닫고 말았다.

『선배를 애태워서 기쁘다.』

아마도 스즈네의 마음속에 그렇게 적힌 변태 트로피가 자리를 차지하고 있을 것이다…….

아무래도 그녀는 한 수 위였던 모양이다. 도서실에서 있었던 일로, 나는 스즈네로 인해 변태 트로피가 해방되어 자신의 잠재적인 변태성을 깨달았다.

하지만 내가 그 변태성을 깨닫는 사이, 그녀는 내 머리를 쓰다듬고 싶다는 욕망과 나를 애태우고 싶다는 욕망이라는 두 가지 트로피를 해방한 모양이다.

안 되겠어…… 변태의 격이 너무 달라…….

그 후에도 스즈네는 한동안 몸부림치면서 쓰다듬을지 말지 서로 싸웠다.

하지만 천천히 뻗은 손을 물리더니 "후우……" 하고 호흡을 가다듬고서 나를 바라보았다.

"선배……."

"뭔가요……."

"제게 한 가지 제안이 있는데 들어주시겠어요?"

"제안이란 어떤 건가요?"

그런 내 물음에 그녀는 나 대신 또 찻잔 손잡이를 손가락으로 쓰다듬으면서 입을 열었다.

"저, 생각해요. 여기에서 선배의 머리를 쓰담쓰담해주면, 선배는 기뻐해 줄 거예요."

그야 그렇다.

"하지만 몇 번이고 선배를 쓰담쓰담해버리면, 선배는 언젠가 쓰담쓰담에 질리고 말 거예요."

"그런 일은……."

"아니요, 분명 질리고 말 거예요. 이런 건 익숙해져 버리면 끝이에요. 게다가 저 역시, 선배를 너무 잔뜩 쓰담쓰담 하면 질리고 말 거예요."

"그런 겁니까?"

"그런 거예요……."

나한테 변태의 극의를 전수하는 스즈네.

"그러니까 이렇게 하죠. 선배가 만약 사이트 랭킹에서 1위를 차지하면, 그때는 선배를 실컷 쓰다듬을게요. 그러니 선배는 힘내서 랭킹 1위를 차지했으면 해요."

그, 그런 억지를⋯⋯.

스즈네는 랭킹 1위라 쉽게 말했지만, 그리 쉽사리 1위를 차지할 수 있다면 고생은 안 한다.

몇천, 아니, 몇만이나 되는 작품이 투고되는 사이트에서 그 정점에 설 수 있는 인간은 고작 한 줌이다.

내 애원하는 눈빛에, 스즈네가 "괜찮아요. 선배라면 할 수 있어요"라고 말하며 미소 지었다.

"선배의 소설은 변태성으로 흘러넘쳐요. 게다가 선배가 진정한 변태성을 문장에 반영할 수 있게 되면, 분명 결과도 나오기 시작할 거예요. 그리고 제가 선배를 잔뜩 야한 마음이 들게 만들어서, 진정한 변태성을 끌어내 보이겠어요."

스즈네는 그렇게 말하며 몸을 내밀고서 내 얼굴을 바라보더니, 귀엽게 고개를 까딱 기울였다.

"선배, 그때까지 얌전히 있을 수 있겠죠?"

"네⋯⋯."

그렇게 해서 나는 스즈네에게서 쓰담쓰담을 받기 위해 랭킹 1위를 목표로 하게 되었다.

솔직히 말하자면, 지금 당장이라도 스즈네에게서 쓰담쓰담 받고 싶다. 하지만 쓰담쓰담을 받기 위해서는 랭킹 1위가 되어야만 한다.

랭킹 1위는 지금 상태로는 아주 덧없는 꿈이다.

하지만 1위를 차지하면…….

뭘까, 그저 머리를 쓰담쓰담 받는 것이 스즈네의 1위를 차지하라는 발언 때문에 극상의 상처럼 빛나기 시작했다.

그렇다면 할 수밖에 없다.

스즈네가 해주는 쓰담쓰담을 손에 넣기 위해서, 나는 자신의 실력과 스즈네의 변태 서포트로 랭킹 1위를 획득해야만 한다.

그렇게 자신을 북돋우며 집필에 힘썼다.

하지만 그런 내 투지와는 정반대로 원고는 그다지 진행되지 않았다.

그 이유는 두 가지가 있다.

우선 첫 번째.

"응, 으응……. 선배, 이 작품 대단해요…….”

첫 번째는 테이블 앞에서 W자세로 앉은 스즈네이다.

그녀는 내가 책장 안쪽에 숨겨두었던 란 오니로쿠 선생님의 걸작 관능 소설『꽃과 개구리』에 푹 빠졌다.

그 과격한 내용에 시종일관 뺨을 붉히며 이상한 숨결을 흘리면서 몸부림치고 있었다.

아무래도 검지를 물고 있는 것이 그녀가 관능 소설에 푹 빠졌을 때의 버릇인가 보다.

그런 걸 보여주면 집필에 집중할 수 있겠냐고!!

신경 쓰여서 그쪽에만 시선이 가…….

집필을 기다리는 스즈네의 시간 보내기용으로 좋겠다고 생각해 빌려줬는데, 이렇게까지 그녀의 성벽에 적중한 것은 살짝 예상 밖이었다. "저, 저…… 이, 이 책을 살래요……"라고 말하며 문고본 제목을 필사적으로 스마트폰에 메모하고 있던 것이 10분쯤 전 일이다.

이 상태를 보니 도서실 책장은 중앙아시아로 모자라, 슬슬 유럽도 안전지대를 벗어나기 시작했다고…….

그리고 내 집필이 생각처럼 진행되지 않는 또 하나의 이유, 그것은 애당초 내가 쓰고 있는 관능 소설의 내용에 있었다.

쇼타가 모델인 오빠 슈타, 그리고 스즈네가 모델인 여동생 하루카는 얼핏 보기에 사이좋은 남매이지만 실은 그렇지 않다.

오빠 슈타는 오빠에 대한 여동생 하루카의 애정과 충성심을 역이용해서, 그녀를 성노예로 취급하고 있다. 누군가에게 들키면 가정이 무너지고 말 것이라고 두려워한 하루카는 그런 슈타의 처사를 견디고 있었다.

하지만 어느 날, 그녀는 오빠의 친구에게서 고백받는다.

처음에는 그 고백을 거부한 하루카였지만, 료타로의 다정함을 접하는 사이에 그녀는 어느샌가 료타로에게 호의를 보내게 되고, 오빠의 눈을 피해서 두 사람은 은밀하게 사랑을 키워간다.

하지만 하루카는 슈타에게 거듭해서 받은 조련 때문에, 료타로를 향한 연심과는 정반대로 오빠 없이는 살아갈 수 없는 몸이 되어 있었다…….

잘도 실제 친구와 그 여동생을 소재로 삼아 이런 지독한 작품을 쓸 수 있었구나…… 나는.

뭐, 뭐어, 그건 제쳐놓고, 이 작품에서 독자가 늘어나게 된 계기가 된 지난 화에서는 주로 료타로와 하루카의 달콤한 전개가 펼쳐졌다.

주로 나와 스즈네의 주거니 받거니가 모델이 되었는데, 내 세뇌된 욕망을 그대로 때려 박아 쓴 것 같은 이야기라서 솔직히 고생은 없었다.

하지만 지금 집필하는 이야기는 그런 그녀가 자택으로 돌아가 다시 슈타에게서 노예 같은 취급을 받는다는, 지난 화와는 상당히 차이가 나는 이야기이다.

즉 슈타의 중증 사디스트적 욕망을 얼마나 매력적으로 쓰는지가 이번 회의 관건이다.

하지만 지금의 나는『연하의 여자애에게 쓰담쓰담 받아서 기쁘다』라고 새겨진 변태 트로피가 마음속에 자리를 차지하고 있어서, 중증 사디스트적 욕망이 완전히 사라진 상태이다.

나는 여자애를 괴롭히고 싶지 않아……. 오히려 괴롭힘당하고 싶어…….

그런 상태에서 슈타가 스즈네—— 혹은 하루카에게 심한 짓을 하는 전개 따위는 떠오르지 않는다…….

이러저러해서 나는 벌써 10분도 더 한 글자도 나아가지 못하는 상태가 이어졌다.

"선배, 어쩐지 집필이 진행되지 않는 것 같네요……."

스즈네가 소설에서 고개를 들고서 공부 책상 겸 작업 책상에 앉은 나를 올려보았다.

"어, 뭐, 그렇지……."

솔직히 대답하자 그녀는 테이블 위에 소설을 놓고서 일어서더니 내 곁으로 다가왔다. 그리고 내 바로 등 뒤에 서서 내 어깨너머로 노트북을 바라보았다.

아무래도 좋지만, 거리가 가까워…….

스즈네에게서 감도는 달콤한 향기에 기절할 것 같아지면서도 필사적으로 평상심을 유지했다.

그녀는 잠시 물끄러미 노트북에 적힌 문자를 읽더니 나에게 얼굴을 돌렸다.

"선배, 혹시나 중증 사디스트 남자애가 나오는 장면을 쓸 수 없게 된 건가요?"

단방에 내 고민을 꿰뚫는 스즈네.

아무래도 그 놀라움이 표정에 드러난 모양인지 그녀는 키득키득 웃었다.

"뭐, 그렇지……."

"그럼 무리해서 사디스트 남자애를 쓰지 않아도 되잖아요?"

"그렇긴 하지만, 슬슬 슈타를 내보내지 않으면 곤란할 것 같기도 하고."

"그런가요? 저는 료타로와 함께 있는 하루카를 더 좋아하는데요? 료타로와 있는 하루카 쪽이 자신다운 모습을 드러내서 귀여워요. 저는 좀 더 하루카와 료타로가 나오는 장면을 읽고 싶어요."

하루카는 그렇게 말하더니 주머니에서 스마트폰을 꺼내고서는 가볍게 조작해서 내 앞에 내밀었다.

"게다가 보세요. 감상이나 좋아요 수도 슈타와의 장면보다도 료타로와의 장면 쪽이 많아요."

스마트폰을 보았다. 그러자 확실히 감상이나 좋아요 수는 슈타의 장면과 료타로의 장면 사이에 두 배 가까이 차이 났다.

"분명 많은 독자는 적극적인 하루카를 보고 싶을 거예요. 게다가 랭킹을 올리려면 그쪽을 우선해서 쓰는 편이 좋다고 전 생각해요."

"그런 걸까……."

"게다가 선배는 중증 마조히스트 변태니까, 그쪽을 더 쓰고 싶죠?"

그렇게 빈틈이 생기면 도발적인 말을 속삭이는 스즈네.

"아니, 딱히 난 중증 마조히스트가 아닌데……."

어쩐지 부끄러워져서 엉겁결에 부정하자, 스즈네는 "헤에~"라고 속삭였다.

그리고,

"이제 적당히 중증 마조히스트 변태라는 사실을 인정하면 어때요?"

그녀는 마치 나를 도발하듯이 그렇게 말하고는 내 귀에 "후우~" 하고 숨을 불어넣었다.

"아아~."

그 기습에 아마도 내 인생 역사상 가장 한심한 목소리가 흘러나왔다.

아~, 지금 건 곤란해……

나도 모르게 몸을 움찔거리는 내 모습을 보고, 그녀는 키득키득 장난스러운 웃음을 흘렸다.

"선배의 반응, 귀엽네요."

뭘까. 이제 스즈네를 이길 수 있을 것 같지 않다.

뺨이 달아오르는 감각을 느끼면서 필사적으로 평정을 가장했지만, 그런 연기가 통할 리도 없었다.

"귀엽다는 말을 듣고서 왜 그렇게 기뻐 보이는 표정을 짓는 건가요? 선배가 정말로 중증 사디스트였다면 그런 식으로 기뻐하지는 않겠죠?"

이제 그만해……. 그 이상은 시체 걷어차기니까.

"저한테 화 안 내나요? 연상을 그런 식으로 놀리면 안 된다고 화 안 내나요? 그렇지 않으면 기쁜가요?"

"기쁩니다……."

이미 산산조각이 났어. 내 선배로서의 자존심 따위는 산산조각으스러져서 이미 연체동물이야.

이미 문어로 변한 나를 보고서, 스즈네는 "솔직해지다니 장하네요"라고 칭찬해줬다.

그런 스즈네를 보고서 나는 생각했다.

어쩐지 지금이라면 무지막지 문장이 술술 넘어갈 것 같아…….

다시 집필로 돌아가려고 했다.

"저기~ 선배……."

하지만 스즈네가 그런 나를 불렀다.

"왜 그래?"

다시 그녀에게 고개를 돌리자, 그녀는 나한테 손바닥을 내밀었다.

"사탕…… 드실래요? 당분을 섭취하는 게 작업에 집중이 더 잘될 거예요."

"고마워."

정말로 다정하구나, 스즈네. 그녀는 어디까지나 내 소설을 위해서 힘을 다 써준다.

하지만…… 하지만…… 스즈네가 들고 있는 사탕이…… 뭔가 이상한데…….

"스, 스즈네 양……. 한 가지 물어봐도 되나요?"

"뭔가요?"

고개를 갸웃거리는 스즈네의 오른뺨이 살짝 볼록해져 있었다.

이 녀석 뭔가 입 안에 넣지 않았나…….

"그 사탕…… 뭐야?"

스즈네의 손바닥에 올라간 사탕은 뭐랄까 다소 개성적이었다.

얼핏 보기에는 평범한 알사탕이지만 거기에서 가는 실 같은 것이 뻗어 있다. 그리고 그 실은 똑바로 스즈네의 입 속으로 이어져 있었다.

"뭐냐니…… 평범한 실사탕인데요……."

"실사탕은…… 그런 과자였던가?"

내가 아는 실사탕은 실 한쪽에만 사탕이 달려 있을 것이다. 그런데 스즈네의 입에서 혀로 무언가를 굴리는 것 같은 소리가 들려왔다.

수상쩍게 그녀를 바라보고 있노라니, 그녀는 생긋 미소 지으며 작고 귀여운 혀를 날름 내밀었다.

혀 위에는 그녀의 타액으로 범벅이 된 붉은 알사탕이 올라가 있었다.

알사탕이 되고 싶어…….

그녀는 혀를 입 속으로 집어넣고는, 또 뺨을 부풀리거나 혀 위로 되돌리는 등 분주하게 입 안에서 사탕을 괴롭혔다.

"실사탕 두 개를 묶어 보았어요."

"아니, 대체 왜……."

"왜냐니, 그쪽이 야하다고 생각하지 않나요?"

무슨 소리를 하는지 잘 모르겠다.

"뭐, 세세한 건 어쨌든 상관없잖아요. 자, 선배. 입 아~앙."

그렇게 해서 내 벌어진 입에 사탕이 들어갔다.

알사탕이 혀 위에서 살짝 녹아 입 안에 딸기 맛이 퍼졌다.

음…… 달콤새콤해서 맛있어.

둘이 잠시 말없이 사탕 먹기 타임을 보내고 있노라니, 문득 스즈네가 나에게서 거리를 벌리기 시작했다.

"스즈네?"

나는 그런 그녀를 얼떨떨하게 바라보았지만, 그녀가 방구석까지 걸어가 두 사람을 잇는 줄이 팽팽해진 상황에서 그녀의 의도가 뭔지 깨달았다.

"으억?!"

이, 이건 곤란해…….

전해진다…… 전해진다고…….

팽팽히 당겨진 실에 의해, 스즈네가 입 속에서 알사탕을 굴리자, 그 감각이 팽팽한 실을 타고서 내 입 속으로 전해지는 것이다.

스즈네는 장난스러운 웃음을 띠더니, 여봐란듯이 입 속에 있는 알사탕을 괴롭히기 시작했다.

아아…… 곤란해……. 스즈네의 혀가 내 입 속에 침입하는 것 같아…….

나는 아까 스즈네의 알사탕이 되고 싶다고 말했는데 그 소원은 간단하게 이루진 모양이다. 혀끝으로 알사탕을 쿡쿡 찌르며 놀려대는 스즈네의 행동에 나도 모르게 몸부림쳤다.

뭐야…… 이 변태 계열 전화는…….

이 디지털 가전으로 흘러넘치는 21세기에, 아날로그의 위대함을 다시금 깨닫게 되었다.

"아아…… 스, 스즈네……. 그렇게 쿡쿡 찌르면…….

"그럼 이번에는 쓰담쓰담 해줄게요."

그녀는 그렇게 말하더니 할짝할짝 혀로 부드럽게 사탕을 핥아 주었다.

아아~, 등골이 오싹오싹해⋯⋯. 하지만 나쁘지 않아⋯⋯.

그렇게 해서 손 대신 혀로 쓰담쓰담을 받으려 하는 나. 다다미 여섯 장 크기의 방에서는 스즈네가 사탕을 쓰담쓰담하는 끈적한 소리가 울려 퍼졌다.

뭔가 초현실주의⋯⋯.

하지만 한동안 알사탕을 쓰다듬던 참에, 문득 스즈네는 얼굴을 붉은색으로 물들였다.

"스즈네⋯⋯."

"저, 저만 하면 불공평해요. 선배도 쓰담쓰담 해주세요⋯⋯."

"으억?!"

그 예상치 못한 스즈네의 제안에 뺨이 달아올랐다.

"하, 하지만⋯⋯ 괜찮겠어?"

"⋯⋯네. 선배가 쓰담쓰담해 줬으면 좋겠어요⋯⋯."

그렇게 말하기에 나도 사탕을 쓰다듬게 되었다. 실을 다시 팽팽하기 당긴 참에 한 번 심호흡하고는 스즈네를 바라보았다.

"그, 그럼 쓰담쓰담⋯⋯ 한다?"

"네, 네⋯⋯ 잘 부탁합니다."

머뭇머뭇 혀끝으로 알사탕을 할짝 핥았다.

내 혀의 움직임이 연동해서 팽팽해진 실이 자잘한 흔들림을 만들어, 그것이 스즈네의 입으로 전파되어간다.

"으응…… 시, 싫어……. 이거 대단해요……."

아무래도 내 쓰담쓰담이 스즈네의 입에 무사히 도착한 모양이라, 그녀는 움찔움찔 몸을 떨면서 나를 바라봤다.

마, 만족하신 것 같아서 참 다행입니다…….

스즈네 양이 만족할 수 있게끔, 몇 번이고 몇 번이고 혀끝으로 깨작깨작 알사탕을 괴롭히자, 그녀는 몸부림치면서 서글프게 나에게서 눈을 피했다.

"서, 선배……. 그렇게 핥지 마세요."

"미, 미안. 너무 심했어?"

"아뇨, 좀 더 잔뜩 핥아주세요……."

야해…….

실제로 스즈네를 만지는 것도 아니거니와 물론 핥고 있는 것도 아니다.

그런데 스즈네는 입 속에 혀가 들어간 것처럼 몸을 움찔거렸다.

그저 실사탕 두 개를 묶었을 뿐인데 애들 과자가 어른의 장난감이 되다니…….

이게 눈앞에 있는 변태 연금술사의 실력이다.

그 천재적…… 아니, 변태적 발명품에 전율하면서도, 푹 빠져서 사탕을 할짝할짝하던 나였지만, 갑자기 탁!! 하는 소리가 났다.

뭐, 뭐지?!

갑자기 현관 쪽에서 문이 닫히는 소리가 들려오길래 나와 스즈네는 얼굴을 마주 보았다.

아무래도 누군가가 돌아온 모양이다…….

그 사실을 깨닫고서 눈을 크게 떴다.

대체 누가 돌아온 거지?!

아버지나 어머니는 밤까지 일하고, 미유키는 학원에 가 있을 것이다. 이 시간은 아무도 집에 없을 텐데…….

그런 생각을 하고 있노라니, 누군가가 계단을 올라오는 것 같은 소리가 들려왔다.

부모님 방은 1층에 있다. 2층에 자기 방이 있는 건 나와 미유키뿐이다.

그리고 귀가 후 2층에 올라올 녀석은 미유키뿐이다…….

곤란해……. 스즈네랑 단둘이 방에 있는 모습을 들키면 이래저래 곤란할 것 같다.

"서, 선배……."

스즈네가 걱정스레 내 얼굴을 올려다보았다.

그야 스즈네 역시 미유키에게 둘이 있는 모습을 보여주기는 부끄럽겠지.

"어쩐지 가슴이 콩닥콩닥해요……. 신발장에 신발을 숨기고 오길 잘했어요."

아, 이 애 긍정적이야…….

아무래도 그녀는 이렇게 될 가능성을 어느 정도 예상했던…… 아니, 기대했던 모양이다.

하지만 나는 긍정적이 될 수 있을 법하지 않다. 황급히 일어서서는 스즈네의 팔을 움켜쥐었다.

그런 내 대담한 행동에 그녀는 "서, 선배?!"라며 역시나 동요한 것 같은 표정을 지었지만, 지금은 그런 것을 신경 쓸 상황이 아니다.

나는 그녀의 손을 당기고는 그대로 "여기에 숨어 있어"라고 말하며 내 작업 책상 밑으로 그녀의 몸을 밀어 넣었다. 그리고 나도 의자에 걸터앉고는 내 몸으로 스즈네의 몸을 가렸다.

하지만 책상 밑이 너무 좁아……

그 결과, 벌린 내 양다리 사이에 스즈네가 다소곳이 쭈그려 앉아 있는 것이 고작이다.

스즈네를 숨기기 위해서는 이럴 수밖에 없었다……지만, 스즈네의 얼굴이 딱 내 가랑이 앞에 위치해서 무척이나 구도가 야하다.

그렇다고 해도 이제 와서 다른 장소에 숨길 시간도 없으니, 좋지 않은 망상을 하지 않도록 나 자신을 타이르면서 문 쪽으로 얼굴을 돌렸다.

그 상황에 "오빠!"라는 목소리와 함께, 여동생의 얼굴이 문 틈새에서 빼꼼 나왔다.

"오빠, 집에 와 있었구나. 일찍 왔네."

그건 내가 할 소리야……

"뭐, 그렇지. 그보다도 오늘은 학원 안 갔어?"

늘 미유키는 학교 끝난 뒤 그대로 학원에 갈 것이다.

그런데 어째서 돌아온 거냐…….

"학원은 오늘 휴강됐어. 학원장이 임대료를 연체한 모양이라서, 다음 주까지는 건물을 쓸 수 없대."

어쩐지 선뜻 터무니없는 말을 입에 담은 것 같은 기분이 들지만, 지금은 그런 것을 신경 쓸 상황이 아니다.

그리고 정강이 부근에 느껴지는 스즈네의 감촉으로 정신이 나가버릴 것 같습니다…….

"그래서, 이제부터 놀러 갈 예정은 있어?"

스스로 입에 담았어도 명백히 부자연스러운 질문을 하자, 미유키는 아니나 다를까 고개를 갸우뚱했다.

"어? 놀러 갈 건데…… 그게 뭐 어쨌길래?"

"아니, 아무것도 아니야. 차 조심해."

"조심하겠지만…… 왜 갑자기 그런 말을 해?"

아아, 안 되겠어. 입을 열면 열수록 수상히 여길 것 같아…….

평소에 하지 않는 말을 입에 담는 오빠를 보고. 미유키는 여전히 이상하다는 듯이 고개를 갸웃거렸다.

그나저나 아까 전부터 내 발에 무언가가 닿고 있다.

아니, 물론 닿고 있는 건 스즈네지만, 명백히 무언가 의지를 가지고 스즈네가 내 발등을 쓰다듬어오는데…….

필요 없어. 지금은 쓰담쓰담 필요 없어.

아무래도 스즈네는 이 긴장된 분위기를 즐기는 모양이다.

아아…… 간지러워…….

스즈네…… 그만해…….

"오빠, 왠지 얼굴이 빨갛지 않아?"

그 상황에서 미유키가 내 표정의 변화를 깨달았다.

"아니, 딱히 그렇지 않은 것 같은데……."

"그래? 그럼 상관없지만……."

그렇게 빨개지는 얼굴과는 정반대로 가슴을 졸이며 대화하는 도중에도, 스즈네는 내 발등을 일부러 쓰다듬고 있다.

그것도 모자라 스즈네의 손은 발등에서 발목으로 올라가고, 더 나아가서는 내 바짓자락 속으로 침입하려고 한다.

아~, 오싹오싹해……. 살려줘, 미유키. 오빠는 정신이 나가버 릴 것 같아…….

눈물을 참으며 스즈네의 공격을 견디던 차에 스즈네가 더욱 공 격을 퍼부었다.

조용한 내 방에 무언가 타액을 휘감는 것 같은 점액질 소리가 울려 퍼진다.

구체적으로는 내 책상 밑에서 들려온다.

스, 스즈네가 사탕을 다시 핥기 시작했다…….

스즈네, 그건 위험해…….

안 그래도 가랑이 앞에 스즈네의 얼굴이 있다고 하는, 터무니 없는 상황에 놓인 것이다.

은근슬쩍 시선을 책상 밑으로 향했다.

어느샌가 실사탕의 실이 팽팽해져서, 내 입 안에 스즈네의 찐

득한 혀의 감촉이 덮친다.

"오, 오빠, 뭔가 쪽쪽 소리가 들리는데?!"

미유키가 얼굴이 새파래져서 나를 바라보았다.

이건 곤란해…….

일단 나는 일부러 그러는 양 입을 쪽쪽 울리면서 미유키에게 혀를 내밀었다.

"아, 사탕을 핥고 있어…… 신경 쓰지 마…….'

"어, 그, 그렇구나…….'

"그래. 그리고 난 이제부터 숙제해야만 해. 미안하지만 집중해야 끝나니까 혼자 있게 해줘."

난처해진 나머지 변명을 입에 담자, 그 상황에 미유키는 간신히 "아, 알았어. 그러면 현관문 열어 놓고 갈 테니까 나중에 잠가 둬"라는 말을 남기고서 방을 뒤로하려고 했다.

그랬지만,

"아, 맞다. 오빠."

문이 닫히기 직전에 미유키가 뒤를 돌아보았다.

"뭐야. 아직 뭐 할 말이 있어?"

그런 내 질문에 미유키가 어쩐지 생글생글 미소 지었다.

"있잖아, 스즈네하고는 어때?"

"뭐, 뭐어?!"

내 발치에 본인이 있다는 사실도 모르고서 그런 질문을 해오는 미유키.

이봐, 그 질문은 하지 마…….

하지만 그런 내 바람도 허무하게 미유키는 말을 이었다.

"오빠, 스즈네는 분명 오빠한테 흥미가 있어. 그러니까 있지, 천천히라도 좋으니까, 스즈네랑 제대로 사랑을 키우는 거야."

"아니, 그러니까."

"그럼 난 다녀올게!"

미유키 녀석은 하고 싶은 말만 남기고서 방을 나갔다. 그 후로 몇 분 동안 스즈네는 내 발치에 숨어 있었지만, 현관문이 탁 닫히는 소리가 들리고 나서 겨우 책상 밑에서 나왔다.

"미안해, 스즈네. 힘들지 않았어?"

갑작스레 생긴 일이라고는 해도 좁은 책상 밑에 밀어 넣고 만 것을 사과하자, 그녀는 "아뇨……"라고 말하며 고개를 옆으로 내저었다.

"스즈네?"

하지만 그녀는 어째서인지 살짝 멍한 상태였다. 살짝 걱정돼서 그녀를 부르자, 그녀는 화들짝 놀란 듯이 눈을 크게 뜨고서 "딱히 아무것도 아니에요……"라고 말하며 또 고개를 옆으로 내저었다.

뭘까. 아까 전까지 내 발에 장난을 쳤다고는 여길 수 없을 만큼 얌전해진 것 같은 기분이 든다.

하지만 그런 그녀를 잠시 걱정하면서 바라보자, 그녀는 내 시선을 알아챘는지 웃음을 띠며 "아무것도 아니에요. 그보다도 계속 집필 열심히 하세요"라며 나를 격려했다.

※ ※ ※

곰곰이 생각해 보면 나랑 쇼타가 알고 지낸 지는 5년 가까이 되는데, 쇼타네 집에 찾아간 적이 없다는 사실을 새삼스럽게 깨달았다.

이제 와서 생각해 보면 쇼타와 둘이 놀 때는 꼭 바깥이든지 우리 집에 오든지 둘 중 하나였고, 몇 번인가 쇼타네 집에 가보고 싶다고 얘기했을 땐 걸핏하면 거절당했던 것 같다.

뭐, 나는 어디서 놀든 좋았고 딱히 쇼타의 집에 가고 싶다는 소망도 없었으니까 그런 것을 의식도 하지 않았지만, 지금 생각해 보면 확실히 간 적이 없다.

왜 내가 그런 얘기를 하느냐 하면, 그 원인은 오늘 3교시가 끝난 후 쉬는 시간으로 거슬러 올라간다.

"저, 저기…… 선배!"

교실을 이동하는 도중에 우연히 스즈네와 스쳐 지나간 나를 그녀가 불러세웠다.

그녀가 학교에서 나한테 말을 걸다니 별일이다.

뒤를 돌아보자, 그녀는 가슴에 음악 교과서를 끌어안고서 이쪽으로 달려왔다. 그녀의 보조에 맞춰서 하루카 길이의 치마가 살랑살랑 흔들렸다.

내 앞까지 다가온 그녀는 주위 학생의 시선을 신경 쓰듯이 주위를 한 번 둘러보더니 내 귓가에 입술을 가져다 댔다.

"서, 선배, 그…… 할 말이……."

아아, 가까워, 가까워…….

그녀의 숨결 같은 속삭임이 고막을 떨리게 해 몸서리를 칠 뻔했다.

"왜, 왜 그러는데?"

"그, 그건…… 그게……."

나를 불러놓고서 그녀는 거기에서 무언가 말을 머뭇거렸다.

그녀가 귓가에서 속삭이는 탓에 나에게는 그녀의 표정이 보이지 않았지만, 그녀의 떨리는 목소리를 통해서 분명 얼굴이 새빨개진 것을 이해할 수 있었다.

그래서 나는 몸을 사렸다.

이거 봐, 스즈네. 넌 사람들이 보는 앞에서 대체 무슨 말을 꺼낼 셈이지?

"오늘 학교 끝나고…… 저희 집에 오실래요?"

그녀가 입에 담은 것은 그런 말이었다.

어, 어라? 평범한데…….

아니, 평범하게 생각해서 스즈네의 집에 초대받는 건 터무니없는 일이다. 하지만 '저…… 오늘…… 입지 않았어요……' 정도의 말을 각오하고 있었기에 맥이 빠지고 말았다…….

그렇게 해서 나는 스즈네의 집에 초대받아, 그때 그녀의 집, 요컨대 쇼타의 집을 방문 하는 게 처음이라는 사실을 깨달았다.

방과 후, 그녀의 자택 근처에 있는 공원에서 만난 우리는 둘이 그녀의 집으로 향했지만…… 나에게는 마음에 걸리는 일이 있었다.

"쇼타에게 들키면 곤란한 거 아니야?"

어쨌거나 그 시스콘 녀석의 성격상 내가 그녀의 집을 방문했다는 사실을 알게 되면, 내일 역 플랫폼에서 나를 떠밀어도 놀랍지 않아…….

하지만 스즈네는 걱정하는 나를 향해 키득 웃었다.

"안심하세요……. 오빠는 오늘 입시 학원에 갔으니, 밤까지는 돌아오지 않아요."

"그렇구나……."

그 부분에 빈틈은 없는 모양이다.

그러자 거기에서 발걸음을 멈췄다.

"여기예요……."

그렇게 말하며 그녀가 손가락으로 가리킨 곳은 지극히 일반적인 단독주택.

그러고 보니 쇼타는 이런 집에 살았던가?

어렴풋한 기억을 되살리면서 단독주택을 올려다보고 있노라니, 스즈네가 문을 열고서 손짓을 해오길래 따라갔다.

그녀는 가방에서 고양이 열쇠고리가 달린 열쇠를 꺼내더니 현관문 자물쇠를 열었다.

그곳에 나타난 것은 이건 또 지극히 일반적인 단독주택의 현관.

"다, 다녀왔어……."

그렇게 말하며 집에 들어가는 스즈네.

뭐랄까…… 남의 집에 들어가는 건 묘하게 긴장된다. 자기 집과는 다른 독특한 냄새를 느끼면서 집에 들어서자, 거기에는 정장 차림을 한 낯선 예쁜 누나의 모습이 있었다.

누, 누구냐. 이 예쁜 누나는…….

그 정장 차림의 누나는 어딘가로 외출하려는 것인지 귀고리를 차고 있었는데, 내 모습을 알아채고서 "어머나"라며 이쪽을 향해서 고개를 갸웃했다.

"스즈네가 남자애를 데리고 오다니 별일이네."

웃음을 띠는 누나.

미인이다.

그리고 그 웃는 얼굴은 스즈네의 웃는 얼굴과 너무나도 쏙 빼닮았다.

스즈네의 언니인가?

응? 하지만 잠깐만 스즈네……랄까 쇼타에게 누나가 있다는 얘기는 들은 적이 없는데?

"이 사람이 전에 얘기했던 선배야."

고개를 갸웃하는 나를 두고, 스즈네는 언니에게 나를 소개했다.

언니는 고개를 갸웃하더니 "아앗?!" 하며 놀란 얼굴이 되었다.

"혹시, 네가 코노논 선생님이니?"

"어, 예, 그렇습니다……."

자연스러운 질문에 무심코 사실을 답해버렸다.

대체 어떻게 내 펜네임을 아는 거지?!

관능소설이라고! 왜 아는 건데?!

"자, 잠깐만요!!"

"어머? 왜 그러니?"

아니, 오히려 왜 그렇게 태연한 거죠?!

대체 나의 정체를 어디서 들킨 거지?

내가 현관에서 혼자 새파래진 얼굴을 하고 있자 "서, 선배……"라고 스즈네가 나를 불렀다.

"선배…… 미안해요…….."

스즈네가 내게 깊숙이 고개를 숙였다.

서, 설마?

"며칠 전에 무심코 소파에서 선배의 소설을 띄운 채 잠들어버려서…… 그, 소설을 엄마가 봐 버렸어요……. 부끄러워져서 무심코 선배의 소설이니까 응원하기 위해서 읽고 있다고 말해버렸는데…….."

스즈네는 미안하다는 듯이 사정을 설명했다.

그렇구나…… 하고 나는 수긍할 뻔했다. 하지만 그녀의 말에 터무니없는 단어가 포함되어 있다는 기분이 든다고.

"스즈네, 지금 엄마라는 말이 들렸는데…….."

"네, 엄마한테요."

진짜냐고!

내 눈을 의심했다. 이분이 스즈네의 어머니?

어머니는 여전히 생글생글 미소 짓고 계셨다. 아무리 보아도 20대로 보이는데!

"스, 스즈네?"

"네?"

"스즈네는 언니를 엄마라고 불러?"

"제게 언니는 없는데요?"

"그, 그러면 이분은 누구신데?"

"엄마인데요? 어라? 만난 적이 없던가요?"

자못 당연하다는 듯이 그렇게 대답하는 스즈네.

"나는 처음 뵙는데……."

여기 오자마자 너무 충격적인 사실을 들어서 머리가 돌아가질 않는다.

그때 스즈네의 언니, 아니, 어머니가 키득 웃더니 내 곁으로 오셨다. 그리고 현관보다도 한 단계 높은 복도에 서서 무릎에 손을 대더니 얼굴을 들이밀며 나를 말똥말똥 바라보았다.

"어머, 어머, 내가 스즈네의 언니처럼 보이니?"

"아, 예, 뭐어……."

"기쁘네~. 하지만 유감스럽게도 귀여운 스즈네의 엄마란다~. 엄마라고 부르거나 스즈하라고 부르렴."

아니, 왜 그 두 가지 선택밖에 없나요…….

"그리고 소설, 나도 읽어봤단다. 코노논 선생님!"

"······예?!"

아아, 이젠 어떻게 해야 할지 모르겠다.

그걸 읽었다니······ 읽어버렸다니······!

"이렇게나 순박해 보이는 남자애가 머릿속으로 그런 야한 망상을 하다니, 키득. ······역시 남자애는 다들 그렇구나."

그렇게 말하며 스즈네 어머니는 내 뺨을 손가락으로 찔렀다.

아, 곤란해······.

그런 성인 여성에게서 모성 본능 콸콸 공격을 받아 승천할 것 같아지자, 그녀는 갑자기 장난스러운 웃음을 띠었다.

"그 하루카란 여자애는······ 스즈네지?"

"어? 아, 아니······ 그건 그게······."

아니, 대답할 수 있을 턱이 없잖아.

"네, 당신의 딸을 모델로 관능 소설을 쓰고 있습니다"라고 말할 배짱이 있다면, 나는 좀 더 거물이 되었겠지.

"죄, 죄송합니다······. 저, 지금 여기에서 죽는 편이 좋을까요?"

하지만 그런 내 자살 선언에 스즈네 어머니는 고개를 갸웃했다.

"왜 사과하니?"

"아니, 그야······."

댁의 딸과 아들을 소설에서 근친상간시키고 있는데?

"딱히 본명을 쓰는 것도 아니니 상관없지 않을까? 현실과 창작은 별개인데?"

"네, 네에······."

어쩐지 잘 모르겠지만, 나는 그녀의 친어머니에게서 스즈네를 관능 소설에 등장시키는 것을 공인받았다.

"코노논 군은 의외로 순진하네. 귀여워⋯⋯."

그런 그녀의 태도에 내 몸은 완전히 굳고 말아서 몸을 옴짝달싹할 수 없었다.

스즈네 어머니는 한동안 내 뺨을 쿡쿡 찌르다가 화들짝 놀란 듯이 손목시계를 보았다.

"어머, 안 되겠어⋯⋯. 슬슬 가야만 해."

손목시계를 보더니 황급히 하이힐에 발을 넣고서 문을 열었다.

사, 살았다⋯⋯.

나는 간신히 안도해서 가슴을 쓸어내렸다. 하지만 집을 나서려고 한 스즈네 어머니가 문득 돌아보더니 나에게 다가왔다.

그리고,

"스즈네를 잘 부탁할게!"

양손을 내 목에 두르고서 자신의 가슴께로 끌어안았다.

"흐억⋯⋯."

갑자기 부드러운 감촉이 뺨을 감쌌다.

뭐, 뭐냐, 이 행복한 감촉은⋯⋯. 그리고⋯⋯ 크다⋯⋯.

스즈네 어머니는 나를 가슴에 끌어안은 채, 착하다 착해, 하고 내 머리를 쓰다듬었다.

쓰다듬으면 곤란해⋯⋯.

지금 쓰담쓰담을 참고 있는 저에게는 어머니의 그 쓰담쓰담이 푹 박힙니다.

하지만 그런 것을 스즈네 어머니가 알 방도도 없어서, 아무런 망설임도 없이 쓰다듬는다.

"코노논 군도 스즈네가 이렇게 쓰다듬는 걸 좋아하려나? 소설 속에서는 잔뜩 쓰담쓰담 받고 있지?"

최신화까지 모두 읽어버린 건가, 이 사람……

갑작스러운 쓰담쓰담 공격에 새로운 성벽이 생길 것 같았다.

그런 내 머리를 쓰다듬으면서 스즈네 엄마는 내 얼굴을 가까이 가져다 대며 이렇게 말했다.

"하지만 소설과 현실은 구별해야만 해. 스즈네는 순진하니까 어른이 될 때까지는 고등학생으로서 절도를 가지고 사귈 것."

"아니, 저기……"

어쩐지 이미 사귀고 있는 것 같은 전제로 얘기하는데, 나와 스즈네는 사귀는 사이가 아니다.

"코노논 군과 엄마의 약속이야."

하지만 내가 그런 설명을 하기 전에, 스즈네 어머니는 그렇게 말하며 내 뺨을 쿡쿡 찔렀다.

나, 마더콘이 되어 버릴 것 같아…….

그리하여 스즈네 어머니는 완전히 내가 스즈네의 남친이라고 착각하는 모양인지, 그렇게 나한테 충고하더니 "그러면 또 보자" 라고 말하며 집을 나갔다.

"…………"

뭐랄까 폭풍 같은 한때였다. 그 압도적 오라에 나는 잠시간 닫힌 문을 넋 놓고 바라볼 수밖에 없었다.

그런 내 등 뒤에서 스즈네는 "엄마는 바보……"라고 작게 중얼거렸다.

그렇게 해서 스즈네 어머니와의 첫 대면이 끝난 참에, 나는 스즈네의 방으로 안내받았다.

이런 말을 하면 스즈네에게 실례될지도 모르겠지만, 뭐랄까 스즈네의 방은 평범한 여자애의 방이었다.

연분홍색을 좋아한다고 그녀가 말한 대로, 커튼이나 침대 시트 등은 연분홍색으로 통일되어 있어서 간소한 미유키의 방과는 크게 달랐다.

그리고 뭔가 좋은 향기가 난다…….

책상에 스틱형 방향제가 놓여 있었는데, 아무래도 그 방향제의 향기인 모양이었다.

"홍차를 가져올 테니 이 방에서 잠시 착하게 기다리세요."

스즈네에게 그런 말을 들은 나는 방 중앙에 있는 작은 테이블 앞에 앉아서 착하게 있었다.

미유키를 제외하고 여자애 방에 들어온 적은 처음인 나에게 이 방은 마음이 불편했다.

조마조마하면서 테이블 앞에서 정좌해 시선을 두리번두리번 돌리고 있노라니, 문득 책장이 눈에 들어왔다.

"앗……."

거기에는 책 표지가 없는 동남아시아나 중앙아시아의 문화 책이 몇 권이나 늘어져 있었다.

아무래도 본래 본체였겠지만 '스즈네 칭기즈칸'에게 희생되어 허물 벗겨진 알맹이들인 모양이다.

몇 권이나 늘어진 문화 책을 바라보면서, 여기가 확실히 변태 황제 스즈네의 방이라는 사실을 재인식했다.

그나저나…….

나는 아까 전부터 여기에서 착하게 기다리고 있었는데, 스즈네가 좀처럼 돌아오지 않았다.

벌써 15분쯤 지났는데…….

그런 생각을 하고 있자 똑똑 방문을 두드리는 소리가 나길래 문 쪽으로 고개를 돌렸더니, 거기에는 스즈네가……

"스, 스즈네?!"

어째서인지 내 앞에 모습을 드러낸 스즈네는 아까 어머니와 같은 정장을 몸에 걸치고 있었다.

어? 어떻게 된 거지?

"코노논 군, 어서 오렴."

"코, 코노논 군?!"

이봐, 어떻게 된 거야?!

내가 깜짝 놀라자, 스즈네는 얼굴을 발그레 붉히며 나한테서 고개를 돌렸다.

"어, 어떤가요? 엄마같이 보이나요?"

과연…… 스즈네는 스즈네 엄마가 되었던 모양이다.

실루엣이 잘 드러나는 살짝 타이트한 재킷과 그 안에 엿보이는 가슴께가 답답해 보이는 흰 블라우스. 그리고 옆트임이 들어간 타이트스커트에서는 스타킹 너머로 허벅지가 얼굴을 엿보이고 있다.

스즈네에게서는 평소와는 다른 살짝 어른스러운 색기가 느껴졌다.

그건 그렇고…….

"스, 스즈네, 왜 정장을 입었어?"

근본적인 질문을 던져보자, 그녀는 여전히 얼굴을 붉히면서 시선만을 나에게로 향했다.

"선배는 연상의 여성을 좋아하는 거 아닌가요?"

"아니, 딱히 그렇지는 않은데——."

"하지만 아까 선배는 엄마에게서 쓰담쓰담 받을 때, 무척 기뻐 보이는 표정을 짓고 있었어요. 쓰담쓰담은 선배가 1위를 차지할 때까지 미뤄뒀는데……."

"아니, 그건 내 의지가 아니었달까 뭐랄까."

"서, 선배가 나쁘지 않다는 건 알아요……. 하지만 전 살짝 질투했어요. 제 쓰담쓰담이 선배에게 가장 큰 상이라고 생각했는데……."

그러나…… 스즈네는 내 성벽을 전부 자기 손으로 끌어내고 싶은 모양이다.

어디까지고 내 성벽에 초연한 스즈네에게, 내가 스즈네 어머니에게 쓰담쓰담을 받아서 기뻤다는 사실은 받아들이기 어려운가 보다.

"화, 확실히 저한테는 엄마 같은 어른스러운 매력은 없을지도 몰라요. 하지만 조금이라도 엄마 같은 성인 여성에 가까워지게끔 노력하겠어요."

스즈네는 그렇게 선언하더니 내 곁으로 다가왔다.

그리고 지금 깨달았다. 어째서인지 스즈네의 오른손에는 젖병, 왼손에는 아기를 달래기 위한 딸랑이가 쥐어져 있었다.

아니, 왜…….

"스즈네, 홍차를 우리러 간 거 아니었던가?"

적어도 난 그렇게 들었습니다.

"네, 전에 선배가 맛있다고 해줬던 얼그레이 홍차를 우려왔어요…… 젖병에."

"아니, 왜 젖병에…….."

"선배도 이쪽을 더 기뻐할 거 같아서…….."

"왜 이쪽을 더 기뻐한다고 생각했어……?"

그런 대화를 하는 사이에 스즈네는 내 바로 곁에 걸터앉았다.

땅에 무릎을 대고 W자세로 앉은 그녀는 무언가 장난스러운 웃음을 띠더니 내 얼굴을 들여다보았다.

아아, 얼굴이 가까워…….

"이, 입으로는 그런 말을 하지만, 사실은 연하 여자애에게 옹알 옹알하는 걸…… 좋아하잖아요?"

"…………."

나는 아무 대답도 할 수 없었다.

왜냐…… 왜 나는 곧바로 부정할 수 없는 거냐!!

"선배…… 뺨이 새빨간데요?"

"…………."

"선배…… 좀 더 솔직해지셔도 돼요. 게다가 이제부터 하루카의 엄마도 소설에 등장할 예정이니, 이런 경험은 분명 소설에 도움이 될 거예요."

"그런 예정은 아직 없는데……."

"저, 저는 생각했어요. 분명 료타로와 하루카가 나오는 장면은 독자에게 잘 먹히지만, 하루카에게는 어른스러운 매력이 조금 부족해요. 그러니까 하루카의 엄마를 등장시켜서 모성으로 중증 마조히스트 독자의 마음을 움켜쥐자고요."

"그, 그렇구나……."

이건 어디까지나 스즈네가 내 소설을 훨씬 더 좋게 만들기 위해 해주는 일인 모양이다.

요컨대 나는 표면상의 핑계를 손에 넣었다는 뜻이다.

나는 딱히 연하의 여자애에게 아기 취급을 받고서 기뻐하는 변태가 아니다. 어디까지나 소설에 참고하기 위해서, 마지못해 아기 플레이에 손을 댔다고 하면 된다.

그렇다. 나는 어디까지나 소설을 위해서 할 뿐이다.

"코노논 군, 우유 먹을 시간이에요~."

"바부우……."

그렇다면 거리낌 없이 스즈네 엄마의 아기가 될 수 있어!!

웃는 얼굴로 대답하자, 스즈네는 살짝 벌어진 내 입에 젖병 끝을 찔러넣었다.

"자~아, 코노논 군. 엄마 쭈쭈를 먹고서, 무럭무럭 자라야죠?"

아아, 뭘까. 뭔지 잘 모르겠지만 굉장히 못된 짓을 하는 것 같은 기분이 든다.

하지만 나쁘지 않아. 이 감각…….

젖병에는 그녀 말대로 얼그레이 홍차가 들어 있었다. 더군다나 내가 화상을 입지 않게끔 적당히 식혀놓았다.

정신없이 젖병을 쪼옥쪼옥 빠는 나에게 스즈네는 무척이나 만족한 모양인지 씨익 웃음을 띠며 나를 바라보았다.

"코노논 군, 이 젖병은 스즈네가 아기일 적에 쓰던 거야~. 시공을 뛰어넘은 간접 키스예요~."

"바부?! 바부바부바부바부바부우!!"

시공을 뛰어넘은 간접 키스에 나는 쇼타가 물려준 것이 아니기를 진심으로 기도하면서 젖병을 입에 물었다.

"우후훗!! 코노논 군도 참, 정말로 엄마 쭈쭈를 좋아하는구나~."

어느새 젖병에 든 홍차를 전부 마셨다. 스즈네는 내 입에서 젖병을 뽀옥 뽑아내고서 테이블 위에 놓았다.

그리고 이번에는 주머니에서 쪽쪽이를 꺼내더니, 그것을 젖병 대신 내 입에 쑤셔 넣었다.

"쪼옥쪼옥…… 어, 엄마……. 이것도 스즈네에게서 물려받은 거예여?"

"어? 이, 이건 아빠의 취미—— 아, 아니, 이것도 스즈네에게 물려받은 거예요~."

이봐, 아빠의 취미는 또 뭔데?!

지금, 터무니없는 미나즈키가의 어둠이 폭로될 뻔했다고!!

하지만 스즈네는 굳은 웃음을 띤 채로 "자~아, 깊게 집어넣으면 안 돼요~. 코노논 군은 아직 아기니까"라고 화려하게 무시했다.

지, 지금 건 없었던 일로 치자…….

그렇게 자신을 타이르며 필사적으로 "바부우"라고 아무것도 모르는 아기를 연기하기로 했다.

"어, 어쩐지 조금 더워지기 시작했어요…….'

그러자 스즈네가 재킷 단추를 풀더니 재킷을 벗어서 바닥에 놓았다.

그렇게 스즈네는 블라우스 한 장을 걸친 차림이 되었지만…….

"바, 바부?!"

뭐랄까 스즈네의 몸에 걸친 블라우스는 내가 상상했던 것 이상으로 얇다…….

그 결과, 블라우스 너머로 스즈네의 연분홍색 브래지어가 보이고 말았다.

더 나아가 무섭게도, 스즈네가 블라우스의 단추를 위에서 세 번째까지 풀었으니까, 그녀의 풍만한 계곡이 얼굴을 엿보이고 있다…….

봐서는 안 된다는 걸 알아도, 그 너무나도 자극이 강한 광경에 내 시선은 그녀의 계곡에 못 박히게 되고 말았다.

"흐아앗……."

그러자 그 상황에서 스즈네가 내 시선을 깨닫고 가슴께를 손으로 가렸다.

스스로 이런 짓을 해놓고서 막상 내 시선에 부끄러워하고 마는 스즈네. 가느다란 손으로는 다 숨길 수 없는 훤히 비쳐 보이는 데다 풍만한 가슴. 그런 요소가 시너지를 일으켜서, 내 뇌에서 도파민이 콸콸 흘러나왔다.

스즈네…… 쩔어요…….

스즈네는 한동안 부끄러워하듯이 가슴께를 가렸지만, 천천히 가슴에서 손을 떼고는 나를 바라보았다.

"코, 코노논 군은 아직 아기니까, 엄마 가슴을 봐도 야한 생각이 들지는 않겠지?"

"바부우."

다정한 거짓말.

내 대답에 간신히 기분을 전환한 스즈네가 딸랑이를 내 앞에 들었다.

"그, 그럼, 코노논 군……. 엉금엉금 기는 연습을 하자."

그렇게 말하며 딸랑이를 흔들었다. 그리고 W 앉기 자세에서 무릎을 바닥에 대고서 쭈그려 앉은 자세로 바꾸더니 "그, 그러면 이 딸랑이를 목표로 열심히 엉금엉금하자"라며 얼굴을 새빨갛게 물들인 채 입꼬리를 올렸다.

"바, 바붓?!"

하지만 그런 스즈네 엄마의 자세가 한층 더 도파민을 분비하게 했다.

그, 그 자세는 곤란해……

아까 말했지만, 스즈네는 옆트임이 들어간 타이트스커트를 입고 있다.

그런 스즈네가 쭈그려 앉으면 치마 속 허벅지가 훤히 내 시야에 들어오니, 조금만 더 고개를 숙이면 아마도 연분홍색일 스즈네의 팬티가 보이고 말 것 같다.

아아, 고개를 숙이고 싶어.

그런 소망에 마른침을 삼키자, 스즈네가 내 턱에 손을 대고서 억지로 내 얼굴을 딸랑이 쪽으로 향하게 했다.

"코, 코, 코노논 군은 아직 아기니까, 딸랑이를 봐야지……"

그런 스즈네의 표정은 본 나는 확신했다.

스즈네는 무척이나 애쓰고 있다……

아무리 스즈네가 초변태라고 해도, 연상의 남자애를 아기 취급하는 행위는 틀림없이 부끄러울 것이다. 그래도 그녀는 부끄러움을 참고서 이렇게까지 몹시 고생하며 애써주는 것이다.

정말로 다정한 여자애야……

그 사실을 이해한 지금, 나는 분골쇄신해 아기가 되어서 소설의 양식으로 삼아야만 한다.

부끄러움 따위를 품어서는 안 되는 것이다.

전력으로 노력해서 엉금엉금해야만 해!!

결의를 다진 나는 스즈네의 앞에서 손발을 바닥에 댔다.

"바붓!!"

스즈네의 얼굴을 올려다보며 끄덕이자, 스즈네 또한 결의한 듯이 고개를 끄덕 주억였다.

"자~아, 그러면 코노논 군. 코노논 군이 좋아하는 딸랑이를 향해서 엉금엉금하자?"

그렇게 말하더니 쭈그려 앉은 채 능숙하게 뒤로 걸어가는 스즈네를 향해서 엉금엉금 기어가기 시작했다.

"코노논 군. 장하다, 장해!!"

"바부우!! 바부우!! 바부바부바부웃!!"

객관적으로 봐서 지금 내 모습이 어떻게 보일지라, 그런 것은 이미 아무래도 좋았다.

나는 스즈네 엄마의 아기다!!

생각하지 마라, 류타로. 느끼는 거다!!

어쨌거나 부끄러움을 버리고서, 정말 좋아하는 스즈네 엄마를 향해서 전력으로 엉금엉금 기어갔다.

스즈네의 다다미 여덟 장 크기 되는 방을 몇 번이고 엉금엉금

돌았다.

그리고 벌써 몇 바퀴를 돌았는지 모를 만큼 엉금엉금 기어가기에 흥겨워하던 참에 스즈네 엄마는 발걸음을 멈췄다.

열심히 계속 엉금엉금 기어가던 나였지만, 스즈네 쪽도 완전히 엄마 모드가 된 모양이라서 눈이 황홀해져서는 사랑하는 아들을 바라보았다.

"자~아, 코노논 군, 장하다, 장해! 그 귀여운 얼굴을 엄마에게 실컷 보여주렴~."

"바부우바부우."

그렇게 해서 나는 스즈네 엄마에게 최고의 미소를 보여주었다.

그러자 스즈네 엄마는 생글생글한 얼굴로 나를 바라보면서 고개를 갸웃했다.

"코노논 군…… 코노논 군은 지금, 어떤 기분이야?"

"바부우바부우, 최고예여. 바부우."

"그래, 그렇구나. 코노논 군은 지금 최고로구나."

"바부웃!!"

"그럼 귀여운 코노논 군에게 또 한 가지 질문을 해볼까~."

스즈네는 그렇게 말하며 여전히 웃는 얼굴을 향했다.

덤벼라!! 지금 무적상태인 나는 뭐든지 대답할 수 있다고!!

"선배는 연하의 여자애 앞에서 공갈 젖꼭지를 물고서 옹알옹알 말하는 게, 그렇게나 즐거운가요?"

스즈네 엄마는 쌀쌀맞은 목소리로 그렇게 내게 물었다.

"…………."

"선배, 못 들었나요? 연하 여자애 앞에서 그런 차림새를 하고 부끄럽지 않나요?"

"…………."

아, 이거 위험한 흐름인데…….

스즈네의 그런 쌀쌀맞은 질문에 의해, 내 뇌내의 옹알옹알 게 이지가 급속히 하락하는 감각을 피부로 느낀다…….

그만둬, 스즈네……. 지금의 난 꿈속 세계에 사는 주민이란 말이다…….

그런 식으로 갑자기 나를 현실로 끌고 돌아오는 건 그만뒀으면 좋겠써여…… 바부우…….

하지만 스즈네는 잔혹하게도 주머니에서 손거울을 꺼내더니 내게로 향했다.

거울을 보자 거기에는 공갈 젖꼭지를 물면서 황홀해하는 음침 캐릭터 남고생이 비치고 있었다.

입에서 공갈 젖꼭지가 툭 떨어졌다.

크어어어어어어어어어어어어어억!!

죽여줘어어어어어어어어어어!!

수치심과 자기혐오가 최고조에 달한 나는 그 자리에서 몸부림 쳤다. 스즈네는 쭈그려 앉더니 그런 나를 냉정하게 바라보았다.

"정말로 선배는 변태로군요…….."

"스즈네 엄마……."

"저는 엄마가 아니라 그냥 후배예요……."

그리고 이 진지한 답변이다…….

"스즈네…… 나를…… 나를 죽여줘……."

부탁이야. 하다못해 스즈네의 손으로 내 숨통을 끊어줘. 이 이상, 나한테 살아서 수치를 드러내게 하지 말아 줘…….

호소하는 눈으로 스즈네를 올려다보았다.

그러자 아까까지 차가운 눈으로 나를 바라보았을 스즈네의 뺨이 발그레 붉어졌다.

"서, 선배는 어째서 그렇게 괴로운 표정을 짓는 건가요?"

"아니, 그야……."

"분명 저는 선배를 변태라고 말했어요. 하지만 전, 선배를 싫어하거나 경멸하지 않는데요?"

"뭐?"

"저는 어디까지나 선배의 소설이 잘되도록 선배의 성벽을 끌어내고 있을 뿐이에요. 그런 식으로 차가운 말을 했지만, 선배의 그런 변태적인 점을 전 좋아해요."

"스, 스즈네……."

어, 어라…… 아까 전까지 악마처럼만 보였던 스즈네가 갑자기 천사처럼 보이기 시작했어…….

내 눈동자에는 어렴풋이 눈물이 맺혀 있었다.

"선배, 랭킹 1위가 되면 잔뜩 쓰담쓰담 해줄 테니, 그때까지 잔뜩 변태가 되어서 힘내요."

그렇게 말하며 스즈네는 내 눈동자에서 흐르는 눈물을 손수건으로 다정하게 닦아주었다.

눈물을 닦으면서 나는 생각했다.

당근과 채찍에 서서히 길들여지고 있다.

역시 나한테는 스즈네에게 저항하는 일 따위는 할 수 없을 것 같다…….

결국, 그 뒤에도 스즈네에 의해 잔뜩 성벽을 개발당했다.

2회전, 3회전 변태 플레이를 진행함에 따라서 플레이 내용도 점점 과격해졌다.

그리고 저녁을 맞이할 즈음에는 나도 스즈네도 변태의 절정을 맞이해, 이미 자신이 무엇을 하고 있는지도 알 수 없게 되었다.

물총을 쥔 나와, 바닥에 깔린 피크닉용 돗자리에 W자세로 앉은 스즈네.

방아쇠를 당기자, 물총에서 찌익찌익 물이 날아가, 스즈네의 몸에 걸친 블라우스를 흠뻑 적셔갔다.

당연하지만 블라우스가 젖으면 젖을수록 연분홍색 브래지어가 뚜렷하게 보이기 시작했다.

"서, 선배……. 이거…… 굉장해요……. 이대로 가면, 전…… 정신이 나가버릴 거예요……."

안심해. 나는 진작에 정신이 나갔어.

저녁해가 지평선으로 잠기기 시작한 오후 여섯 시.

나는 스즈네에게 물총을 계속 쏘고 있었다.

"서, 선배…… 이제 그만 하세요……. 부끄러워요……."

그렇게 필사적으로 양손으로 가슴을 가리면서 얼굴을 붉히는 스즈네.

어쩐지 무척이나 나쁜 짓을 하는 느낌이 든다. 하지만 이것을 하라고 말한 사람은 스즈네 쪽이라는 점은 내 명예를 위해서 말해두겠다.

그 증거로.

"미안, 그만할까?"

라고 물으면,

"그, 그만두지 마세요……."

라고 대답한다.

난…… 뭘 하는 걸까…….

점점 물총으로 흠뻑 젖어가는 스즈네를 바라보면서, 문득 제정신을 차리고 말 것 같은 느낌을 필사적으로 머리를 내저어서 참았다.

그건 그렇고…….

"저기, 스즈네?"

"예?"

"어쩐지 이 물…… 끈적끈적한 느낌이 드는데……."

처음 발사했을 때부터 어렴풋이 눈치챘지만, 물총에 든 물에 묘하게 점성이 있다고나 할까, 물 치고는 방아쇠에 손맛이 너무 있는 것이다.

나는 총구에서 찍찍 발사되는 액체를 바라보면서 물었다.

그런 질문에 스즈네는 얼굴을 붉히면서 나한테서 고개를 돌렸다.

"평범한 물이면 재미없으니까, 뜨거운 물에 녹말가루를 살짝 녹여봤어요……."

"왜……."

"뭔가 질척질척한 게 더 야할 것 같아서……."

확실히 야하긴 하지만…….

뭔가 질척질척한 탓에 죄책감이 쩔어……. 더럽혀서는 안 되는 것을 더럽히는 것 같은 느낌이 들어서 쩐다고…….

아버지, 어머니, 죄송해요.

류타로는 돌이킬 수 없는 곳까지 와버리고 만 것 같습니다.

"정말로 이런 짓을 해도 괜찮겠어? 어머니께 혼나는 거 아닌지……."

"내일 몰래 세탁소에 보내둘 테니 괜찮아요……. 잔뜩 더럽혀주세요……."

"그, 그래……."

그리하여 스즈네의 말대로 미끌미끌 물총을 계속 발사했다.

대강 블라우스가 흠뻑 젖은 참에, 스즈네가 말없이 치마를 손가락으로 가리켰다.

다음은 치마와 스타킹을 노리라는 뜻인가 보다.

찍!! 찍!!

"시, 싫어……. 더러워……."

치마와 스타킹이 미끌미끌 액체로 더럽혀지는 광경을 바라보면서 스즈네가 몸을 비틀었다.

슬프게 '이 이상은 나를 더럽히지 말아요'라는 눈빛 안쪽에서 그 이상의 기쁨이 느껴졌다.

물총이라는 아이들 장난감은 완전히 어른용 장난감으로 전락했다.

물총아…… 미안…….

나는 마음을 비우고서 정장에 남김없이 미끌미끌 액체를 묻혀갔지만──.

"앗……."

권총에서 방울져 떨어지기 시작한 미끌미끌한 액체 때문에 손이 엇나갔다.

총구가 위를 향한 탓에, 미끌미끌한 액체는 내 예상보다도 위로 날아가고 말았다.

그 결과…….

"꺅?!"

내가 발사한 미끌미끌한 액체는 놀랍게도 스즈네의 **뺨**에 맞았다.

아아, 사고 쳤다…….

미끌미끌한 액체가 스즈네의 뺨에 방울지는 광경을 바라보면서, 자신이 터무니없는 짓을 저지르고 말았다는 사실에 전율했다.

한쪽 눈을 감고서 "시, 싫어……"라고 말하며 뺨에 묻은 액체를 닦는 스즈네.

"미, 미안!!"

나는 물총을 내던지고서 스즈네의 발치에 넙죽 엎드렸다.

"미안……. 나, 나는 대체 무슨 짓을…….."

스즈네의 깨끗한 존안을 더럽히고 말았다. 그 너무나도 큰 죄책감에 머리를 바닥에 비비면서 사죄했다.

"어, 어째서 사과하나요?"

"어쨌거나 미안…….."

"사, 사과하지 마세요. 하라고 말한 건 저인걸요…….."

"아니, 사과할게…….."

사과하지 않으면 내 자제심이 사라지고 만다…….

그렇게 해서 잠시 스즈네에게 사과하고 난 후 간신히 고개를 들었다.

그리고,

"스, 스즈네…… 슬슬 쉴까…….."

이 이상 이런 짓을 계속하면, 정말로 나는 돌이킬 수 없게 될 것 같은 기분이 들었다. 그런 제안에 그녀도 겨우 제정신을 차렸는지, 부끄러운 듯이 나에게서 고개를 돌리고서 "그, 그러네요……"라고 대답했다.

"…………."

"…………."

오늘만으로 이미 몇 번째인지 모를 현자 타임.

아까 전까지 그렇게나 흥분했던 만큼, 끝난 후의 허무함이 엄청나…….

"서, 선배……."

그러자 그 상황에서 스즈네가 나를 불렀다. 그녀를 쳐다보자, 그녀는 뺨을 물들이면서 나를 바라보고 있었다.

"저, 저기…… 선배는 다음 회부터 하루카의 데이트 에피소드를 쓸 예정이죠?"

"어? 아, 그래……. 그렇긴 한데, 그게 뭐 어쨌길래?"

갑자기 데이트 에피소드 이야기를 꺼내기 시작하는 스즈네에게 나는 고개를 갸우뚱했다.

그런 나에게 그녀는 더욱더 뺨을 붉게 물들였다. 그리고 그녀는 무언가를 차마 말 못 하는 듯이 가슴에 양손을 대면서 무언가 안절부절못했다.

그리고 한동안 안절부절못한 뒤에, 무언가 용기를 쥐어 짜내듯이 입을 열었다.

"마, 만약 선배가 괜찮다면…… 다음 주 일요일에 저랑 데이트하실래요?"

"데, 데이트?!"

"선배의 소설에 도움이 되었으면 해서요……. 그, 선배가 싫으시다면 무리하지 않아도……."

그렇게 살짝 동요한 것처럼 눈을 데굴데굴 굴리는 스즈네.

물론 싫을 리는 없다. 싫을 리가 있나. 왜냐하면 스즈네라고. 학교의 아이돌 미나즈키 스즈네가 관능 소설을 위해서라고는 해도 데이트를 청해주는 것이다. 그 청을 거절할 이유는 있을 리가 없다.

하지만 그녀가 그렇게 제안했어도 마음에 걸리는 점이 있었다.

"쇼타는 괜찮겠어?"

"오빠요?"

"요즘 스즈네 너, 나랑 만날 땐 미유키랑 논다고 핑계를 대고 오는 모양인데, 역시나 이렇게 몇 번이나 만나면 쇼타가 수상쩍어할 것 같은 기분이 들어."

내 걱정은 그 점뿐이다. 아무래도 스즈네가 나랑 만날 때 미유키의 이름을 댄다는 건, 미유키 자신도 아는 모양이다.

쇼타가 미유키를 추궁했을 때를 대비해 말을 맞춘 모양이지만, 애초에 스즈네와 미유키는 서로 고등학교가 달라 최근에는 일주일에 한 번꼴로 밖에 놀지 않았다. 그런데 갑자기 만나는 날이 늘어나면 쇼타가 수상쩍어할 것이다.

"그, 그건……."

스즈네 또한 나와 같은 기우를 하는 모양이라서 대답하기 곤란해했다.

그런 그녀를 보고서 나는 문득 의문을 품었다.

"이봐, 스즈네, 쇼타는 언제부터 저런 중증 시스콘으로 발전

했어? 뭐 확실히 그 녀석의 시스콘 기질은 중학생 때 다소 있었던 기분도 들지만, 이렇게까지 심하지는 않았던 것 같아."

특히 작년쯤부터 극단적으로 스즈네를 감시하거나, 필요 이상으로 내 앞에서 스즈네 얘기를 하게 된 기분이 든다.

"어, 네?"

나는 그런 소박한 의문을 입에 담았지만, 스즈네는 살짝 놀란 듯이 고개를 갸웃했다.

어라? 내가 뭔가 이상한 질문을 했나……?

"선배는…… 그…… 눈치채지 못했나요?"

"뭘?"

"그게…… 저기…….."

모호하게 대답하는 스즈네. 그런 그녀에게 내 의문은 더 부풀어 올랐다. 하지만 나에게는 전혀 짚이는 바가 없다.

"이건 어디까지나 제 추측인데요…….."

그렇게 그녀는 전제를 두고서 말을 한 번 끊었다.

그리고,

"오빠의 시스콘이 중증이 된 건, 선배의 소설 연재가 시작되고 난 뒤부터라고 생각해요…….."

"뭐어?!"

그 충격적인 말을 듣고 나는 눈을 크게 떴다.

이거 봐, 잠깐만……. 거짓말이지…….

"저, 저도 처음엔 갑자기 오빠가, 감시하거나 살짝 고압적으로 접하게 된 것에 놀랐는데, 저도 선배의 소설을 읽게 돼서, 선배의 연재 첫 투고 날을 보고서 깨달았어요…….”

잠깐만. 내, 내가 연재를 시작한 건 분명, 작년 여름쯤이지…….

하지만 그 녀석이 스즈네의 자랑을 하게 된 건…… 아앗?!

나는 머리를 감싸 쥐었다.

그 시기는 딱 맞아떨어졌다.

“미, 미안, 스즈네……. 나는 터무니없는 짓을…….”

깨닫지 못한 사이에 친구의 변태 트로피를 꺼내다니…….

아아, 곤란해……. 토할 거 같아…….

머리를 감싸 쥐고서 웅크린 나. 나는 가까운 사람을 관능 소설의 모델로 삼은 것을 진심으로 후회했다.

“선배…… 그렇게 침울해하지 마세요……. 적어도 저는 선배의 소설 덕분에 자신이 이렇게 야한 여자애였다는 사실을 깨달을 수 있었으니…….”

아니, 그에 관해서도 미안하다는 말밖에 못 해…….

“제게 한 가지 제안이 있는데요…….”

거기에서 스즈네가 그렇게 말하기에 고개를 들었다.

“제안?”

“네……. 아마도 말인데, 그건 선배만이 할 수 있는 일이고, 그러면서도 효과적인 방법이라고 생각해요…….”

“그, 그런 방법이 있는 거야?”

그녀는 작게 고개를 끄덕였다.

그리고 그녀는 작전의 전모를 이야기하기 시작했다.

스즈네가 얘기한 작전이란, 간단히 말하자면 소설을 고쳐 쓰는 일이었다.

아니, 정말로 간단히 말해주네…….

정말로 이건 끝나긴 하나…….

내가 여태까지 집필한 내용을 단기간에 전부 바꿔쓴다는 것이 스즈네의 제안한 작전이다.

그러면 구체적으로 어떻게 고쳐 쓸 것인가.

작품의 등장인물인 하루카와 오빠의 성벽을 바꿀 거다.

애당초 쇼타는 내 소설 때문에 그렇게 되어 버린 것이다. 내 소설 속에서 하루카의 오빠가 중증 사디스트 기질을 발휘한 탓에 쇼타 자신도 스즈네를 속박하게 되었다.

그렇다는 것은 반대로 하루카의 오빠를 중증 마조히스트로 만들면, 이론상으로는 쇼타도 중증 마조히스트가 되어 스즈네를 속박하거나 하지 않게 될 것이다.

그것이 스즈네의 작전이었다.

솔직히 말하자면, 나는 그런 것으로 간단히 문제가 해결되리라고는 생각지 않았다. 게다가 쇼타가 지금도 계속 내 소설을 읽고 있다는 보증은 없는 것이다.

하지만 그런 내 의문에 스즈네는 '오빠는 확실히 아직 읽고 있어요'라고 단언했다. 그렇게까지 단언할 수 있는 이유가 뭔지 나로서는 모르겠지만, 어쨌거나 그렇다나 보다.

뭐 어쨌건 간에 스즈네가 그렇게 말한다면, 나에게는 하는 것 외엔 선택지는 없다.

실제로 여태까지도 스즈네의 조언은 적확했다. 랭킹을 올릴 수 있었던 것 역시 스즈네 덕분이라고 해도 과언은 아니다.

그렇다면 동참할 수밖에 없겠지.

상당한 중노동이기는 하지만, 단기간에 전편 고쳐 쓰기를 달성할 수밖에 없다.

그렇게 해서 자택으로 돌아간 나는 곧바로 노트북을 열고는 꾸준하게 고쳐 쓰기를 이어갔다.

하지만 나는 아무래도 책상에 놓인 종이봉투가 신경 쓰여서 어쩔 수가 없었다.

유명 의류 제조업체의 로고가 들어간 종이봉투. 그 안에 들어 있는 것. 그것은 스즈네의 교복이다.

실은 아까 스즈네의 집을 나올 때 현관에서 그녀에게 건네받은 것이다.

"분명 무언가 도움이 될 거예요……."

스즈네에게 그런 말을 들으며 종이봉투를 건네받은 나는 내용물을 확인하고서 간이 떨어졌다.

"스즈네, 이건……."

"안심하세요. 여벌이 한 벌 더 있거든요."

"아니, 그런 게 아니라……."

"어? 아, 죄송해요. 확실하게 입다 벗은 옷이에요."

"그러니까, 그런 게 아니라⋯⋯."

나는 왜 이런 물건을 건네줬는지를 물었는데, 스즈네와의 대화가 전혀 맞물려지지 않는다.

곤혹스러워하는 나였지만, 그런 나에게 그녀는 다가와서는 이렇게 속삭였다.

"사실은 알고 있죠? 제가 입다 벗은 교복을 선배에게 건넨 이유⋯⋯."

역시 그녀는 내 모든 것을 꿰뚫어 보았던 모양이다. 덤으로 나는 그녀의 재촉에 교복의 용도를 입에 담았다.

"저, 저 카나에 류타로는 미나즈키 스즈네의 교복을 가지고 돌아가, 바라보거나, 냄새를 맡으며 창작에 참고하겠습니다⋯⋯."

"네, 잘 말했어요. 선배, 열심히 하세요. 저는 이 정도의 도움밖에 못 주지만, 뒤에서 응원하고 있어요."

그리고 지금에 이른다.

요컨대 나는 스즈네에게서, 이 교복을 더럽히지 않는 한 어떤 방식으로 써도 좋다고 허가를 받았다.

하지만 말이지⋯⋯. 하지만, 저항감은 있어. 역시⋯⋯.

아무리 스즈네에게서 괜찮다는 말을 들었어도, 여자애의 교복을 바라보거나 냄새를 맡는 건 사람으로서 좀 그렇다고 생각한다.

창작에 참고하고 싶은 마음과 선량한 한 인간의 이성 사이에서 괴롭게 몸부림쳤다.

하지만 이성은 이미 한계에 가까워졌다. 몇 번이나 내 손이 종이봉투로 뻗을 뻔한 것을 이성이 억누른다. 하지만 역시 내 손을 종이봉투로 뻗어갔다.

그만둬, 류타로. 그런 짓을 하면 인간으로서 끝장이라고…….

아아…… 안 되겠어……. 내 오른손이 말을 듣지 않아…….

그리고 손이 봉투에 닿으려고 한 그때, 누군가가 똑똑 방문을 두드리고서 문을 열었다.

그 소리에 황급히 이성을 되찾은 나는 손을 뒤로 물리고서 문을 보았다. 그러자 거기에는 파자마 차림을 하고 양손에 쟁반을 든 미유키의 모습이 있었다.

"미유키?"

"오, 오빠……. 들어가도 돼?"

미유키가 그렇게 묻자, 나는 황급히 노트북을 닫았다. 그리고 미유키는 내 대답을 기다리지 않고 방으로 들어왔다.

쟁반을 든 그녀는 내 곁으로 다가오더니 "오빠, 간식"이라고 말하며 책상 위에 홍차와 손수 만든 파운드케이크를 놓았다.

"미유키 네가 나한테 간식을? 별일도 다 있네."

수상쩍게 그녀를 올려다보자, 그녀는 "뭐, 그렇지……"라며 살짝 뺨을 붉히면서 나에게서 고개를 돌렸다.

"그런데…… 스즈네랑은 잘 돼가?"

과연……. 그 질문을 통해 난 모든 것을 이해했다. 아무래도 케이크를 줄 테니까 나한테 스즈네와의 관계가 어떤지 가르쳐달라는 뜻인가 보다.

하지만 당연하게도 스즈네와의 관계를 적나라하게 얘기하면, 틀림없이 미유키가 나와 스즈네를 싸잡아 진저리를 칠 것이다.

"뭐, 나름 친하게 지내고 있어. 친구로서 친하게 지낸다고 할 수 있을 정도로는."

그러니까 무난한 대답을 하자, 미유키는 불만스럽게 뺨을 뾰로통하게 부풀렸다. 하지만 갑자기 책상 위로 고개를 돌리고서 "와아~" 하며 눈을 빛냈다.

시선의 방향으로 고개를 향하자, 거기에는 문제의 종이봉투가.

아, 이거 위험한 상황이야…….

내 얼굴에서 핏기가 싹 가시는 것이 느껴졌다. 그리고 미유키는 "이거 뭐야, 이거?!"라고 말하며 흥미진진하게 책상 쪽으로 다가가길래, 나는 일어서서 그녀의 어깨를 붙들어 제지했다.

"야, 뭐 하는 거야."

"뭐 하냐니, 이 봉투, 엘프로렌 봉투지? 오빠가 왜 엘프로렌 봉투를 가지고 있어?"

"엥? 어, 아니, 그건……."

"그거 스즈네한테서 받은 거지."

그렇습니다. 스즈네에게서 받은, 입고 벗은 교복입니다…….

그리고 그 봉투 내용물을 미유키에게 보이면, 나도 스즈네도 끝장입니다…….

하지만 미유키가 그런 사정을 알 리도 없어서, 완전히 내가 스즈네에게서 고급 브랜드를 선물 받았다고 착각한 모양인지 눈을 반짝거리고 있다.

"있잖아, 뭘 받는지 나한테도 보여줘."

그런 말을 하며 그녀는 강경하게 종이봉투로 손을 뻗으려 했다. 하지만 난 그것을 필사적으로 제지했다.

"뭐냐니, 별거 아니야."

"엘프로렌인데? 혹시, 스즈네한테서 옷이라도 받았어? 보여달라니까 그러네!"

"별거 아니라고 했잖아."

"그럼 보여줄 수 있겠지. 스즈네가 오빠한테 뭘 줬는지 신경 쓰여서 밤잠을 설칠 거야."

이대로 가면 곤란하다. 미유키 녀석, 봉투 속 내용물을 볼 때까지 포기하지 않을 생각이다.

옆에서 보면 남매가 사이좋게 씨름이라도 하는 것 같은 광경이 펼쳐졌다.

하지만 실태는 지옥도이다.

어떻게든 해서 미유키를 포기하게 만들어야만 하는데…….

텅 빈 뇌를 풀가동시켜서 그녀를 포기하게 할만한 구실을 떠올리는 나.

아, 그거다?!

"편지가 들어 있어!!"

그렇게 외친 순간, 미유키의 몸이 딱 멈췄다. 그녀는 고개를 들더니 어리둥절한 기색으로 나를 바라보았다.

"편지?"

"그래…… 편지가 들어 있어. 거기에 요전번, 비가 내렸을 때 젖은 티셔츠를 스즈네가 빨아서 돌려줬어."

어쨌거나 입에서 나오는 대로 늘어놓자, 미유키는 "뭐~야"라며 무언가 기뻐 보이는 웃음을 띠었다.

"스즈네한테서 받은 편지라면 내가 읽어서는 안 되겠지. 오빠도 참, 내가 모르는 사이에 그렇게 스즈네랑 친해졌구나."

미유키는 그렇게 말하며 나에게서 몸을 물렸다.

뭔가 터무니없는 착각을 하게 만든 것 같은 기분도 들지만, 어쨌거나 위기 상황은 벗어난 모양이다. 그런 내 새빨간 거짓말을 받아들인 미유키는 선뜻 문 쪽으로 걸어가더니, 거기에서 뒤를 돌아보며 또 생글생글 미소 지었다.

"오빠, 스즈네를 슬프게 하면 안 된다?"

"어? 그렇게 되지 않도록 힘낼게."

완전히 미유키의 오해를 산 내가 그렇게 대답하자, 그녀는 여전히 미소 지은 채로 이렇게 말했다.

"만약 스즈네를 울리면…… 그 자리에서 죽은 목숨이야. 기억해 둬."

아, 무서워…….

그런 무시무시한 경고에 몸을 떠는 나를 놔두고서 미유키는 방을 나갔다.

그런 이유로 책상 위에 종이봉투를 둔 것이 위험하다는 사실을 간신히 깨달은 나는 옷장 속에 종이봉투를 숨기고서 다시 집필하기 시작했다.

어쨌거나 전편을 고쳐 써야 하는 것이다. 1분 1초도 낭비할 시간은 없다.

그렇게 해서 스즈네 님께 받은 변태 트로피를 가슴에 품고, 나는 계속 글을 고쳐 썼다.

하지만 역시나 그렇게 펑펑 새로운 아이디어가 떠오르는 것도 아니라서, 노트북과 눈싸움하는 상태로 원고가 전혀 진행되지 않는다.

잠시 휴식이라도 할까. 그런 생각을 하면서 의자에서 일어나려고 했을 때, 스마트폰 착신음이 울렸다.

화면을 보자 거기에는 스즈네의 아이콘이 표시되어 있어서 통화 버튼을 눌렀다.

"여보세요."

『선배, 집필 수고하십니다.』

귀여운 목소리.

『선배, 지금은 혼자 계세요?』

"어? 그렇긴 한데…… 무슨 일이야?"

그렇게 묻자, 수화기 너머의 스즈네는 잠시 입을 다물었다.

그 사이에 테이블 위의 식은 홍차로 목을 축이고 있노라니, 스즈네가 다시 말하기 시작했다.

『교복 냄새는 이미 맡았나요?』

입 안에 든 홍차를 전부 뿜어냈다.

그 콩트 같은 반응에 『서, 선배, 괜찮으세요?』라고 걱정하는 스즈네.

"괘, 괜찮아……."

스즈네여. 갑자기 액셀을 너무 콱 밟았잖습니까…….

휴지로 젖은 노트북을 닦으면서 가까스로 대답했다.

『선배…… 이미 제 교복에 손을 대셨나요?』

"아, 아니, 아직입니다만……."

『역시 제가 입다 벗은 교복은…… 더러워서 만지고 싶지 않겠죠?』

그 물음에 난 어떻게 대답하는 게 정답일까?

만지고 싶지 않다고 하면 스즈네를 상처 입힐 테고, 만지고 싶다고 대답하면 그건 그것대로 변태 느낌이 늘어나고 만다.

"뭐랄까, 그게…… 내 방은 미유키도 때때로 드나드니 교복을 봉투에서 꺼내기엔 위험 부담이 있달까……."

『미유키가 돌아올지도 모른다고 생각하면 가슴이 두근거리죠?』

안 되겠어. 전혀 얘기가 맞물리지 않아…….

"아니, 그게 아니라. 내가 스즈네의 교복을 가지고 있다는 사실을 미유키에게 들키게 되면, 나도 스즈네도 모두 끝나는 게 아닌가 싶어서."

『그렇군요……. 하지만 만약 발견됐을 땐, 미유키에게는 선배에게 교복을 도둑맞았다고 하면 어떻게든 될 거예요.』

"그, 그렇군요……."

무서워……. 이 애는 귀여운 목소리로 터무니없는 말을 하잖아…….

『그래서 어떤가요? 선배는 제 교복을 만지고 싶나요? 만지고 싶지 않나요?』

스즈네가 억지로 얘기를 되돌리며 그렇게 물었다.

아무래도 플레이는 이미 시작되었나 보다.

『어떤가요?』

수화가 너머에서도 스즈네가 나를 도발하는 것 같은 웃음을 띠는 것이 전해졌다.

여기에서는 솔직하게 답할 수밖에 없는 모양이다.

"만지고 싶어요……."

사람으로서 소중한 무언가를 내던지고서 그렇게 대답하자, 수화기 너머에서 키득키득 스즈네가 웃음소리가 들려왔다.

『변태.』

스즈네는 차가운 말투로 나를 매도했다.

뭐랄까, 불합리……하지만 어쩐지 나쁘지 않다.

『선배, 그렇게 만지고 싶다면 만져도 돼요. 저, 선배가 제 교복을 만지는 상황을 들어줄게요…….』

아무래도 지금의 변태 발언으로 더욱더 기어가 올라간 모양이다.

완전히 이 흐름에 대항할 마음이 들지 않는다.

그렇게 해서 스즈네에게 "잠시 기다리세요"라는 말을 남기고 문 앞까지 걸어갔다. 문 옆에 있는 책장을 힘껏 밀어서 바리케이드를 만들고는, 이번에는 옷장으로 향해 문제의 물건을 꺼냈다.

책상으로 돌아와 스즈네에게 현 상황을 보고했다.

"지금, 손에 종이봉투를 준비했습니다."

『그럼 교복을 꺼내 볼까요?』

"네……."

스마트폰 통화를 스피커 모드로 전환한 뒤 책상에 올려놓고는 종이봉투 속으로 손을 집어넣었다.

종이봉투 속에 든 정성스럽게 갠 블레이저와 치마를 꺼내고서 무릎 위에 놓았다.

그나저나 좋은 냄새가 난다. 향료인지 그렇지 않으면 스즈네의 향기인지, 교복에서는 은은하게 달콤한 향기가 감돌아서 그것만으로 기절할 것 같았다.

『선배는 제 교복으로 뭘 하고 싶나요?』

"그건……."

『전화라서 명확하게 말로 표현하지 않으면 모르는데요?』

그렇게 묻고 나서 또 키득키득 웃음소리가 들려왔다.

아무래도 오늘 밤 스즈네는 변태 소악마 모드에 들어간 모양이다.

그런 스즈네에게서의 도발에, 나는 더할 나위 없는 배덕감과 수치심을 품으면서 결의를 다졌다.

스즈네는 몸을 희생해 내 소설을 응원해주는 것이다. 그렇다면 나도 그런 그녀의 응원에 응해야만 한다.

"내, 냄새 맡고 싶어요……."

『살짝 부끄럽지만, 선배의 소설을 위해서인걸요……. 제 교복, 잔뜩 냄새 맡아주세요.』

그렇게 해서 스즈네의 허가가 떨어졌다.

나는 그녀의 치마를 눈앞에 들고서 한 번 심호흡했다.

여기에서 이 치마에 얼굴을 묻으면, 나는 사람으로서 끝장이다.

하지만 나는 관능 소설가이다. 이건 어디까지나 프로 관능 소설가가 되기 위한 통과의례이기도 하다.

사람으로서 최악인 것은 이해하지만, 당사자인 스즈네가 좋다고 한 것이다.

신께서도 그 점은 이해하시리라 믿고 싶다.

그건 그렇고…….

나는 냄새를 맡으려고 했지만, 그 전에 그녀에게 물어보고 싶은 게 있었다.

"있잖아, 스즈네, 아까 전부터 신경 쓰였던 점이 있는데……."

『왜 그러시나요?』

실은 나에게는 이 통화가 시작했을 때부터 살짝 신경 쓰였던 점이 있었다.

"혹시나 말인데…… 지금, 목욕하고 있어?"

뭐랄까, 아까 전부터 스피커 너머에서 들려오는 스즈네의 목소리가 묘하게 울린달지 에코가 낀 것처럼 들리는 것이다.

게다가 때때로 참방참방 물이 튀는 것 같은 소리도 들려온다.

『네, 지금, 욕실 안에서 선배랑 통화하고 있어요.』

"여, 역시나……."

아무래도 예 예감은 옳았던 모양이다.

요컨대 스즈네는 지금, 실 한오라기도 걸치지 않은 모습으로 나와 통화하고 있다는 사실을 의미한다.

안 되겠어…… 신께 들켜서는 안 될 만한 상상이 머릿속을 꽉 채워갔다.

알몸의 스즈네, 그리고 내 손에는 스즈네가 입었던 교복…….

『선배, 처음 하루카가 료타로의 집에 방문했을 때의 이야기는 기억하세요?』

"물론 기억하는데…… 그게 왜?"

그러자 그 상황에서 갑자기 내 소설 이야기를 시작하는 스즈네에게 나는 고개를 갸웃했다.

『그때, 비를 피하려고 료타로의 집에 들어간 하루카는 욕실을 빌려 썼죠?』

맞다. 료타로와 하루카가 친해지게 된 계기는 갑작스러운 비에 흠뻑 젖은 하루카에게 료타로가 자택 욕실을 빌려준 것이다.

하지만 그게 뭐 어쨌다는 거지?

『선배는 어째서 그때, 료타로에게 하루카의 교복 냄새를 맡게 하지 않았나요?』

"왜냐고 물어봐도 말이지…….."

『료타로가 하루카를 집에 불러들인 시점에서, 료타로는 하루카에게 호의를 가지고 있었어요. 그런데 하루카가 욕실에 들어간 사이, 료타로는 아무것도 하지 않고서 거실에서 기다렸어요. 그 장면은 살짝 유감이었어요…….』

"으음, 듣고 보니……."

확실히 그 장면은 아무 생각도 하지 않고서 썼지만, 지금 와서 생각하면 좀 더 야한 시추에이션을 쓸 수 있었을 것이다.

『보통, 좋아하는 여자애의 교복이 눈앞에 있으면 냄새를 맡겠죠?』

아니, 보통은 안 맡지.

내가 변태가 되어가면서, 스즈네가 생각하는 '평범'의 정의도 변태로 기울고 있는 것 같다.

하지만 뭐 내가 쓰는 것은 관능 소설이다. 독자를 기쁘게 한다는 의미에서는 그저 하루카가 욕실에 들어가는 것만으로는 부족하다는 사실은 이해할 수 있었다.

아무래도 스즈네는 내 상상력을 휘저으려고 일부러 욕실에서 전화를 걸어준 모양이다.

『선배, 상상해보세요. 선배가 지금 있는 곳은 탈의실이에요. 그리고 선배가 지금 손에 들고 있는 건 하루카가 입다 벗은 교복이에요.』

그런 그녀의 말에 나는 천천히 눈을 감고는 한 번 머릿속을 새하얗게 비웠다.

이건 내 방이 아니다. 여긴 내 방이 아니다. 아무것도 없는 공간이다.

머릿속에서 아무것도 없는 공간을 상상하고는 거기에 탈의실을 재구축했다.

나는 지금 탈의실에 있어……. 왼쪽에는 세탁기, 그리고 발치에는 벗은 옷을 넣기 위한 바구니.

보, 보이기 시작했어…….

더욱더 상상력을 굴린다. 그러자 눈앞에 불투명 유리로 된 욕실 문이 보이기 시작했다.

불투명 유리 너머로 무언가가 보이는 류타로……. 거기에는 무엇이 보이는 거지?

그러자 그때 스마트폰 스피커에서 욕조의 뜨거운 물이 첨벙 흔들리는 소리와 샤워기 물이 흐르는 소리가 들려왔다.

스, 스즈네가 몸을 씻으려 하고 있어!!

나는 상상 속 욕실 안에서 스즈네의 모습을 발견했다. 불투명 유리 너머로 몸을 씻는 스즈네의 살색 실루엣이 보였다.

"스, 스즈네, 보였어!!"

나도 모르게 소리를 질렀다.

보인다. 손에 잡히듯이 보인다. 스즈네가 내 눈앞에서 몸을 씻고 있다.

소설가로서 한 단계 더 스텝 업 했다는 사실을 실감했다.

이게 무에서 무한을 창조하는 소설가의 참모습이다.

나는 집중력의 영역에 들어갔다.

『선배, 그 기세예요. 좀 더 좀 더 깊게 상상하세요. 좋아하는 하루카가 몸을 씻고 있어요. 하루카는 어디부터 몸을 씻을까요? 뜨거운 물로 따끈따끈해진 하루카의 피부는 무슨 색일까요? 료타로는 눈앞에서 개어진 교복을 보고서 무엇을 생각할까요?』

곤란해…… 상상력의 홍수가 나를 덮쳐온다.

보인다── 보인다고!!

목욕물로 몸이 데워져서 달아오른 연분홍색의 스즈네의 피부. 은은한 향이 나는 보디소프의 향기, 그리고 눈앞에는 스즈네의 몸을 하루 지탱했던 입다 벗은 교복.

『선배, 배덕적이죠? 자신을 끝까지 믿고서 욕실을 빌린 하루카의 기대를 배신하는 건. 나쁜 짓을 한다고 자각하면서 냄새 맡는 교복은 어떤 내음이 나요?』

정신을 차리자, 나는 손에 든 스즈네의 교복 치마를 얼굴에 가져다 대고 있었다.

아, 위험해……. 좋은 냄새가 나서 죽어버릴 것 같아…….

세제의 달콤한 향기와 그 안쪽에 느껴지는 땀 냄새. 그것이 뒤섞여서 내 뇌를 범한다.

자신을 끝까지 믿고서 무방비한 몸으로 샤워하는 스즈네.

나는…… 나는 왜 이리 심한 짓을 하는 거냐…….

친구의 여동생이라고. 소중한 친구 여동생의 교복으로 나는 왜 이리 심한 짓을 하는 거냐, 류타로!!

안 된다는 걸 알면서도 스즈네 성분이 몸에 배어들게 하려고 열중하는 나.

신이시여…… 류타로는 이렇게나 지독한 인간입니다…….

그 후로 나는 얼마나 스즈네의 교복에 얼굴을 가져다 대고 있었던 것일까? 『선배, 선배, 들리세요?』라고 스피커에서 들려온 스즈네의 목소리에 제정신을 차렸다.

"미, 미안……. 나도 참……."

나도 모르게 통화 중인 것도 잊고서 자신이 만들어 낸 세계에 몰두해 있었다.

"혹시나 스즈네를…… 무시했어?"

『아니요, 괜찮아요. 그만큼 선배가 상상력을 움직였다는 증거예요. 그보다도 스마트폰 화면을 봐주셔도 될까요?』

"어?"

나는 스마트폰을 보았다.

그러자 거기에는 『영상 통화를 허가하시겠습니까?』라고 적혀 있었다.

"이건……."

만약 내가 여기서 허락하면, 스즈네의 스마트폰 카메라가 목격한 것이 내 스마트폰에 뜨게 된다.

그리고 스즈네는 현재 목욕하는 중이다. 그것이 무엇을 의미하는지 정도는 바보인 나라도 안다.

"아무리 그래도 이건 곤란한데⋯⋯."

『괜찮아요. 선배. 빨리 수락하세요⋯⋯.』

"아니, 하지만⋯⋯."

『선배, 각오를 다지세요. 저 역시 각오를 다지고서 말하는 거예요.』

스즈네는 이렇게까지 각오를 품고서 내 소설과 마주하고 있다. 그런데 내가 여기에서 물러서면 남자가 아니다.

그렇게 스스로를 정당화하며 나는 스마트폰으로 손가락을 뻗었다.

"스즈네⋯⋯ 본다?"

『⋯⋯⋯⋯네⋯⋯.』

나는 허가한다는 화면을 눌렀다. 그러자 메시지 앱이 영상 통화 모드로 전환되었다.

그리고 스마트폰 화면 가득 나타난 것은 욕실이었다.

그야 그렇다. 스즈네는 욕실에 들어가 있으니까 당연하다. 하지만 욕실에 비친 것은 실 한오라기도 걸치지 않은 스즈네⋯⋯가 아니라 파자마 차림의 스즈네였다.

"어, 어라?"

어, 어째서 알몸이 아니지⋯⋯?

멍하게 스마트폰 화면을 바라보고 있노라니, 스즈네는 『그렇게 슬퍼 보이는 표정을 짓지 마세요』라며 키득 웃었다.

『선배, 이걸 봐주세요.』

그 상황에서 그녀는 자기 손을 욕조에 넣더니 손을 빙글빙글 휘저었다. 그 소리는 아까 스즈네가 욕조에서 일어섰을 때 난 소리와 같다.

다음으로 그녀는 스마트폰을 샤워기 쪽으로 향했다. 샤워기에서는 기세 좋게 뜨거운 물이 나오고 있지만, 샤워 헤드는 벽을 향하고 있었다.

과연…… 그 광경에 나는 모든 것을 이해했다.

아무래도 난 속은 모양이다. 스즈네는 처음부터 목욕하고 있지 않았다. 마치 입욕하고 있는 것처럼 행세했을 뿐이었다.

그러자 그때 스즈네는 무언가 미안하다는 듯한 표정으로 카메라를 바라보았다.

『선배, 속여서 죄송해요……. 그리고 또 하나. 아까 선배에게 건네줬던 교복은 입다 벗은 게 아니에요. 사실은 세탁소에서 돌아온 걸 그대로 건네줬어요…….』

뭐라고?!

아니, 하지만 분명 스즈네의 교복에서 스즈네의 향기가 느껴졌는데……?

나는 다시 치마에 얼굴을 묻어 보았다.

"엇……."

나는 내 코를 의심했다.

아까 전까지 확실히 스즈네의 향기가 났을 교복에서는 아무런 냄새도 나지 않았다.

『선배는 역시 대단해요…….』

거기에서 스즈네가 중얼거렸다.

『선배는 소리와 교복만으로 변태적인 상상력을 무한대로 넓혔어요. 그건 소설가로서 무척이나 굉장한 능력인 것 같아요.』

"스, 스즈네…….."

뭔가 엄청 심오한 얘기처럼 들려온다.

그리고 지금 나를 칭찬하는 건가? 그렇지 않으면 깎아내리는 건가?

『선배라면 반드시 1위가 될 수 있을 거예요. 저는 이 정도의 도움밖에 못 드리지만, 조금이라도 선배에게 도움이 된다면 기쁘겠어요…….』

"스즈네, 고마워…….."

『1위가 될 수 있도록 노력하세요. 그리고, 잔뜩 저한테 쓰담쓰담 받으세요.』

"알았어. 나, 반드시 1위가 되어 보이겠어."

『그 마음가짐이에요. 그럼 힘내세요. 저는 뒤에서 선배를 응원하고 있을게요.』

스즈네는 그렇게 말하며 통화를 끝마쳤다.

그리고 상상력이 홍수처럼 흘러오는 지금의 내 머리라면 무한하게 소설을 쓸 수 있을 것 같았다.

기다려, 스즈네. 반드시 1위가 될 수 있는 소설을 써낼 테니까!!

나는 움켜쥔 치마를 높게 들고서 그렇게 맹세했다.

※ ※ ※

그리고 데이트 날이 찾아왔다. 평범하게 말하기는 하지만, 냉정하게 생각해 보면 터무니없는 일이다.

반 안 남자 꽃미남 랭킹에서도 중하위를 자부하는 내가, 학교 제일의 미소녀 미나즈키 스즈네와 데이트하는 것이다. 이것은 내 역사상 터무니없는 대사건일 것이다.

하지만 지금까지 그녀와 펼쳐온 치태 때문에, 감각이 마비된 게 참으로 유감이다…….

그렇게 해서, 약속대로 약속 장소에 찾아온 나는 스즈네의 모습을 찾으려고 했다.

그나저나 굉장한 인파로군…….

그곳은 번화가에 있는 거대한 상업 시설의 입구였다. 어느 정도 예상은 했지만, 일요일이라 몹시 붐볐다.

스즈네를 찾고자 주위를 둘러보자, 인파 속에서 그녀의 모습을 쉽게 찾을 수 있었다. 미소녀는 이런 인파 속에서도 돋보이는구나.

그녀는 입구 부근 기둥에 기대서 스마트폰을 바라보고 있었다. 나는 그녀 곁으로 다가갔다.

응? 잠깐만…….

나는 문득 위화감을 느꼈다.

그녀는 스마트폰을 바라보고 있다……기보다는 응시하고 있었다. 그녀의 뺨은 새빨갛게 물들었고, 검지로 자기 아랫입술을 쓰다듬고 있었다.

이 몸짓에 짚이는 바가 너무 많은데…….

아무래도 그녀의 변태 활동에 휴일은 존재하지 않나 보다.

내가 경악에 빠지든 말든, 그녀는 소설에 푹 빠져서 주위를 보지 못했다. 내가 바로 앞까지 다가가도 전혀 깨닫지 못하고 "으응……" 하며 야한 숨결과 함께 몸을 비틀었다.

"스즈네 양……."

그 상황에서 그녀의 이름을 부르자, 그녀는 간신히 내 존재를 깨달은 듯 스마트폰에서 고개를 들었다. 그리고 "와, 와앗?! 서, 선배?!"라며 당황한 기색으로 나를 부르더니, 스마트폰을 등 뒤로 숨겼다.

"혹시 또…….."

거기까지 내가 물은 참에 스즈네는 "아, 아니에요……"라고, 아직 아무것도 묻지 않았는데 격렬하게 고개를 가로로 내저었다.

아무래도 틀리지 않았나 보다.

하지만 데이트라는 말에 다소 긴장했던 나는 그녀가 평소 그대로의 그녀라서 살짝 안심하기도 했다.

"일단 갈까……."

그렇게 말을 걸자, 스즈네는 부끄러운 듯이 고개를 숙이며 "그,

213

그래요……"라고 대답했다.

　그렇게 해서 내 인생 첫 데이트가 시작되었지만, 시작하자마자 스즈네가 무슨 일이 있어도 가보고 싶은 가게가 있다고 하길래 그녀에게 이끌려 쇼핑몰 3층으로 올라갔다.

　3층은 이탈리안이나 중화요리 등 다양한 레스토랑이 모여있는 곳이었다.

　식사부터 할 생각인가? 그런 생각을 하면서 그녀를 따라갔지만, 그녀는 그런 레스토랑에는 눈길도 주지 않은 채 레스토랑 구역 안쪽을 향해서 걸어갔다. 그리고 어떤 가게 앞에서 발걸음을 멈췄다.

　"여기예요……."

　스즈네는 그렇게 말하며 가게를 손가락으로 가리키길래 나는 그쪽으로 고개를 향했다. 그리고 그 예상 밖의 광경에 경악했다.

　이건 뭐냐……."

　"실은 최근에 소문으로 유명한 가게예요……. 그래서 전부터 한번 와보고 싶었거든요……."

　그녀는 그렇게 말했다.

　내가 경악한 이유……. 그것은,

　돼지!! 돼지!! 그리고 돼지!!

　그 카페 같은 모양새의 가게 안에서는 수많은 돼지가 종횡무진으로 활보하고 있었다. 아무래도 여기는 고양이 카페……가 아닌 돼지 카페인가 보다.

스즈네는 흥분을 채 억누르지 못했는지, 가게 쪽으로 달려가더니 유리 너머로 가게 안의 돼지를 바라보기 시작했다.

"귀여워······."

흥분한 기색으로 뺨을 붉히는 스즈네. 그런 그녀의 옆에 서서, 나 또한 가게 안을 관찰했다.

뭐 확실히 그녀가 뺨을 붉히는 이유는 모를 것도 없다. 가게 안의 돼지는 그런 품종인지, 어느 돼지나 고양이 정도 되는 크기라 참으로 사랑스러운 모습을 하고 있었다.

그리고 가게 안의 손님은 그런 돼지의 머리를 쓰다듬거나, 무릎 위에 올려두며 힐링 받고 있었다.

그녀가 나를 올려다보았다.

"저, 저는······ 돼지를 정말 좋아해요!!"

어, 뭐야, 그 갑작스럽게 성벽을 스치는 말은······.

전혀 그런 뜻이 아니라는 사실은 알지만, 지금 그 말은 살짝 위험했어······.

나는 당황해서 식은땀을 닦았다.

그렇게 해서 우리는 돼지 카페에 들어갔다.

접수대에서 음료숫값을 치르고서 곧바로 가게 안으로 들어갔다. 가게 안에 발을 들이기가 무섭게, 스즈네 곁으로 작은 돼지 한 마리가 다가왔다.

돼지는 그녀의 양말에 콘센트 같은 코를 가져다 대더니 움찔움찔 코를 움직이며 냄새를 맡았다. 그녀는 그런 광경에 "키득" 하고 웃음을 흘리며 쭈그려 앉았다.

오늘 그녀는 감색 플리츠스커트와 프릴이 달린 블라우스 차림의, 그야말로 여자애다운 코디였다. 치마 길이는 평소 입는 교복보다도 짧았다. 그녀는 살짝 치마 길이를 신경 쓰면서도 다가온 돼지의 머리에 손을 얹었다.

"돼, 돼지님…… 착하다, 착해……. 귀, 귀여워……."

그렇게 말하면서 돼지의 머리를 쓰담쓰담 어루만지는 스즈네.

아아…… 어쩐지 부럽다…….

다른 돼지들도 그녀의 곁으로 줄줄이 모여들었다. 덧붙여서 내 곁으로는 한 마리도 오지 않아…….

돼지도 나 같은 놈보다 귀여운 여자애의 발치에서 꿀꿀거리고 싶은가 보다…….

"서, 선배, 대단해요……. 돼, 돼지님이 잔뜩 와요……."

예상 이상으로 모여드는 돼지에 곤혹스러워하면서도 기뻐 보이는 스즈네. 어떤 돼지는 스즈네에게 쓰담쓰담 받아서 기쁜 표정을 띠고, 어떤 돼지는 스즈네의 발에 흥미가 있는 모양이라서 자꾸만 냄새를 맡고 있다.

그 광경을 행복하게 바라보는 스즈네.

아아…… 나도 돼지가 되어서 스즈네에게서 돼지라 불리고 싶어…….

"서, 선배…… 어라……."

그때 무언가를 깨달은 스즈네가 손가락으로 카운터를 가리켰다. 나도 카운터로 눈길을 향했다.

『돼지 먹이 500엔.』

그런 팝 안내판이 보였다. 아무래도 이 가게에서는 먹이 주기 체험을 할 수 있나 보다.

"저, 사 올게요⋯⋯."

그녀는 일어서더니 한걸음에 카운터로 향했다. 그리고 종이컵에 든 먹이를 손에 들고 다시 돼지의 곁으로 돌아왔다.

컵 속에 든 칩 상태의 먹이를 손바닥 위에 올리고서 돼지 앞에 내밀었다.

그 직후 돼지들의 눈빛이 바뀌었다.

스즈네의 주위에 있던 돼지들은 일제히 꿀꿀거리며 스즈네의 손바닥에 모여들었다.

"정말, 다들 먹보구나⋯⋯. 자, 잠깐, 거긴 들어가면 안 돼⋯⋯."

그녀는 치마 속까지 들어가려고 하는 발칙한 돼지에게 곤혹스러워하면서도 영 싫지만은 않은 기색이다.

아, 위험해⋯⋯. 어쩐지 야해⋯⋯.

안 돼, 안 돼, 진정해라, 류타로⋯⋯.

하, 하지만 이세계물 관능 소설의 소재로라면 쓸 수 있을지도⋯⋯. 그렇게 갸륵하게 돼지를 귀여워하는 그녀를 음흉한 눈으로 바라보고 있노라니, 그녀는 고개를 들었다.

그리고,

"선배…… 선배도 드실래요?"

그녀는 그렇게 말하며 먹이를 얹은 손을 나한테 내밀었다.

어? 뭐야. 그 넘어가면 인간으로서의 인생이 끝장날 달콤한 유혹은…….

"농담이에요. 하지만 선배가 돼지 먹이를 부러운 듯이 바라보고 있길래요. 그렇게나 맛있어 보이나요?"

아, 들켰어…….

무서운 미나즈키 스즈네…….

그녀는 내 반응이 하나하나 재미있는 모양인지 키득키득 몇 번이고 웃었다.

그녀가 지나치게 웃길래 나는 살짝 심통이 난 것처럼 그녀에게서 고개를 돌렸다. 그러자 그녀는 또 키득 웃으며 "다음번에 선배한테도 훨씬 맛있는 걸 만들어 드릴 테니, 그렇게 심통 내지 마세요"라며 나를 달랬다.

스즈네는 그 후에도 돼지들의 먹이를 계속 주었다. 스즈네의 발치에 다가온 돼지들은 스즈네의 먹이를 탐하면서, 그녀의 다리나 치마를 잠시 콩카콩카 냄새 맡으며 만족스러워 보였다.

그렇게 말하면 의미심장하게 들리겠지만, 이건 무언가의 메타포가 아니라 문자 그대로의 의미이다.

결국, 나와 스즈네는 한 시간 정도 돼지와 놀고서 가게를 나왔다.

"어쩐지 배가 고프네요……."

스즈네가 그렇게 말하기에 나도 공복이었다는 사실이 떠올랐다. 돼지에게는 먹이를 실컷 줘놓고, 정작 우리는 밥을 먹지 않았다.

레스토랑 구역을 걸으면서 맛있어 보이는 가게를 찾고 있노라니, 문득 가게 한 곳 앞에서 발걸음이 멈췄다.

돈가스 가게.

나와 스즈네는 잠시 포렴에 그려진 돼지 일러스트를 바라보고 나서 얼굴을 마주 보았다.

"지금은 좀 그렇겠지……?"

내가 굳은 웃음을 흘리자, 그녀 또한 굳은 웃음을 지었다.

"아하하…… 그러게요……."

돼지 카페에 갔다가 돈가스 가게에 들어가는 건 좀.

우리는 동시에 격렬하게 고개를 가로로 내젓고서, 지금 본 건 없었던 일로 하고서 그 자리를 떠나가려고 했지만…….

"어서 오세요! 두 분인가요?"

그런 기세 좋은 목소리와 함께, 중년 남자가 가게 안에서 뛰어나왔다.

"손님, 오늘은 서비스 데이랍니다! 놀랍게도 정식의 밥은 무한 리필! 더 나아가서 덤으로 히레(안심)가스를 두 개 덤으로 드려요!"

바, 밥 무한 리필에, 히레카츠 서비스라고?!

그 단어에 한순간만 마음이 움직였지만, 이 유혹에 굴할 수는 없다.

여전히 굳은 웃음을 띠고는 "어, 저~기. 다른 가게도 좀 돌아보고 나서 결정하려고요……"라고 에둘러서 거절했다. 그런 나에게 스즈네 또한 "그러게요……. 다른 가게도 좀 보고 나서 결정할게요……"라고 동조했다.

하지만 갑자기 아저씨의 표정이 어두워졌다.

"실은 말이죠, 우리 가게는 오늘로 폐업이에요……."

갑작스러운 충격 발언을 입에 담는 아저씨.

아, 곤란해……. 완전히 좋지 않은 전개로 향하고 있어…….

"처음, 여기 부지에 선대가 가게를 낸 지 50년, 돈가스 외길로 경영했습니다. 이 쇼핑몰이 생기게 돼서 한때는 가게 문을 닫을까 생각했죠. 하지만 선대가 지켜온 돈가스의 맛을 지키기 위해서 이 쇼핑몰에서 가게를 내겠다고 결정해서 여태까지 노력했습니다……."

아아~, 아아~, 위험하다고……. 완전히 눈물로 호소해서 구슬리려 든다고. 이 아저씨…….

"하지만 시대의 흐름이란 말이죠. 여태까지 필사적으로 경영했지만, 역부족이라서 저는, 아버지가 지켜온 이 돈가스 가게의 막을 내리기로 했답니다……."

나는 도움을 청하듯이 스즈네를 보았다.

"그, 그랬군요……."

틀렸다. 점점 퇴로가 없어지고 있다…….

그녀는 눈동자에 살짝 눈물을 머금으면서, 끙끙 진지하게 아저씨의 이야기를 들어주고 있었다.

"분합니다……. 돌아가신 아버지께 체면이 서지 않아요. 하지만 어쩔 방도가 없습니다. 그러니 하다못해 가게를 닫는 오늘만큼은, 선조들이 만든 최고의 돈가스 맛을 손님께 즐기게 하고 싶습니다. 하다못해, 선조들이 계속 지켰던 최고의 돈가스 맛을 손님의 추억 속에서 계속 살리고 싶습니다. 그러니 오늘은 이익은 도외시하고, 팍팍 5% 할인을 해드리겠습니다."

그렇게 말하고서 양손으로 얼굴을 덮는 아저씨.

하지만 5%라니, 몹시 현실적인 할인이네. 나는 아저씨의 말에서 이루 말할 수 없는 수상쩍음을 느꼈다.

하지만 옆에 있는 순진무구한 소녀는 달랐다.

"저, 저, 감동했어요!! 아저씨, 아버님과 할아버님이 지켜온 맛을 제 기억에 남겨주세요!!"

완전히 아저씨의 말에 넘어간 그녀는 몇 번이고 고개를 끄덕이며 나를 보았다.

"선배, 들어가요!"

"괜찮겠어?"

"괜찮아요. 조금 마음에 걸리긴 하지만, 아저씨의 이야기에 감동했어요……!"

아아, 왜 이리 순수한 애인지…….

하지만 스즈네가 좋다고 한다면 딱히 상관없나. 밥도 무한 리필이고.

"그럼, 여기로 하자."

그러자 아저씨는 얼굴을 덮었던 양손을 내리더니 만면의 웃음으로 "고맙습니다!! 두 분 안내합니다~!!"라고 외치며 의기양양하게 가게 안으로 들어갔다.

아니, 태세 전환이 빨라!!

그렇게 해서 나와 스즈네는 돼지 카페에서 돈가스 가게로 직행한다는 끔찍한 소행 같은 짓을 하게 되었다.

아저씨에게 안내받으면서 테이블로 향하는 도중, 문득 주방에 눈길이 갔다. 거기에는 파이프 의자에 앉아서 지루하게 스포츠 신문을 바라보는 노인이 있었다.

이봐, 어쩐지 저 할아버지, 아저씨랑 얼굴이 쏙 빼닮았는데!!

설마 부자지간은 아니겠지? 아니면 그건가? 나는 할아범의 아버지의 지박령이라도 보고 있는 건가?

완전히 아저씨의 입발림에 넘어간 나는 깜짝 놀라면서도 테이블로 안내받았다.

나와 스즈네는 할아범의 추천이라고 하는 밥 무한 리필, 히레카츠 서비스가 딸린 정식을 두 개 주문했다. 할아범은 "감사합니다!!"라고 경쾌하게 주문을 넘기더니, 다음번 가게에 왔을 때 쓸 수 있다고 하는 음료수 서비스 티켓을 남기고서 주방으로 걸어갔다.

이봐, 다음에 쓸 수 있다니 어떻게 된 거야?!

어엉? 그쪽이 그렇게 나오신다면, 이쪽은 이쪽대로 나중에 식중독에 걸려서 정말로 영업 마지막 날로 만들어줄까!!

할아범이 주방으로 사라질 때까지, 나는 그 뒷모습을 계속 노려보았다.

맛있어……. 엄청 맛있어. 그야 갓 튀긴 돈가스인걸.

하지만 어쩐지 납득이 안 가…….

맛있는 돈가스를 볼이 미어지도록 먹으면서도 석연치 않았던 나는 정면에 앉은 스즈네를 보았다.

그녀는 포크를 쥔 채, 돈가스에 손을 댈지 고민하는 모양이었다.

그 빌어먹을 아저씨의 이야기에 한때는 감동했던 그녀였지만, 막상 돈가스가 눈앞에 나오자, 무어라 말할 수 없는 망설임을 느꼈나 보다.

스즈네는 한동안 돈가스와 눈싸움했지만, 결의한 듯이 돈가스에 포크를 찌르더니 입으로 옮겼다.

"어, 어쩔 수 없겠죠? 우린 소중한 생명을 받고서 살아가고 있어요……. 게다가 천국에 계신 아버님도, 분명 우리에게 웃는 얼굴로 돈가스를 먹어 주길 바랄 거예요……."

그렇게 말하고 그녀는 눈동자에 눈물을 머금으면서도 가련한 웃음을 띠었다.

아아…… 왜 이리 갸륵하냐……. 그 너무나도 갸륵한 마음에 눈물이 날 것 같아…….

덧붙여서 그 아버님인지 뭔지의 유령은 아까 스포츠 신문을 한 손에 들고서 경마가 이러쿵저러쿵 말하면서 가게를 나갔다고.

아무래도 천국에 계신 아버님인지 뭔지는 돼지보다도 말을 더 좋아하나 보다.

그 후로 나와 스즈네는 한동안 존귀한 생명을 먹는 작업을 이 어갔다. 그리고 그릇이 비게 된 참에 스즈네는 포크를 놓고서 나를 보았다.

"선배…… 일주일 동안, 열심히 노력했네요……."

"어? 그렇지 뭐……."

"잠은 잘 자고 계시나요?"

걱정스럽게 고개를 갸웃하는 스즈네. 그런 그녀에게 "아아, 괜찮아"라고 대답했다.

솔직히 말하자면, 요 일주일은 정말로 고생이었다. 학교가 끝나면 바로 집으로 돌아와, 밤늦게까지 집필했다. 더 나아가서는 아침에도 일찍 일어나서 등교 시간이 아슬아슬할 때까지 소설을 썼다.

틀림없이 요 일주일은 내 역사상 가장 문자를 많이 입력한 일 주일일 것이다. 그녀를 안심시키기 위해서 거짓말을 했지만, 실제로 수면 시간도 상당이 줄었다.

하지만 피곤해졌을 때는 스즈네의 교복 냄새를 맡으면 아주 조금 피로가 가시는 것을 깨닫고 노력할 수 있었다.

"랭킹은 보셨나요?"

"랭킹?"

스즈네는 주머니에서 스마트폰을 꺼냈다. 그리고 무언가를 조작하고서 내 쪽으로 스마트폰을 내밀었다.

"이거요…….'"

나는 스마트폰 화면을 보았다. 그리고 눈을 크게 부릅떴다.

"마, 말도 안 돼…….'"

내가 소설을 투고하는 사이트의 랭킹 화면이었다.

일간 랭킹이라고 적힌 페이지 가장 위에 뜬 『친구의 여동생을 NTR』의 문자.

그것은 즉 어제, 내 소설이 사이트 내에서 가장 포인트를 많이 벌었다는 것을 의미한다.

"서, 선배는 역시 대단해요. 역시 선배의 성벽은 엄청나요…….'"

칭찬인지 아닌지 헷갈리는 찬사를 내게 선사하는 스즈네.

나는 잠시 화면을 바라보는 상태로 몸을 옴짝달싹할 수 없었다.

거짓말이지? 내 소설이 1위라고? 왜냐하면 요전번, 처음 랭킹에 올라간 소설인데? 그게 1위라니…….

"이건 어디까지나 제 예상인데요, 역시 전편에 걸쳐서 다시 쓴 게 좋았던 것 같아요…….'"

"아, 아니, 아무리, 다시 썼다지만…….'"

그나저나…….

"분명 이걸로 잘 풀릴 거예요…….'"

그녀는 기쁜 듯이 힘주어 고개를 끄덕였다.

그렇다. 내가 이만큼 고생해서 전편을 고쳐 쓴 이유는 쇼타를 올바른 길로 되돌리기 위해서이다.

올바른 길로 되돌리기 위해서 관능 소설 전편을 고쳐 쓴다는 것도 이상한 말이지만, 사실이 그러니까 어쩔 수 없다.

요 일주일 동안, 나는 어쨌거나 쇼타를 모델로 삼은 캐릭터 슈타를 중증 마조히스트 변태로 바꾸는 일에 주력했다.

솔직히 말하자면 불안했다고. 어쨌거나 전편을 고쳐 쓰면 독자에게 다시 처음부터 이야기를 읽게 할 필요가 있는 것이다.

고쳐 쓴 것을 계기로 독자가 줄어드는 게 두려웠고, 실제로 고쳐 쓰기 시작하고 나서 일시적으로 독자가 줄어든 것도 사실이었다.

하지만 그 이상으로 독자가 늘었다.

『꾸울!! 꾸울!!』

『꾸꾸꾸우울!! 꿀꿀!!』

『꾸우우우우우울!!』

등등, 고쳐 쓴 후의 소설에는 몇 개나 호의적인 댓글이 달렸다.

결국, 랭킹은 급상승해 마침내 오늘 염원하던 랭킹 1위를 손에 넣을 수 있었던 모양이다.

"이 사이트의 독자는 선배처럼 여자애를 괴롭히기보다도 여자애에게서 괴롭힘을 당하는 걸 더 좋아하는 변태가 많나 봐요······."

그 변태 독자가 기뻐할 만한 말과 함께 그녀는 그렇게 결론지었다.

실제로 작중의 하루카는 오빠와 오빠 친구 양쪽을 손바닥 위에서 굴리는 터무니없는 변태 악녀로서 그려지게 됐지만, 결과적으로 독자는 대폭 늘어났으니, 그녀의 견해는 옳았다는 것이다.

"하지만…… 정말로 괜찮겠어?"

"무슨 얘기인가요?"

"쇼타 말이야. 그 녀석 정말로 내 소설을 읽고 있는 거야?"

이전, 스즈네는 아직 쇼타가 내 소설을 읽고 있을 것이라고 말했다.

하지만 방금도 말한 대로 고쳐 쓰기 시작했을 때는 일부 독자가 떠나갔다. 그중에 만약 쇼타가 있다고 한다면 내 고생은 물거품으로 돌아가고 만다.

내 걱정에 스즈네는 "네"라고 명확히 대답했다.

"오빠는 지금도 선배의 소설에 푹 빠졌어요."

"혹시 그 자식, 스즈네 앞에서 당당하게……."

"그, 그렇지 않아요. 실은 어제 오빠의 스마트폰을 확인했어요."

"스마트폰을 확인했다고?! 그 녀석 스마트폰에 잠금도 걸지 않은 건가?"

"어, 어제는 오빠가 소파에서 잠들어버려서, 그래서 자는 얼굴로 얼굴 인증을……."

전국의 불륜 중인 남편분!! 사건이에요!!

"설정에 따라서는 자는 얼굴로도 괜찮은 모양이에요. 그래서 오빠의 소설 열람 이력을 확인했어요. 그랬더니 바로 전에 선배의 소설을 전편 다 열람했다는 걸 알았어요."

"즈, 즉, 고쳐 쓴 후의 내 소설도 완벽하게 읽었다는 뜻인가?"

그녀는 고개를 끄덕였다.

과연, 그렇다면 쇼타의 성벽이 변했을 가능성은 있을지도 모른다.

하지만 역시 불안을 씻을 수 없다.

"스즈네는 쇼타가 새로운 변태 트로피를 획득했다고 생각해?"

"벼, 변태 트로피가 뭔가요?"

내가 묻자, 스즈네는 고개를 갸웃했다.

아차…… 그건 이쪽 사정이다.

"미, 미안, 스즈네는 이로써 쇼타가 스즈네에게 고압적으로 대하지 않게 될 것 같아?"

고쳐서 묻자, 스즈네는 심각하게 미간을 찌푸렸다.

"솔직히 말하자면 반반이라고 생각해요……."

뭐 그렇겠지…….

"하, 하지만 적어도 저는 선배의 소설을 다시 읽고서, 또 새로운 무언가가 싹텄어요!"

"어, 그래……. 고, 고맙다……."

그렇게 거드는 겸 성벽을 폭로하는 스즈네.

"문제는 쇼타 쪽이로군……."

그렇게 중얼거리자, 스즈네는 물끄러미 나를 바라보았다.

"선배는 열심히 힘냈어요. 지금은 아직 반반일지도 모르지만, 그 확률을 끌어올리는 건 제 역할이에요!"

"제 역할?"

"네…… 애당초 이건 저희 남매의 일이니, 이 이상 선배에게 폐를 끼칠 수는 없어요……."

결의에 가득 찬 표정으로 나를 바라보는 스즈네.

"이, 이제부터는 제가 어떻게든 할게요……. 그보다도……."

거기에서 그녀는 갑자기 뺨을 발그레 붉게 물들였다.

"랭킹 1위가 되었네요."

"그렇지……?"

"약속대로 상을 줘야겠죠?"

맞아!! 쇼타의 성벽을 바꾸는 데 필사적이라서 나는 깜빡 잊고 있었다.

그보다 애당초 내가 랭킹 1위를 목표로 한 이유는 그쪽이었잖아.

"너, 계속 참았어요. 사실은 선배를 잔뜩 쓰다듬고 싶었어요. 하지만, 이걸로 거리낌 없이 쓰다듬을 수 있겠네요."

랭킹 1위를 목표로 했던 가장 큰 목적은 스즈네에게 쓰담쓰담 받는 것. 물론 스즈네와 서적화를 목표로 해서 노력했지만, 그 이상으로 나에게 모티베이션이 된 것은 쓰담쓰담해 줬으면 좋겠다는 소망이었다.

그리고 나는 실제로 1위를 차지했다.

"선배…… 오늘은 잔뜩 쓰담쓰담해 줄게요."

"가, 감사함니!!"

"그러면 오늘 데이트 마지막에 단둘이 있는 곳에서 잔뜩 해줄게요."

스즈네는 그렇게 말하며 살짝 손을 들더니, 내게 작게 에어 쓰담쓰담을 하며 웃음을 띠었다.

휴, 배불리 먹었다……. 돈가스 가게를 나온 내가 배를 통통 두드리자, 그 모습을 본 스즈네가 키득키득 웃었다.

"어, 어쩐지 선배는…… 너구리 같아서 귀여워요……."

스즈네에게서 너구리 취급을 받아 살짝 부끄러워진 나는 배에서 손을 떼고는 "그, 그럼 갈까……"라고 말하며 그녀와 함께 에스컬레이터를 내려갔다.

쇼핑몰 2층에는 양복점을 중심으로 한 패션 관련 가게가 늘어서 있었다.

이 쇼핑몰을 방문한 것은 처음이 아니지만, 나는 늘 안쪽에 있는 서점 말고는 방문한 적이 없어서 그녀와 둘이 걷는 쇼핑몰의 풍경은 어쩐지 신선하다.

어쩐지 데이트하고 있다는 느낌이 들어…….

"와아~. 예쁘다……."

그때 스즈네는 양복점 한 곳 앞에서 발걸음을 멈추었다. 그리고 그녀는 눈을 빛내면서 가게 앞에 장식된 마네킹을 바라보았다.

그 마네킹은 하늘색 원피스를 몸에 걸치고 있었다. 길이가 긴 치마 아래쪽 일부는 레이스천으로 되어 있어서 마네킹 다리 부분이 비쳐 보인다.

가련할 뿐만이 아니라 어렴풋이 색기도 있는 점에서 역시나 스즈네의 안목이 높다.

그녀는 마네킹에 다가가더니 옷자락에 달린 가격표를 들췄다. 그리고 나를 돌아보더니 쓴웃음을 띠었다.

"에헤헤……. 역시나 조금 살 엄두가 안 나요……."

아무래도 생각보다 살짝 비쌌던 모양이다. 하지만 그녀는 그 원피스에 살짝 미련이 남은 모양인지 잠시 마네킹을 부러운 듯이 바라보았다.

그런 그녀의 모습을 보자 사주고 싶어지니 신기하다.

이 원피스를 사면 그녀는 기뻐해 주겠지……라는 생각을 하고 있노라니, 그런 그녀의 웃는 얼굴을 보고 싶어졌다.

만약 소설가가 되면 사줄 수 있을까? 그런 몽상을 하고 있노라니, 그녀가 이쪽으로 달려왔다.

"죄송해요, 제가 좋아하는 것만 봤어요……. 지루하셨나요?"

그녀는 불안스럽게 내 얼굴을 올려다보았다.

"그렇지 않아. 스즈네가 즐거워하는 모습을 보기만 해도, 나도 즐거운걸."

그런 말을 엉겁결에 입에 담았지만, 입에 담은 순간 내가 꽤 과감한 소리를 했다는 사실을 깨닫고서 갑자기 부끄러워졌다.

그런 내 부끄러움이 스즈네에게도 전파되었는지, 그녀는 아무런 대답도 하지 않고서 뺨을 붉혔다.

참으로 불편한 분위기가 두 사람을 뒤덮었다. 하지만 스즈네는 뺨이 새빨개진 채로 "서, 선배……"라고 나를 불렀다.

"오늘은 그…… 선배의 소설에 도움이 될 수 있게끔 데이트하는 거였죠?"

"어? 그렇지."

거기에서 나는 본래의 취지를 떠올렸다. 그러고 보니 그날, 스즈네는 그렇게 말하며 내게 데이트를 청해준 것이었다.

"그, 그렇다면 그…… 커플처럼 해야, 소설에 도움이 되겠죠?"

그녀는 말을 꺼냈다. 하지만 나로서는 그녀의 말이 구체적으로 어떤 뜻인지 이해할 수 없었다.

내가 살짝 곤란한 표정을 짓자, 그녀는 갑자기 자기 오른손을 내 왼손으로 뻗었다.

그리고,

"으……."

그녀의 손이 나의 손을 휘감았다.

이, 이건 손을 잡는다는 행위이다. 더군다나 그녀는 내 손가락 사이에 자기 손가락을 넣어 깍지를 꼈다.

내 손가락 사이에 그녀의 따스한 손가락의 감각을 느끼면서, 심박수가 올라가는 감각을 느꼈다.

이상한 이야기지. 여태까지 소설을 위해서 커플도 하지 않을 법한 부끄러운 짓을 해왔다. 그런데 여태까지 한 어떤 과격한 행위보다도, 그녀와 손을 휘감고 있는 커플다운 행위에 더욱 가슴이 두근거렸다.

"서, 선배……. 이걸로 조금은…… 참고가 되겠어요?"

스즈네는 여전히 얼굴이 새빨개진 채로 그렇게 물었다.

"응…… 스즈네 네 덕분에 좋은 소설을 쓸 수 있겠어……"

목소리를 쥐어 짜내듯이 그렇게 대답하자, 그녀는 뺨을 새빨갛게 물들이면서도 살짝 미소 지으며 "도, 도움이 되어서 기뻐요"라고 작게 대답했다.

우리는 손을 잡은 채 걷기 시작했다.

뭘까, 손에 땀에 멈추지 않아…….

"미안, 손에 땀이…… 끈적끈적하지 않아?"

역시나 그녀를 불쾌하게 만들기는 싫었기에 나도 모르게 그렇게 물었다. 하지만 그녀는 살짝 지소 지은 채 고개를 가로로 내저었다.

"선배의 손에서 나는 땀은 불쾌하지 않아요……. 선배도 긴장하는 게 느껴져서, 살짝 두근거려요……"

그런 말을 하니까 더욱더 손에서 땀이 멈추지 않게 되었다. 그렇지만 스즈네도 긴장하고 있는 사실은 그녀의 손바닥에서 느껴지는 작은 고동의 감촉으로 이해할 수 있었다.

결국, 우리는 제대로 대화도 나누지 않은 채 쇼핑몰을 걸었다.

다음으로 대화를 나눈 것은 그녀가 잡화점 가게 앞에 늘어진 헤어클립을 발견했을 때였다.

"선배……. 이거, 예쁜 것 같지 않나요?"

그렇게 말하며 그녀는 헤어클립을 손에 집었다. 그 헤어클립에는 작은 꽃이 달려 있었다.

"예쁘네."

그녀는 공감이 기뻤는지 작게 미소 지었다. 그녀는 그 작은 헤어클립을 잠시 손바닥에 얹고서 바라보았다.

그리고,

"저, 이거 살래요."

그녀는 부드럽게 손을 놓더니, 계산대 쪽으로 향했다. 그녀의 뒷모습을 바라보고 있노라니, 안절부절못하게 되었다.

"내가 살게."

그렇게 말하자, 그녀는 발걸음을 멈추고서 나를 뒤돌아보았다. 그리고 새빨간 얼굴을 한 채 얼굴 앞에서 붕붕 손을 내저었다.

"그건 선배한테 미안해요……."

"그 정도는 괜찮아. 오히려 스즈네에게는 감사해도 모자랄 지경인걸. 이런 걸로 은혜를 갚을 수 있다고 생각하지는 않지만, 적어도 이 정도의 보답은 하게 해줬으면 좋겠어."

"그건 선배의 실력으로 이룬 거잖아요."

"그렇다고 하더라도, 나는 그 헤어클립을 스즈네에게 사주고 싶어."

"…………."

그런 내 말에 스즈네는 뺨을 붉힌 채 입을 다물었다.

내 소설은 일간 랭킹 1위를 차지했다. 그것은 틀림없이 스즈네가 날 지원해준 덕분이다.

일간 1위라고.

평범한 밑바닥 작가였던 내가 그런 영예를 얻다니, 얼마 전의 나였으면 믿을 수 없었을 것이다. 그 일을 그녀는 이뤄주었다.

하지만 그 이상으로, 나는 그녀에게 그 헤어클립을 사주고 싶었다.

"괜찮지?"

솔직히 말하자면 무서웠다. 너무나도 집요하게 사겠다고 말하면 지나치게 강요하게 되어 버린다. 신경 쓰게 만들면서까지 사주는 것만큼 비참한 일은 없다.

그런 내 말을 듣고 스즈네는 잠시 입을 다물었다.

하지만 갑자기 얼굴을 붉히더니.

"고맙습니다……."

그렇게 작게 대답했다.

쇼핑을 마치고 가게 밖으로 나오자, 스즈네는 여전히 살짝 부끄럽다는 듯이 나를 기다리고 있었다. 그녀에게 헤어클립이 들어간 작은 종이봉투를 건네자, 그녀는 받아서 가슴에 품었다.

"선배, 고맙습니다. 정말 받아도 괜찮나요? 꽤 비쌌는데……."

그렇게 기뻐하면서도 살짝 걱정스레 나를 올려다보는 스즈네. 그런 그녀에게 나는 "괜찮아. 스즈네에게는 전부터 답례하고 싶었는걸"이라고 말하며 작게 굳은 미소를 띠었다.

솔직히 말하자면 생각보다 꽤 비쌌다.

고작 헤어클립 아닌가? 기껏해야 500엔 정도 아니야?

계산대에 가서 2,000엔이라는 말을 들었을 때는 솔직히 핏기가 가셨다.

　당황해서 지갑을 열고 가진 돈을 확인했다고. 이럴 때 가진 돈
이 부족하다는 사태에 빠지면, 그냥 부끄러운 수준이 아니야…….

　하지만 다행히도 부족하지는 않았다. 아까 자판기에서 주스를
살지 고민했는데, 그걸 샀더라면 난 죽었을 거야…….

　뭐가 어쨌든지 간에 사소하게나마 그녀에게 답례할 수 있었다.
그리고 나는 이때 처음 여자애에게 선물을 주는 것이 이렇게나
즐거운 일이라는 사실을 알게 되었다.

　지금만큼은 업소녀에게 헌납하는 남자의 마음을 아주 살짝 알
것 같아…….

　스즈네는 그런 나에게 "기뻐요……"라고 대답하더니 봉투에서
헤어클립을 꺼내고서 그것을 한동안 기쁘게 바라보았다. 그리고
나를 보더니 역시 살짝 부끄러운 듯이 이렇게 말했다.

　"끼워봐도 될까요?"

　그녀가 그렇게 말하기에 나는 고개를 끄덕였다. 그러자 그녀
는 옆머리를 만지고서 그것을 귀에 걸더니, 선물한 헤어클립을
꽂았다.

　"어, 어떤가요?"

　스즈네가 부끄러운 듯이 그렇게 물어오길래 나까지 부끄러워
졌다.

　귀여워…… 터무니없이 귀여워.

　그녀의 머리카락에 자리한 코스모스꽃은 그녀의 가련함을 돋

보이게 하면서도 지나치게 주장하는 일 없이 조심스레 피어있었다.

"자, 잘 어울리는 것 같아⋯⋯."

그렇게 대답하는 게 고작이었다. 사실은 더할 나위 없는 최고의 말을 선사하고 싶다.

훨씬 더 센스 있는 말을 선사하고 싶다.

하지만 그런 짓을 하면 부끄러움으로 가슴이 터져버릴 것 같다. 결국 그 말밖에 못 했지만, 그래도 그녀는 만족한 모양이라서 "고맙습니다⋯⋯"라고 대답했다.

우리는 그 후 쇼핑몰 안에서 아이쇼핑을 즐겼다. 그동안 우리는 계속 손을 잡은 상태였다.

결국 가장 가까운 역으로 돌아올 즈음에는 해가 완전히 서쪽으로 기울어 있었다.

스즈네와 손을 잡고 있으니 자꾸만 마음이 들떴지만, 역에 가까워질수록 사람들의 시선을 의식하게 되었다.

역시 신경 쓰이네⋯⋯.

역 주변에는 친구나 동급생들이 있어도 이상하지 않다.

만약 그들에게 둘이 손을 잡은 모습을 보이면 이래저래 곤란해지겠지.

그래서 그녀에게서 부드럽게 손을 놓으려고 했지만, 그녀는 내 손을 도리어 꽉 움켜쥐었다.

나는 놀라서 스즈네를 바라보았다. 그녀는 나한테는 얼굴을 향하지 않은 채 고개를 숙이고 있었다.

"오, 오늘 데이트, 조금은 선배의 창작에 도움이 될 것 같나요?"

그녀가 여전히 나에게는 얼굴을 향하지 않고서 그렇게 물었다.

솔직히 말하자면 창작에 도움이 될지 아닐지는 미묘하다. 그녀와 처음 손을 잡고 나서의 내 기억은 흐릿하기 때문이다.

"그, 글쎄……. 적어도 데이트 장면의 참고에는——."

"아직 부족하다고 생각하지 않나요……?"

거기에서 그녀는 내 말을 가로막듯이 그렇게 말했다.

"부족하다니……."

"들은 이야기로는 커플은 데이트가 끝나고 이별할 때 서로의 입술에 그……."

아니 잠깐만…… 그건…….

스즈네는 부드럽게 내 손을 놓더니, 나를 향해 섰다. 눈을 위로 치켜뜨고서 나를 바라보면서, 아랫입술을 손가락으로 쓰다듬기 시작했다.

그런 그녀를 보고서 나는 확신했다.

요컨대 나는 '키'로 시작돼서 '스'로 끝나는 행위를 허가받은 것이다.

이건 쓰다듬는 수준과는 차원이 다르다고……!

"자, 잠깐만! 아무래도 그건…….."

확실히 우리는 소설에 참고하기 위해서 데이트를 했다.

하지만 이건 결국 시뮬레이션이다. 키스하는 것은 일선을 넘는다.

아니, 실사탕 플레이라든가 옹알이 플레이라든가 이미 일선은 넘었지만, 그것과 이것은 사정이 다르다.

정말로 사정이 다른 건가?

아니, 다르다면 다르다고!!

동요하는 나를 보고서 스즈네는 화들짝 놀란 듯이 눈을 크게 떴다.

"죄, 죄송해요…… 저…….."

아무래도 그녀는 역시나 자신의 제안이 지나쳤다는 사실을 깨달은 모양이다.

그런 그녀의 태도에 안도한 나였지만, 그녀는 갑자기 치마 주머니에서 무언가를 꺼냈다.

그것은 알사탕이었다.

"스즈네?"

"그렇군요……. 선배가 쓰는 건 야한 소설이니까요. 평범한 키스로는 참고가 되지 않겠죠."

그런 뜻이 아니야……!

나는 수법에 관해 얘기하고 싶은 게 아니라, 한 걸음 더 앞의 얘기를 하는 거라고.

대체 그 알사탕으로 뭘 어쩌려고?!

굉장히 외설적인 망상만이 부풀어 오르는데…….

"선배는, 저랑 키, 키스하는 게…… 싫으세요?"

너무나도 파괴력이 센 그녀의 한마디에 나는 한순간 승천할 뻔했다.

싫으냐고? 미나즈키 스즈네와 키스하는 게 싫으냐고?

그럴 리가 없다. 하지만 스즈네는 괜찮은 건가?

그녀는 데이트라는 유사 연애를 하고 말았기 때문에 이성을 잃어버린 게 아닌지…….

지금은 분위기에 휩쓸려서 이런 말을 하지만, 나중에 후회하는 게 아닌지…….

그렇게 혼자서 허둥지둥하고 있노라니, 스즈네는 천천히 눈을 감고서 까치발을 들었다.

안 되겠어…… 이제 도망칠 수 없어…….

그리고 두 사람의 입술이 마침내 닿으려고 했던 그 순간.

"류, 류타로오오오오오오!!"

분노에 젖은 목소리가 내 귀청을 찢었다.

나와 스즈네가 황급히 목소리가 들린 방향으로 고개를 돌리자, 익숙한 얼굴이 있었다.

미나즈키 쇼타가 귀신 같은 형상으로 나를 째려보고 있었다.

아무래도 나는 반반 내기에 졌나 보다.

"류타로, 어떻게 된 일인지 설명해⋯⋯."

최악의 타이밍이었다. 하필이면 나와 스즈네가 입맞춤을 나누려고 한 순간에 들키다니.

쇼타는 빤히 나를 노려본 채 미동도 하지 않았다.

엄청 열 받았네, 이거⋯⋯.

얘기가 다르지 않나, 친구여!!

나는 일주일 동안 수면 시간을 줄여서 네 성벽을 바꿔 썼을 텐데?

그런데 왜 너는 변태 트로피 『여동생을 속박해서 기쁘다』를 마음에 간직하고 있는 거냐고?!

이 화내는 모습을 보니 그것은 이미 튼튼하고 튼튼한 강철제 변태 트로피가 틀림없다.

누구한테 받았냐? 그런 변태 트로피.

"대답해, 류타로. 왜 네가 스즈네랑 함께 있는 건데. 왜, 네가 스즈네의 어깨를 붙잡고 있지? 왜, 당장이라도 키스할 만큼 얼굴을 가까이 가져다 대는 거냐고!"

그 상황에서 쇼타는 슬금슬금 나와의 거리를 좁히듯이 이쪽으로 걸어왔다.

쇼타의 입꼬리는 살짝 올라가 있었다. 하지만 그 당돌한 웃음이 호의가 아닌 것쯤은 둔감한 나라도 안다.

하다못해 스즈네에게 화살이 돌아가지 않게끔 그녀를 등 뒤에 숨기면서 쇼타에게 몸을 향했다.

그런 내 태도가 더욱더 쇼타의 신경을 건드렸는지, 쇼타는 단숨에 나와 벌어진 거리를 좁혔다.

쇼타의 얼굴을 바라보면서 나는 문득 생각했다.

아니, 잠깐만? 왜 내가 이 녀석의 분노를 받아줘야 하지?

이 녀석은 스즈네의 오빠일 뿐이지 연인도 뭣도 아니다. 나랑 스즈네가 단둘이 있었다고 해서, 트집 잡힐 이유는 없다.

아아…… 그렇게 생각하자 괜스레 부아가 치밀기 시작했어!

무시무시하게 째려보는 쇼타.

하지만 여기에서 물러설 수는 없다.

나는 나대로 쇼타를 마주 노려봤다. 그러자 쇼타는 그런 내 태도가 의외였는지 살짝 동요하듯이 눈을 크게 떴다.

"뭘 착각하는지는 모르겠는데, 나랑 스즈네는 네가 생각하는 관계가 아니야."

"……그럼 무슨 관계인데."

어어? 듣고 싶냐?

그럼 말해주지……. 아니, 무리야.

나랑 스즈네는 훨씬 더 야한 소설을 쓰기 위해서, 서로의 성벽을 폭로하고, 때로는 숟가락으로 입 안을 찔러 넣거나, 실사탕을 타액 범벅으로 만들며 노는 관계입니다……라고는 이 녀석한테 절대로 말 못 해…….

"어, 어쨌거나 네가 생각하는 관계가 아니야."

생각하는 것보다도 우리는 좀 더 위험한 관계다. 아마 넌 스즈네의 그런 모습을 보면 울걸?

명확하게 대답하지 않는 나를 향해 쇼타는 "흥!!"이라고 코웃음을 쳤다.

"사귀기 직전이라 가장 즐거울 때라고 하고 싶은 모양이네."

전혀 아닙니다. 스즈네는 그런 순수한 거리감을 즐길 만한 정서에서 졸업했습니다.

어, 어라, 어쩐지 나, 스즈네의 험담을 하고 있잖아…….

뭐어, 어쨌거나.

"설령 그렇다고 해도, 오빠인 네가 나에 대해 트집 잡을 권한은 없어."

"나쁜 말은 안 할 테니 스즈네한테서 손을 떼."

"그러니까 왜 오빠인 너한테 그런 소리를 들어야만 하는 건데."

우리의 말다툼은 서서히 과열됐다. 그러자 그때 등 뒤에 있던 스즈네는 내 셔츠를 꽉 움켜쥐었다.

아, 아아……. 어쩐지 나쁘지 않은 감촉이야…….

그야 무섭겠지. 이해해, 스즈네. 자기보다도 머리 하나 더 큰 남자가 큰소리로 말다툼하는 것이다. 아무리 스즈네라고 해도 무섭겠지.

"끝이 안 나겠네. 그럼 가르쳐줄게. 스즈네에게는 내가 필요하다고!!"

목소리 높여서 호언장담하는 쇼타.

우와아…….

뭐랄까 이 녀석, 아까 전부터 발언이 고약하다.

자신에게 도취해 있다고나 할까? 지금 한 말을 녹음해서 10년 후의 이 녀석에게 들려주고 싶어질 정도다.

하지만 자신에 흠뻑 취한 쇼타의 말은 그것으로 끝나지 않았다.

"스즈네는 말이지, 아직 세상 물정을 모른다고. 그러면서 절세의 미소녀야. 스즈네가 건전하게 학교생활을 보낼 수 있도록, 너 같은 이상한 벌레가 들러붙지 않도록, 나한테는 여동생을 보호할 의무가 있어."

갑자기 의무를 내세우는 쇼타.

그때 스즈네는 내 등 뒤에서 고개를 빼꼼 내밀었다.

"오빠, 그 절세의 미소녀란 소리는 부끄러우니까 하지 마……."

그런 스즈네의 말에 쇼타는 잠시 당황한 듯이 낭패스러워했다.

"어, 어쨌거나. 스즈네는 아직 고등학교 1학년이야. 나는 오빠로서 스즈네를 지켜야만 해."

쇼타는 미묘하게 궤도를 수정하고서 그렇게 호언장담했다.

잘도 자신의 성벽을 이렇게까지 비틀어서 정론을 내세우는구나.

쇼타의 말에도 일리가 있다. 하지만 여기에서 내가 꺾이면, 쇼타는 틀림없이 더욱더 우쭐해져서 스즈네를 속박할 것이다.

"그래? 그런데 네 어머니는 영 싫지 않은 기색이었어."

"너, 너, 설마 벌써 엄마……가 아니라, 어머니한테 인사도 끝마친 거냐?!"

어, 엄마?! 어? 쇼타, 혹시나 어머니를 엄마라고······.

안 되겠어. 무시무시한 파괴력의 말실수에 터무니없는 카운터 펀치를 먹었다.

그리고 그 말실수는 쇼타의 분노를 가속시켰다. 아무래도 그 수치심이 결과적으로 그의 분노에 기름을 부은 꼴이 된 모양이다.

이거 봐, 지금 그거, 나는 아무런 잘못도 없잖아!!

하지만 이렇게 되어 버리면 쇼타 역시 빼도 박도 못한다. 그는 더욱더 나를 몰아세웠다.

"어쨌거나!! 나는, 너처럼 스즈네를 꼬드기려 드는 해충을 없애야만 한다고!"

혈관이 끊어져 버릴 것만큼 얼굴이 새빨개져서 외쳤다.

사태는 좋지 않은 방향으로 향하고 있다. 쇼타의 너무나도 일방적인 주장에 화가 나서 스즈네 엄마의 이름을 꺼내 도발했지만, 여기에서 이 녀석을 화나게 해 주먹다짐이라도 하게 되면 빈약한 나로서는 이 녀석을 이길 수 없다.

게다가 폭력 사태로 번지면 잘못했다가는 퇴학이라고.

그것은 스즈네가 바라는 결말이 아니라는 사실을 안다. 분명 스즈네는 쇼타의 상식을 벗어난 언동에 질려하지만, 그래도 쇼타는 그녀의 단 하나뿐인 오빠이다.

그런 오빠가 폭력 사태 때문에 퇴학이라니 그녀는 절대로 바라지 않을 것이다. 그렇다고 해서 이대로 쇼타를 내버려 둘 수도 없다.

하지만 이 녀석의 분노는 정점에 가까워지고 있다. 섣부르게 자극하면 진심으로 때리려고 덤벼들 우려가 있다.

쇼타의 마음속에 『여동생을 속박해서 기쁘다』라고 적힌 변태 트로피가 있는 한, 스즈네는 행복해질 수 없다. 그렇다면 뭐가 뭐래도 이 녀석을 쓰러뜨려야 우리는 앞으로 나아갈 수 있다.

"우리는 네가 생각하는 관계가 아니라고 말한 걸 못 들었어?"

"그러고 보니 그런 말을 했었지. 뭐, 명확한 대답은 아직 듣지 않았지만."

"나는 스즈네에게서 상담을 받았어."

"상담? 스즈네가 왜 너 같은 녀석에게 상담을 하는데."

솔직히 말하자면 망설였다. 이 말을 입에 담아 버리면 쇼타가 이성을 잃고서 날뛰어도 이상하지 않기 때문이다. 하지만 이 녀석이 가진 강철의 변태 트로피를 깨부수려면 위험 부담을 질 각오가 필요했다.

"나여야만 해. 나는 네 친구니까."

쇼타는 살짝 놀란 듯이 눈을 크게 떴다. 분명 이것은 이 상황에 이르러서 내가 쇼타를 친구라 불렀기 때문이라고 생각한다. 하지만 쇼타는 금세 다시 나를 노려보았다.

"다정한 스즈네는 말이지……. 계속 너를 걱정하고 있었어."

"스즈네가 나를 걱정한다고? 말해두겠는데 허세는 안 통해."

이 녀석, 자기 긍정이 너무 지나치잖아…….

"허세가 아니야. 스즈네는 계속 걱정했어. 너를 말이야."

"흐음…… 좋아, 그러면 말해봐. 스즈네가 내 뭘 걱정하는데?"

이제 돌이킬 수 없다.

나는 심호흡을 한 번 했다. 그리고 쇼타를 노려보고는 목소리를 크게 높여서 외쳤다.

"네가 여동생물 관능 소설에 푹 빠졌다는 걸 말이야!!"

내 외침은 주택가에 울려 퍼졌다.

"스즈네는 계속 걱정했어. 네가 하필이면 친여동생과 근친상간하는 관능 소설에 푹 빠졌다는 사실을 걱정해서, 이상한 길에 빠지지 않을까 하고 나한테 상담했어."

말해 버렸다……. 마침내 나는 말해 버리고 말았다.

그 말은 주위에 울려 퍼져서는 이윽고 침묵이 주위를 뒤덮었다. 쇼타 역시 잠시 아무런 대답을 하지 못했다. 눈을 휘둥그레뜬 태로 물끄러미 나를 바라볼 뿐이었다.

이윽고 쇼타의 뺨이 순식간에 붉게 달아올랐다.

"크어어어어어어어어어어어어!!"

그 직후, 이번에는 그런 우렁찬 것 같기도 하고 비명 같기도 한 외침이 주택가에 울려 퍼졌다.

"어째서! 왜 스즈네가 그걸 아는 건데! 이상해. 절대로 들키지 않게끔 해왔을 텐데? 어째서? 왜 그걸……!"

쇼타가 소리를 질렀나 싶더니, 이번에는 그런 말을 중얼중얼 주절거리기 시작했다.

이, 이런. 쇼타가 망가지기 시작한 것 같다.

쇼타의 얼굴을 보고 있노라니, 강철의 변태 트로피에서 찌억찌억 금이 가는 소리가 들려오는 것 같았다.

이 공격은 통한다! 지금 공격해야 한다.

"네가 소파에서 잠들었을 때 우연히 봤대. 그 후로 스즈네는 너를 걱정하고 또 걱정해서 몸 둘 바를 몰랐어. 게다가 관능 소설을 읽게 되고 나서 네 태도가 고압적으로 변했다는 사실도 스즈네는 걱정했어. 그래서 스즈네는 네 친구인 나한테 상담했지. 부, 분명히 아끼는 스즈네랑 살짝 그런 분위기가 된 건 인정해. 하지만 너에 대한 걱정과 비교하면, 그런 건 별거 아닌 문제야."

쇼타가 갑자기 자리에 털썩 쓰러지더니, 머리를 감싸면서 웅크렸다.

아아, 저질러 버렸다. 어쩔 수 없었다고는 해도 마음이 아프다.

나는 웅크린 쇼타를 바라보았다. 그는 몸을 잘게 떨고 있었다.

"서, 선배……."

그러자 그때 스즈네가 걱정스럽게 내 등 뒤에서 몸을 내밀었다.

그야 그렇겠지. 친오빠가 이렇게 된 것이다. 다정한 스즈네는 무엇보다도 오빠를 걱정한다. 그녀는 쇼타의 눈앞에서 쭈그려 앉더니 걱정스럽게 쇼타를 바라보았다.

분명 지금은 내가 나설 차례가 아니다.

게다가 쇼타의 자존심과 변태 트로피는 이미 가만히 놔두어도 멋대로 붕괴할 것이다.

그래서 나는 그 광경을 조용히 지켜보기로 했다.

"오빠⋯⋯."

스즈네는 오빠를 불렀다. 물론 오빠는 대답하지 않았다. 그야 그렇다. 지금, 쇼타는 그 수치심 때문에 스즈네의 얼굴조차 제대로 바라볼 수 없을 터이다.

그래도 스즈네는 "오빠⋯⋯"라고 쇼타를 불렀다.

쇼타는 대답하지 않았다. 그러나 떨림이 서서히 줄어들고 있었다. 쇼타는 마침내 고개를 들더니 내 얼굴을 올려다보았다.

그리고,

"너도 한두 번쯤은 여동생물 애니나 만화를 본 적 있잖아?"

그렇게 말하며 쇼타는 히죽 웃었다.

그런 쇼타의 말에 나는 깜짝 놀랐다.

필살기, 논점의 이탈⋯⋯!

"이봐, 류타로. 너 역시 여동생을 둔 사람으로서 알잖아? 여동생에게 욕정을 품는 오빠는 없어. 그런데 다들 뭔가 마음의 미혹으로 여동생물에 손을 대고 말지. 너도 다르지 않을 거야. 그런 적 없다는 말은 못 할걸."

그렇게 말하며 쇼타는 "아하하하핫!!"이라고 소리 높여 웃었다. 그런 쇼타의 모습에 나는 몸을 떨었다.

대, 대꾸할 수 없어⋯⋯.

확실히 쇼타의 말은 정론이었다.

나 역시 여동생물 에로 만화를 읽거나 애니를 본 적이 있다.

아, 안 되겠어. 대꾸할 수 없어. 아무 대꾸도 할 수 없어. 조금만 더하면 됐는데, 나는 마지막 순간에 멋지게 뒤집히고 말았다.

"그, 그건······."

"그러니 너와 스즈네의 걱정은 기우야. 나는 어디까지나 스즈네를 보호자로서 걱정하는 거야. 괜한 걱정을 끼친 건 사과할게. 하지만 걱정할 필요 없어. 나는 스즈네에게 욕정 따위는 안 품어. 품을 리가 없어!!"

완전히 이론으로 무장한 쇼타에게 이미 무서운 것은 아무것도 없었다.

그것이 궤변이라는 사실을 알아도, 나는 쇼타의 그 변태 이론 무장을 깨부술 방도를 가지고 있지 않다.

"뭐, 오늘은 너희에게 걱정을 끼친 걸 봐서 키스하려고 했던 건 용서할게. 게다가 너와 난 친구니까. 나는 친구에게는 관대해. 하지만 류타로, 다음은 없어. 다음에 스즈네한테 이상한 짓을 하기만 해봐. 나는 네 목을 부러뜨려 줄 테니까."

"············."

쇼타는 자신의 승리를 완전히 확신했다.

곤란해······. 이대로 가면 스즈네는 여태까지보다 더 쇼타에게 속박당하게 된다. 그런 건 스즈네가 바라는 일이 아니다.

하지만, 하지만, 나에게 그것을 막을 방도는······.

쇼타는 승리에 취한 것처럼 껄껄 웃었다. 그리고 그가 바닥에서 일어서고자 무릎을 세우려 했을 때,

"사실은 욕정을 품었으면서, 이 변태 오빠가."

스즈네가 그렇게 중얼거렸다.

"스, 스즈네?"

"선배, 이제부터는 저한테 맡기세요."

그녀는 그렇게 말하며 다정하게 미소 짓더니, 눈앞에서 일어서려고 하는 오빠의 머리를 짓밟았다.

"찌질함이 조금 심한 게 아닐까?"

스즈네는 쇼타의 머리를 짓밟으면서 경멸의 시선을 보내며 그렇게 중얼거렸다…….

치마가 바람에 살랑살랑 나부낀다.

그런 스즈네의 모습은 프리킥을 차기 전 에이스 스트라이커라 착각할 만큼 늠름하다.

어? 이건 무슨 상황이지? 왜 일이 이렇게 됐는지 조금도 이해할 수 없는데…….

"스, 스즈네……? 어떻게 된 거야?"

아무래도 상황을 이해할 수 없는 것은 쇼타도 마찬가지인가보다.

"입을 열 거면 먼저 감사를 해야 하지 않을까?"

"감사? 무슨 소린지 하나도 모르겠는데?"

"이 변태 오빠를 짓밟아줘서 고맙습니다, 하고 감사해야지?"

스즈네는 담뱃불을 밟아 끄듯이 쇼타의 뺨을 짓밟아 지면에 비비고 있었다.

나는 그 상황에서 간신히 두 가지 진실을 이해했다. 첫 번째는 스즈네가 화났다는 사실.

그녀의 목소리 톤은 나와 얘기할 때와는 비교가 되지 않을 만큼 나지막했고, 눈빛도 마치 오물이라도 보는 것 같았다.

그리고 두 번째 사실. 그런 그녀의 모습이 살짝 내 성벽을 간질였다는 점.

태반을 차지하는 동정의 감정과 함께, 살짝 부러움을 느끼며 쇼타를 바라보았다.

쇼타의 얼굴은 새빨갛게 물들어 있었다. 그 표정에는 분노와 동요가 뒤섞여 있었는데 그 일그러진 표정에 한기조차 느꼈다.

"스즈네, 나쁜 농담은 지금 당장 그만둬. 빨리 그만두지 않으면 여동생이라고 해도 용서 안 한다?"

"사실은 기쁘면서……. 좀 더 솔직해지라고. 사실은 기쁘지? 나한테 밝혀서."

"스즈네, 너!!"

역시나 여동생 러브인 쇼타라고 해도, 이것에는 인내심의 끈이 끊어진 모양이었다. 쇼타는 지면에 손을 대더니 완력으로 발이 얹어진 머리를 들어 올리려고 했다.

그런 모습을 보고서 역시나 나도 스즈네가 걱정됐다. 아무리 서 있는 스즈네 쪽이 유리하다고 해도 상대는 남자다. 쇼타가 진심으로 나서면 스즈네의 발을 뿌리치는 일은 어렵지 않다.

게다가 지금의 쇼타라면 진심으로 스즈네에게 손을 올려도 전혀 이상하지 않다.

그래서 나는 그녀를 지키기 위해 달려가려고 했다.

하지만,

"4월 21일."

스즈네는 여전히 경멸하는 눈빛으로, 갑자기 며칠 전 날짜를 입에 담았다.

"뭐, 뭐가?"

나 대신 쇼타가 그런 소리를 냈다. 나도 쇼타도 너무나도 맥락 없는 그 말을 듣고 눈이 휘둥그레졌다.

당사자인 스즈네는 여전히 경멸의 눈빛으로 쇼타를 내려다본 채, 다시 "4월 21일"이라고 입에 담을 뿐이었다.

"선생님, 전편을 고쳐 쓰시느라 수고하셨습니다. 선생님 덕분에 제 성벽이 위험해졌어요. 여동생을 괴롭히고 싶었을 텐데, 여동생에게 괴롭힘당하고 싶어진 저. 선생님, 어떻게 책임을 지실 건가요? 주절주절…….."

마치 주문을 외우듯 담담하게 그런 말을 하는 스즈네.

하지만 거기에서 문득 스즈네가 외운 주문이 익숙하다는 사실을 깨달았다.

잠깐만, 이건……!!

"이거, 오빠가 쓴 감상이지?"

여태까지의 조심스러운 말투가 거짓말인 것처럼 술술 말하는 스즈네.

그렇다. 틀림없다. 그것은 내 소설 『친구의 여동생을 NTR』에

달린 감상이다. 바지런하게 감상을 써주는 독자였기에 똑똑히 기억한다.『sho_littlesister_moe』님의 감상이다.

잠깐만, ……쇼 리틀 시스터 모에?! 말도 안 돼! 거짓말이라고 해줘!!

스즈네가 그렇게 물은 순간, 그때까지 필사적으로 고개를 들어올리려고 했던 쇼타의 움직임이 뚝 멎었다.

마치 석화의 마법을 보는 것 같았다.

석화의 마법에 걸린 쇼타와 그 너무나도 충격적인 사실에 말려들어 석화한 나.

쇼타의 얼굴은 정말로 돌이라도 된 것처럼 한순간에 핏기가 가져서 새하얘진다 싶더니 그 직후 새빨갛게 물들었다.

와…… 나 같았으면 당장 옥상에서 뛰어내렸다.

내가 쇼타에게 해줄 수 있는 말은 하나뿐이다.

쇼타여…… 늘 애독해주셔서 감사합니다.

"……이래 놓고 여동생을 상대로 욕정을 품지 않아? 정말?"

스즈네가 차가운 목소리로 쇼타에게 물었다. 그 말을 듣고 쇼타는 노골적으로 낭패스러워하듯이 몸을 떨었다. 하지만 쇼타는 그래도 포기를 할 줄을 모르고 억지로 굳은 웃음을 띠었다.

"너…… 아까 내가 한 말을 잊었어? 여동생을 둔 남자도 때로는 여동생물 작품을 접할 때가 있다고……. 그런데 너는 그것만으로 내가 여동생에게 욕정을 품는다고 말하는 거야?"

어디까지 변태 논리 무장을 방패로 완고하게 스즈네를 향한 욕정을 인정하지 않는 쇼타.

하지만 나는 안다. 쇼타가 『sho_littlesister_moe』의 정체라는 사실을 알게 된 나는 안다.

쇼타…… 넌 자기 무덤을 팠어.

그리고 스즈네 또한 그 말을 기다렸다고 주장하는 양 살짝 입꼬리를 올렸다.

"3월 2일."

그렇게 스즈네가 입에 올린 순간, 쇼타가 굳은 웃음이 심각한 표정으로 돌아왔다.

"자, 잠깐……!!"

쇼타가 애원했지만, 이미 늦었다.

"코노논 선생님, 갱신 수고하셨습니다. 선생님, 사건입니다. 선생님의 소설 때문에 마침내 저는 여동생을 생각하면서…… 여기서부터는 말할 수 없습니다. 갱신 기다리겠습니다……하트 마크."

"크어어어어어어어어어어어어어어어어어어억!! 제발 그만 둬어어어어어어어어어어!!"

쇼타의 단말마 같은 외침이 주택가에 울려 퍼졌다.

그런 쇼타에게 최후의 일격을 가하듯이 스즈네는 입을 열었다.

"오빠는 대체 나를 생각하면서 뭘 했을까?"

안 돼, 스즈네. 완전히 오버킬이라고!! 이 이상은 단순한 시체 능욕이야!

마치 텅 빈 껍데기 같았다. 쇼타는 초점이 잡히지 않는 눈동자를 데굴데굴 굴리면서 입을 뻐끔거리고 있다.

가까스로 입에 담은 말.

"스, 스즈네…… 그만……두세요……."

"혹시 나를 딸감으로 삼았어? 오빠는 정말로 변태구나."

하지만 스즈네는 멈추지 않았다.

이건 정말로 스즈네인가?

아니, 물론 나 역시 그녀에게서 차가운 시선을 받은 적은 있다.

하지만 나에게 향해졌던 어떤 경멸의 눈동자보다도, 지금 쇼타에게 향해지는 시선은 분노로 가득 차 있었다.

마치 무언가에 씐 것처럼…….

아니, 잠깐만. 이 눈동자가 뭔지 알아…….

이건 전편을 고쳐 쓴 뒤의 하루카이다. 그녀의 마음에는 내가 만든 하루카의 혼이 빙의된 것 같았다.

그리고 나는 깨달았다.

쇼타의 마음속에 있는 강철의 변태 트로피. 분명 거기에 적힌 문자가 바뀐 것이 틀림없다고.

『여동생에게 괴롭힘당해서 기쁘다.』

어느새…….

나는 깜짝 놀랐다. 그때까지 나는 쇼타에게 일종의 안쓰러움을 느꼈다. 하지만 그게 아니었다. 그 평생 갈 굴욕일 뿐인 그 광경은 굴욕도 뭣도 아니다. 그리고 스즈네는 쇼타를 괴롭히는 것도 아니다.

스즈네는 정말 좋아하는 오빠를 위해서 상을 주고 있는 것이다.

요컨대 지금, 스즈네의 행동은 그 누구도 상처입히지 않았다.

차, 참으로 평화로운 광경이야…….

그래서 스즈네는 입으로 하는 공격을 멈추지 않는다.

사랑하는 오빠를 위해서도 입으로 하는 공격을 멈추지 않는다.

"오빠, 피가 이어진 남매는 연애하면 안 된다는 걸 알아?

오빠가 나한테 어떤 감정을 품었는지는 모르겠지만, 나는 오빠랑 야한 짓 못 해. 왜냐하면 나랑 오빠는 남매니까.

오빠는 나한테 욕정을 품은 것 같지만, 내가 오빠에게 욕정을 품을 일은 절대로 없어. 그런 걸 생각하면 한기가 들고 불쾌하다는 생각만 들어.

하지만 오빠는 나한테 욕정을 품고 마는 거지?

오빠, 한 번 더 물을게.

나한테 밝혀서 어떤 기분이야?

부끄러워?

친구 앞에서 성벽까지 폭로 당해서, 이런 식으로 짓밟혀서, 보통은 부끄럽겠지?

그런데 지금 오빠, 아주 조금 기뻐 보이는 표정을 짓고 있는데?

하지만 오빠는 잘못 없지?

오빠는 코노논 선생님의 작품으로 성벽이 비틀어져 버린 거지?

잘못한 건 코노논 선생님이지?

그래서 난 결정했어. 불쾌하고 한기도 들지만, 오빠가 나한테 욕정을 품는 걸 용서해줄게.

오빠를 싫어하게 되지는 않아. 머릿속에서 나한테 어떤 야한 짓을 해도 용서해줄게.

오빠, 사실은 내 신발에 키스하고 싶지?

사실은 고개도 들고 싶지?

왜냐하면 지금 고개를 들면 내 치마 속이 보이는걸?

여동생에게 밝히면서 치마 속을 들여다보다니, 마치 코노논 선생님의 소설 같네?

좋아, 딱 한 번이라면.

여태까지 나를 소중히 여겨준 오빠에게 상을 줘야지.

자, 어서 고개를…… 안 들어?

나, 화 안 낼게.

변태라고 생각하고 경멸도 하지만 화내지 않아.

그렇지 않으면 정말로 화내기를 바라는 걸까?

내 말을 못 믿겠어?

그치만 생각해봐. 여태까지도 난, 오빠를 용서해줬지?

오빠가 내 방을 물색해도, 내 속옷이 갑자기 없어져도, 난 한 번도 오빠에게 화낸 적이 없었지?

나는 전부 다 알았지만, 그래도 입을 다물어줬어.

그러니까 이번에도 용서해줄게. 내 발치에서 돼지처럼 꿀꿀거려도 용서해줄게.

머릿속은 오빠의 자유인걸. 그걸 기억에 새겨넣어서 자기 방에서 뭘 해도 난 화 안 내."

스즈네는 거기까지 말하고서는 부드럽게 쇼타의 머리에서 발을 내렸다.

그리고 쇼타의 얼굴 앞에 쭈그려 앉더니 평소 같은 다정한 미소를 띠며 쇼타의 머리를 쓰다듬기 시작했다.

"오, 오빠……. 뭔가 하고 싶은 말은 있어?"

마침내 평소대로 돌아온 스즈네는 물었다.

쇼타로 말할 것 같으면…….

"스즈네…… 이런 변태 오빠를 용서해다오……."

그렇게 나약하게 중얼거리고서 임종하셨다.

마치 악귀가 떨어져나간 것처럼 평온한 얼굴이었다.

"나, 오빠가 변태여도 정말 좋아해……."

악령을 물리쳐서 만족하는 변태 음양사.

스즈네는 다정하게 오빠의 유해를 바라보고 나서 이쪽을 돌아보았다.

"선배…… 고맙습니다. 오빠를 구할 수 있었던 건 선배의 소설 덕분이에요."

"아무리 봐도 이건 내가 한 일이 아닌 것 같은……."

"그렇지 않아요. 선배가 애써주시지 않았더라면, 오빠는 아직 저를 구속하려고 했을 거예요. 그러니 저는 마지막으로 쐐기를 박았을 뿐이에요."

쐐기 수준의 소란은 아니었던 것 같은 기분도 들지만…….

뭐, 뭐어, 일단 이로써 스즈네가 쇼타에게서 집요하게 구속받을 염려는 사라진 모양이다.

스즈네는 일어섰다. 그리고 내 곁으로 걸어오려고 한…… 그때였다.

"어라? 스즈네? 게다가 쇼타도……."

그런 목소리가 들리길래 나와 스즈네는 동시에 목소리가 나는 방향으로 얼굴을 돌렸다.

거기에 서 있었던 것은 쇼핑 봉투를 손에 든 스즈네 어머니의 모습이었다.

갑자기 나타난 스즈네 어머니는 스즈네와 쇼타를 번갈아 보더니 고개를 갸웃했다.

뭐 그렇겠지. 이건 무슨 상황이냐고…….

하지만 스즈네 어머니는 "뭐, 아무렴 어때……"라고 그 범상치 않은 딸과 아들의 광경을 한마디로 정리하더니 다음으로 내 얼굴을 쳐다보았다.

그리고,

"아, 여기 있었구나!! 코노논 군~!!"

이라고 어째서인지 내 얼굴을 보자마자 기쁜 듯이 이쪽으로 달려왔다.

뭐랄까, 굉장히 흔들린다.

풍만한 가슴을 흔들면서 이쪽으로 달려오는 스즈네 어머니의 모습에 살짝 성벽을 자극받으면서도 그런 그녀를 바라보았다.

하지만 그녀는 내 눈앞에 다다르기 직전 "꺅?!"이라고 비명을 지르며 몸의 균형을 무너뜨렸다.

아무래도 쇼타의 시체에 발이 걸렸나 보다. 그녀는 슈퍼 봉투를 내던지더니 나를 향해서 다이빙했다.

갑작스러운 다이빙에 그녀를 받아내지 못했던 나는 그대로 스즈네 어머니와 함께 뒤로 쓰러졌다.

그 직후, 덮치는 뒤통수의 격렬한 통증과 그것을 치유하듯이 안면을 뒤덮는 부드러운 감촉.

당근과 채찍이란 이럴 때 쓰는 말인가? 그런 생각을 하면서 쓰러져 있노라니, 갑자기 시야가 트였다.

"미, 미안해!! 코노논 군⋯⋯ 괜찮니?"

어느샌가 내 위에 말타기 자세로 올라탄 스즈네 어머니는 걱정스럽게 나를 바라보고 있었다.

아니, 아니, 제 걱정보다도 자기 아들의 시체를 밟은 걸 걱정하면 어떠신가요?

그렇게 생각하면서 쇼타를 보았지만, 쇼타는 여전히 평온한 표정으로 죽은 상태였기에 걱정을 그만뒀다.

그런데 이 광경은 뭐냐⋯⋯.

나는 주택 중심에 펼쳐진 카오스한 광경을 보고 숨을 삼켰다.

쓰러진 나와 그 위에 말타기 자세로 올라탄 스즈네 어머니, 더 나아가서는 그 바로 옆에는 그 아들의 시체가 굴러다니고 있고, 여동생이 그 시체의 머리를 쓰다듬고 있다.

아, 모르겠다.

"코노논 군, 어디 다친 덴 없니?"

여전히 아들의 시체를 방치한 채 내 걱정을 하는 스즈네 어머니에게 "그, 그럭저럭 괜찮아요"라고 대답하자 그녀는 안심하며 가슴을 쓸어내렸다.

그리고 스즈네 어머니. 저를 펜네임으로 부르지 말아 주시겠습니까?

한 사람, 내가 코노논이라는 걸 모르는 시체가 굴러다니고 있거든요……. 죽은 상태니까 괜찮겠지만.

하지만 스즈네 어머니는 그런 사실 따위를 알 바는 아닌가 보다. 내 위에 말타기 자세로 올라탄 채, 웃음을 띠며 나에게 얼굴을 가져다 댔다.

"코노논 군, 랭킹 1위 축하해!!"

스즈네 어머니는 자신이 내 위에 말타기 자세로 올라탄 상태라는 사실도 잊고서, 랭킹 1위를 축복하면서 허리를 비틀었다.

억! 위험해, 위험해…… 자극이……!

"역시 전편을 고쳐 쓴 게 독자에게 먹혔구나."

"더, 덕분에요……."

"하지만 코노논 군, 방심하면 안 돼. 투고 사이트의 랭킹은 1위가 되고 나서가 승부야. 이제부터는 질이 좋은 이야기를 연속적으로 투고하지 않으면, 금세 라이벌에게 추월당해 버릴 테니까."

묘하게 적확한 조언을 해주는 스즈네 어머니.

이 누나······. 짐작이긴 하지만 내 작품 말고 다른 것도 읽고 있구나······.

그 사실이 더욱더 내 성벽을 스친다······.

그 상황에 스즈네 어머니는 마침내 내 위에 말타기 자세로 올라탔다는 사실을 깨달았는지 "어머, 나도 참"이라고 살짝 부끄럽다는 듯이 입을 손으로 가리더니 내 위에서 일어나려고 했다. 하지만 금세 균형이 무너져서 또 내 하복부에 쿵 엉덩방아를 찧었다.

그 기습 같은 하복부의 충격에 의한 통증과 쾌락에 기절할 것 같아진 나.

하지만 그녀는 내 허벅지에 손을 대고서 가까스로 일어서더니, 그때 마침내 자기 자식의 유해로 눈길을 향했다.

"스즈네, 쇼타는 왜 이런 곳에서 자고 있니?"

자신 역시 일부 가해자라는 사실도 깨닫지 못하고서 스즈네에게 그렇게 묻는 어머니. 그런 어머니에게 스즈네는 고개를 들고서 미소 지었다.

"지금 있지, 불쌍한 오빠를······ 쓰담쓰담해 주고 있어."

전혀 설명이 되지 않는 설명을 하는 스즈네. 하지만 스즈네 어머니에게는 그만한 정보로 충분했던 모양이다.

스즈네 어머니는 눈을 반짝거리더니 "오빠의 머리를 쓰담쓰담하다니, 정말로 다정한 여동생이구나! 이렇게 다정한 여자애를 누가 낳았지? 네~에, 저요!!"라고 말하며 스즈네의 옆에 쭈그려 앉더니 그녀를 꼭 끌어안았다.

스즈네의 뺨에 자기 뺨을 부비부비하는 스즈네 어머니. 스즈네는 그런 어머니에게 살짝 부끄러운 듯이 "엄마…… 간지럽다니까……"라고 말하며 뺨을 붉혔다.

이 광경은 뭐냐……. 잘 모르겠지만 무척 좋아…….

갑작스러운 백합 전개에 마음속으로 '허그 감사합니다'라고 중얼거리면서 바라보았다.

한동안 스즈네 어머니는 스즈네를 꼭 끌어안고서는 갑자기 그녀에게서 몸을 떼고 이번에는 아들에게로 시선을 떨어뜨렸다.

"쇼타!"

"히이…………."

엄마의 부름에 쇼타는 콧소리 같은 한심한 목소리로 대답했다. 아무래도 가까스로 살아 있는 모양이다.

"쇼타, 오늘은 스즈네가 실컷 놀아줬니?"

"히이…………."

"쇼타는 정말로 다정한 여동생을 둬서 복받았구나. 그런 여동생을 울리면 안 된다?"

"히이…………."

과연 정말로 의사소통이 되고 있는 걸까……?

뭐, 아무래도 상관없지만.

어쨌거나 쇼타의 뒤처리는 스즈네 어머니에게 맡겨두면 괜찮을 것 같다.

스즈네에게 시선을 보내자, 그녀도 그 사실을 알아챈 모양이라

일어서서 내 곁으로 달려왔다.

"엄마, 오빠를 부탁해도 돼?"

"정말로 쇼타는 몇 살을 먹어도 손이 많이 가는 아이구나. 하지만 그게 쇼타의 귀여운 점인걸~."

"히이…………."

아, 쇼타, 엄청 기뻐 보이는 표정을 짓고 있어.

"쇼타를 잘 부탁합니다."

그렇게 말하고 스즈네 어머니에게 고개를 숙이자, 그녀는 "그래, 그~래!!"라며 나에게 손을 흔들었다.

귀여워.

"선배, 가요."

나를 올려다보는 스즈네에게 "그러자"라고 대답고 우리는 걷기 시작했다.

하지만 조금 걸은 참에 등 뒤에서 "아, 맞다, 맞아"라고 스즈네 어머니의 목소리가 들려와서 발걸음을 멈추었다.

"코노논 군."

"네?"

"코노논 군은 앞으로 어쩔 거야?"

뭡니까, 그 지나치게 대략적인 질문은…….

"어…… 앞으로도 살아갈 건데요?"

"소설 말이야. 코노논 군은 프로 소설가를 목표로 하고 있어?"

아, 그렇구나. 소설 말이구나.

"프로가 될 수 있으면 좋겠다고 생각합니다. 될 수 있을지 없을지는 모르지만."

물론 프로 소설가가 될 수 있다면 그 정도로 명예로운 일은 없다. 책으로 나오면 그만큼 많은 사람이 소설을 읽을 테고, 음란한 이야기이긴 하지만 돈도 벌 수 있다.

하지만 아무리 랭킹 1위를 차지했다고 해서 바로 프로가 될 수 있을지 묻는다면 그리 간단하지는 않은 것도 사실이다.

"어머, 그렇구나. 그럼, 분명 며칠이 지나면 분명 코노논 군에게 좋은 일이 일어날 거야."

"네? 무슨 뜻인가요?"

"키득키득…… 그건 비밀!!"

스즈네 어머니는 귀엽게 검지를 입에 댔다.

스즈네 어머니가 무슨 얘기를 하는지를 전혀 이해할 수 없었지만, 이 이상 추궁해도 대답해 주지 않을 테니까 포기하기로 했다.

"그러면 저희는 갈게요."

다시 고개를 숙이자, 스즈네 어머니는 "다음엔 미유키도 데리고 우리 집에 놀러 오렴"이라고 말하고 손을 흔들며 우리를 배웅했다.

그렇게 해서 우리는 이번에야말로 스즈네 어머니와 쇼타의 곁을 떠났지만, 주택가를 조금 걸어가서 마침내 두 사람이 보이지 않게 된 참에 나는 발걸음을 멈췄다.

그런 나를 향해 스즈네가 귀엽게 고개를 갸웃했다.

"왜, 왜 그러세요?"

"스즈네…… 슬슬 받을 수 있을까요?"

내가 원하는 것…… 그것은 쓰담쓰담이다.

쇼타와 한바탕 싸웠던 탓에 잊었을지도 모르지만, 나는 계속 이때를 기다렸다.

내 물음을 듣고 스즈네는 무슨 말을 하는지 이해한 모양이라서 살짝 뺨을 물들였다.

귀여워.

아까 친오빠를 말로 괴롭혀서 반죽음으로 만들었다고는 여길 수 없을 만한 귀여움이다.

"그러면 선배, 머리를 내미세요."

"네, 기꺼이."

나는 그렇게 대답하고서 순순히 스즈네에게 머리의 가마를 보였다.

마침내 때가 왔다.

나는 이걸 위해서 여태까지 노력했다. 그리고 그 노력은 바로 지금 보답받는다.

하지만 그런 내가 느낀 것은 스즈네의 손에서 전해지는 감촉……이 아니었다.

"으응……."

갑자기 시야 한가득 스즈네의 얼굴이 나타났다. 이렇게나 가까이에서 바라봐도 변함없이 완벽한 그녀의 귀여움에 놀란 나였지만, 그 이상으로 놀란 것은 입술에 닿은 부드러운 감촉.

스즈네는 눈을 감은 채, 자기 입술을 내 입술에 대고 있었다. 나는 그 갑작스럽게 생긴 일에 반사적으로 몸을 뒤로 물릴 뻔했다.

하지만 어느샌가 내 목에 팔을 둘렀던 스즈네는 날 놓아주지 않았다. 그녀는 팔에 꼭 힘을 넣더니 한순간 떨어질 뻔했던 입술을 다시 밀어붙였다.

참으로 행복한 감촉.

나는 언제까지고 이 감촉을 맛보고 싶었다. 하지만 스즈네는 천천히 입술을 내게서 떼더니, 부끄러워졌는지 뺨을 붉은색으로 물들인 채 나에게서 고개를 돌렸다.

"가, 가끔은 이런 상은 어떤가요?"

그렇게 물었다.

그 말을 듣자, 나도 부끄러워져서 고개를 돌렸다.

어째서일까? 나와 스즈네는 여태까지 몇 번이고 다른 사람에게는 말할 수 없을 만큼 부끄러운 짓을 해왔다.

그런데…… 그런데 지극히 평범한 커플이 나누는 당연한 행위에, 여태까지 느껴본 적 없을 만큼 가슴이 술렁였다.

그런 신기한 마음이 들면서 나는 작게 중얼거렸다.

"무척 좋았습니다……."

"아, 앞으로도 선배의 소설에 도움이 될 수 있게끔…… 노력할게요……."

그녀는 그렇게 말하며 다정하게 미소 지었다.

그날 밤. 내가 쓴 소설『친구의 여동생을 NTR』에 또 하나의 감상이 올라왔다. 적은 사람은 내 작품에 곧잘 감상을 써주는 『sho_littlesister_moe』님이었다.

최신화의 감상란에『좀 더…… 좀 더 격렬하게 오빠를 괴롭히는 장면을 읽고 싶어요』라고 한마디 적혀 있었다.

나는 그 감상을 잠시 바라보고서…… 노트북을 쓱 닫았다.

나와 스즈네를 둘러싼 거대한 폭풍은 마침내 떠나갔다.

내가 쓴 관능 소설 때문에 대폭으로 성벽이 일그러지게 된 쇼타였지만, 내 전편을 고쳐 쓴 신생『친구의 여동생을 NTR』과 스즈네의 발 꾹꾹이 플레이 덕분에 쇼타의 성벽은 무해해졌다.

이로써 전부 해결!!

이제 스즈네는 쇼타에게서 구속받을 염려도 없다.

그렇게 생각했다.

적어도 월요일 아침을 맞이할 때까지는.

새롭게 태어난 쇼타는 스즈네를 구속하지 않았다. 하지만 급격한 성벽의 개조가 쇼타의 몸에 생각지 않은 부작용을 일으키고 말았다.

월요일 아침. 오늘부터 시작될 일주일을 우울해하면서 집을 나선 나는 늘 만나는 장소에서 쇼타의 모습을 발견한 순간 눈을 의심했다.

거기에 서 있었던 것은 분명 내 친구 미나즈키 쇼타였다.

하지만 뭔가 다르다. 얼핏 보기에 평소와 같은 쇼타이지만 무언가가 다르다.

우선 그 기분 나쁠 정도로 상쾌한 미소와 하얀 이. 그리고 등을 쭉 펴고서 씩씩하게 나한테 손을 흔드는 몸짓. 하지만 가장 큰 차이는 그 머리 모양이었다.

쇼타가 까까머리가 되어 있었다.

그는 하얀 이를 나에게 보인 채 이쪽으로 걸어왔다.

어쩐지 무서운데…….

쇼타는 내 앞까지 다가오더니 "여어, 류타로, 안녕!!"이라고, 이 또한 기분 나쁠 만큼 상쾌하게 웃는 얼굴로 나한테 인사했다.

"어, 그래…… 안녕……."

"오늘은 화창한 날씨네. 하지만 저녁에는 소나기가 온다고 하니까, 접이식 우산을 챙기는 편이 좋대!!"

그런 친구의 모습을 보고 나는 안절부절못하게 됐다.

초조한 나머지 쇼타의 어깨를 붙잡고서 그의 몸을 격렬하게 흔들었다.

"야, 쇼타, 어떻게 된 거야?! 뭔가 고민이라도 있어? 있거든 나라도 좋다면 뭐든지 얘기해줘."

아니, 어렴풋이 나 때문인 것 같은 기분은 들어.

하지만 적어도 내 관능 소설은 쇼타를 이렇게나 상쾌한 소년으로 만들만한 내용이 아니었을 텐데.

오히려 반대잖아.

걱정하는 나에게 쇼타는 여전히 웃는 얼굴로 입을 열었다.

"고민이 있느냐고? 오히려 그 반대야. 지금 내 마음은 화창해. 게다가 내 마음을 화창하게 만들어 준 건 스즈네와 류타로잖아!! 그땐 무척 고마웠어."

그렇게 말하며 깊숙이 고개를 숙이는 쇼타를 보고서 나는 확신했다.

아, 곤란해⋯⋯. 이 녀석 깨달음을 얻고 있어⋯⋯.

쇼타는 어제 자신의 성벽을 폭로당한 데다, 내 앞에서 친여동생에게 밝힌다는 추태를 드러냈다.

아마도 그 결과, 쇼타의 마음속에 맺혔던 감정은 전부 해방되었을 것이다. 그리고 이러쿵저러쿵해서 이렇게 되었나 보다⋯⋯.

"쇼타⋯⋯ 어쩐지 미안⋯⋯."

상쾌한 쇼타와는 정반대로, 소중한 친구의 인격을 바꾸어 버린 것에 대한 미안함이 엄청나다. 하지만 그런 내 후회와는 정반대로 쇼타의 웃는 얼굴은 화창한 상태다.

"선배⋯⋯. 그리고 오빠도⋯⋯."

등 뒤에서 목소리가 들리길래 나는 뒤를 돌아보았다. 거기에는 이쪽을 향해서 손을 흔들면서 달려오는 미소녀의 모습.

스즈네다.

학교의 아이돌이자 학원 제일의 숙녀이기도 한 그녀는 오늘도 이 쾌청한 하늘보다도 상쾌한 웃음을 띠고 있었다.

우리 곁으로 다가온 그녀는 나를 보더니 "선배, 안녕하세요"라고 말하며 내게 고개를 숙였다.

나는 그녀가 고개를 들었을 때 그녀의 팔을 잡고는 그녀를 잡아끌어 쇼타에게서 거리를 두듯이 근처 벚나무 그늘로 향했다. 그녀는 내게 끌려가면서 "선배⋯⋯. 오늘은 어쩐지 강경하네요⋯⋯"라며 뺨을 붉혔다.

"스즈네…… 저 녀석 누구야? 난 저런 남자를 모르는데…….”

확실히 쇼타의 마음이 바뀌었기를 기대하고 오늘 여기에 찾아 왔다.

하지만 내가 바라던 것은 스즈네를 구속하게 되기 전의 쇼타이 다. 내 어떤 기억 속에도 저런 부처 같은 쇼타는 없다.

울상을 지으면서 쇼타를 손가락으로 가리키자, 스즈네는 고개 를 갸웃했다.

"누구냐니…… 오빠인데요……?”

"그래 얼굴은 개랑 닮았더라. 하지만 아니야. 뭔가 세상에서 가 장 고상한 스님 같아졌다고…….”

"아…… 실은 어제부터 계속 저래요. 어젯밤은 늦게까지 경문 을 베꼈어요…….”

OH…… NO…….

"정말로 괜찮은 거야?”

"저도 몰라요……. 하지만 엄마 말로는, 오빠는 어른의 계단을 오르는 도중이래요. 따스하게 지켜봐 줬으면 하나 봐요.”

어른의 계단이 아니라 깨달음의 계단을 올라 버렸는데…….

여전히 낙관적인 어머니로군.

그런 생각을 하고 있노라니, 멀리서 쇼타가 손을 흔들었다.

"너희들, 그런 데서 멍하니 있으면 지각한다.”

"어, 그래, 바로 갈게…….”

안 되겠어. 역시 중증이야…….

나와 스즈네는 쇼타 곁으로 돌아가려고 했다.

어쨌거나 따스한 눈으로 지켜보는 것 말고 우리가 할 수 있는 일은 없는 모양이다.

그렇게 해서 우리 세 사람은 학교로 걸어갔다.

하지만 한동안 걸어가던 참에 스즈네가 갑자기 "아, 그렇지, 선배……"라며 발걸음을 멈추더니 가방 속을 뒤지고서 무언가를 꺼냈다.

그녀는 살짝 뺨을 붉히더니 나에게 그것을 내밀었다.

"선배 몫이에요. 괜찮다면 드세요……."

"이건……!"

그녀가 내민 것은 도시락이었다.

"그게…… 폐가 되었을까요……?"

"그럴 리 없잖아. 기뻐. 언제나 쇼타에게 건네주는 걸 보면서 부럽다고 생각할 정도였으니."

싫을 리가 있나. 뭣하면 제시하는 가격에 사고 싶다.

불안스럽게 나를 바라보는 스즈네를 향해 황급히 고개를 가로로 내저었다.

스즈네는 그런 내 말을 듣고 살짝 부끄럽게 뺨을 붉히더니 "그, 그랬나요?"라고 작게 중얼거렸다.

나, 지금 굉장히 행복합니다…….

하지만 나는 행복을 느낌과 동시에 그런 우리의 모습을 바라보는 쇼타가 마음에 걸렸다.

아마도 쇼타는 개심했다. 하지만 역시나 쇼타의 눈앞에서 스즈네의 도시락을 받는 건 너무 자극하는 거 아닌가?

쇼타 쪽으로 힐끔 시선을 보냈다. 그러자 거기에는 여전히 새하얀 이를 보이며 반짝반짝한 눈동자로 나를 바라보는 징그러운 쇼타가 있었다.

"류타로. 이건 류타로의 영양 균형을 신경 쓴 스즈네의 배려야. 나도 부탁할게. 스즈네의 도시락을 받아줘!!"

깊숙이 고개를 숙였다.

아 정말 왜이러는 거야……! 이 변태 달관자는 어디서 온 건데!

이 녀석, 그때 진짜로 한 번 죽고 나서 환생했나?

깜짝 놀라는 나에게 스즈네가 쓴웃음을 띠었다.

"선배, 한동안 참으세요. 둘이 어떻게든 버텨요……."

참는다고 정말 원래대로 돌아올까……?

스즈네의 그런 말에는 몹시 의문이 남지만 믿을 수밖에 없는 모양이다.

나와 스즈네 둘이 쓴웃음을 띠고 있노라니, 쇼타는 무언가 화들짝 놀란 듯이 눈을 크게 떴다.

"왜 그래?"

"나도 참…… 나도 참……."

"뭔데 그래?"

발작인가? 무언가 발작인가?

갑자기 그런 말을 꺼내며 머리를 감싸 쥐는 쇼타를 경계했다.

그러자 쇼타는 내 곁으로 다가오더니 내 양손을 감싸듯이 잡았다.

"내가 함께 등교해서야 두 사람을 방해하게 되어 버리잖아!!"

"아니, 딱히 방해되는 건 아닌데……."

평범하게만 있으면.

하지만 쇼타는 고개를 붕붕 옆으로 내저었다.

"아니, 내가 두 사람을 방해해서는 안 돼. 그럼 난 이만 실례하겠어!!"

쇼타는 그렇게 말하며 나에게서 손을 떼더니 맹렬한 속도로 학교 방향으로 달려갔다.

정말로 뭐냐고…….

그렇게 해서 나와 스즈네는 쇼타의 배려로 단둘이 되었다.

"가버렸네요……."

"그러게."

남겨진 우리는 멀어져가는 쇼타의 뒷모습을 바라보면서 멍하게 우두커니 서 있었다.

하지만 잠시 시간이 지난 참에 스즈네가 "우리도 갈까요"라고 말하길래, 우리는 천천히 학교로 걷기 시작했다.

내 옆을 살짝 수줍은 듯이 걷는 스즈네.

귀여워.

"아, 그리고 보니 아직 최신화 감상을 쓰지 않았네요."

잠시 걸은 참에 스즈네는 그렇게 말하며 주머니에서 스마트폰을 꺼냈다. 그리고 보니 최신화에 대한 스즈네의 감상을 아직 받지 않았다. 아무래도 그녀는 눈앞에서 내 소설의 감상을 적어줄 모양이다.

"잠시만요" 하고 스마트폰을 만지는 스즈네를 곁눈질하며 걸었다.

그리고 잠시 지났을 때 내 스마트폰에서 띠리링리링♪ 소리가 울렸다.

아무래도 스즈네가 감상을 다 쓴 모양이다.

스마트폰을 주머니에서 꺼내 들자, 거기에는 『당신에게 메시지가 도착했습니다』라 적힌 알림.

응? 메시지?

감상란이 아니라 DM으로 감상을 보내온 건가?

그런 생각을 하면서 소설 사이트를 열었다.

거기에 표시된 내용은 스즈네의 감상……이 아니었다.

『비너스 문고에서 코노논 님께 서적화 타진 알림.』

소설 사이트에는 확실히 그렇게 적혀 있었다.

어느 초여름날 밤.

긴소매를 입기에는 살짝 덥지만 반소매를 입기에는 살짝 쌀쌀한, 컨디션 관리가 어려운 날이 이어지는 와중. 나 카나에 류타로는 오늘도 관능 소설을 집필한다.

요즈음 소설의 평가가 대단히 좋다. 아마도 랭킹 1위를 차지한 게 되어 내 작품이 사이트의 눈에 띄는 위치에 표시될 때가 많아진 덕분이겠지만, 기쁘다고 생각하는 반면 갱신을 해야만 한다는 강박 관념도 엄청나다.

어째서인지 관능 소설 사이트에 바싹한 스즈네 어머니가 말했던 것처럼, 모처럼 랭킹 1위를 차지해도 갱신하지 않으면 랭킹은 금세 떨어지고 마는 것이다.

그래서 단 하루도 나에게 휴재는 허락되지 않는다. 쓰고, 쓰고 또 써댈 수밖에 없는 것이다.

그렇게 해서 나는 오늘도 밤늦게까지 내 방에서 집필 활동에 힘쓰고 있었는데, 문득 누군가 똑똑 문을 두드리길래 황급히 노트북을 닫고서 문으로 시선을 향했다.

"오빠…… 깨어 있어?"

그런 목소리와 함께 미유키가 방에 들어왔다.

작은 토끼 일러스트가 무수히 그려진 파자마를 몸에 걸쳤는데 머리에는 산타클로스 같은 수면 모자를 쓰고 있다.

그보다, 수면 모자를 쓰고 자는 녀석은 너 빼고는 만화에서밖에 본 적 없다고…….

"무슨 일 있어? 이렇게 밤늦게?"

"아까 귀신 영화를 봤으니까, 오늘 오빠 방에서 잘래……."

미유키는 그렇게 말하더니 졸리는지 눈꺼풀을 손으로 비볐다.

미유키는 예전부터 호러가 무척 쥐약이다. 그런 주제에 빈번히 그런 방송이나 영화를 보고는 결국 무서워져서 내 방으로 자러 온다.

하지만 내 대답은 정해져 있다.

"그러게 왜 그런 걸 봐서는. 이제 고등학생이니까 혼자서 자."

뭐랄까 여기에서 미유키가 방에 들어앉으면 성가시다. 어쨌거나 나는 아직 오늘 갱신을 끝마치지 않은 상태이다. 2위 작품이 바짝 추격해 오는 와중에 농땡이를 치면 단숨에 추월당할 거다.

하지만 미유키는 "있잖아, 부탁해……. 괜찮지? 이렇게 귀여운 여동생이 공짜로 같이 자주는데?"라고 말하며 물러서지 않았다.

흥, 그런 달콤한 말로 친오빠가 현혹되리라고 생각하는 거냐? 이 바보 같은 여동생은.

유감이구나, 미유키. 여동생 속성이 통하는 건 창작의 세계뿐이야.

당연하지만 현실 여동생은 연애 대상 따위가 될 수 없고, 오빠라는 존재는 여동생을 그런 눈으로 보는 일은 절대로 없어!!

어, 어라? 어쩐지 가까이에 그런 오빠가 있었던 것 같은 기분도 들기는 하는데…… 기, 기분 탓이다.

어쨌거나 그런 유혹에 넘어갈 생각은 없다.

"안 돼. 오빠는 이제부터 숙제를 마쳐야만 한다고. 정신이 흐트러져."

"어? 숙제쯤은 내가 해줄게. 어떤 과목이야?"

미유키가 말하자 나는 떠올렸다.

그, 그랬지…… 이 애는 무지막지 공부를 잘했어…….

미유키는 카나에가를 빛낼 희망의 별이었다는 사실을 떠올렸다.

미유키는 초등학생 때부터 어쨌거나 학교 성적이 천재적으로 뛰어나서, 지난번 모의시험에서도 전국 톱 수준의 성적을 거둬서 가족 파티를 열었었지…….

미유키에게는 한 학년 위의 수업 내용 따위는 식은 죽 먹기이다.

"그, 그 왜, 숙제란 건 스스로 해야 몸에 익잖아? 그러니 나는 내 힘으로 노력하고 싶어."

"지난주에 1,000엔을 주고 나한테 숙제를 시킨 오빠가 그런 말을 해도 설득력이 없는데?"

"그, 그건…….'"

어, 안 되겠어. 완전히 논파 당했어…….

"오빠, 오늘만이니까 부탁해. 게다가 타 군도 오빠랑 자고 싶다고 하는데?"

그렇게 말하더니 가슴에 안은 베개 대용 토끼 인형의 손을 잡더니 "타 군도 류타로 형이랑 같이 자고 싶어!!" 타 군(CV 카나에 미유키)가 나한테 졸라댄다.

"그런 어린애 속임수로 나를 속일 수 있으리라 생각한 거야?"

"응, 부탁해."

"안 되겠네. 그렇게 무서우면 아버지와 어머니랑 같이 자."

내가 그렇게 말하고서 일부러 그러는 양 스마트폰을 조작하면서 상대하지 않겠다는 느낌을 풍기고 있노라니, 미유키가 타 군을 끌어안은 채 내 곁으로 걸어왔다.

"같이 자라는 말이 안 들리냐? 죽는다."

"⋯⋯⋯⋯네, ⋯⋯자겠습니다."

무서워⋯⋯.

그렇게 해서 무시무시한 미유키의 목소리로 인해, 오늘 밤 내 방에서 미유키 양이 주무시기로 결정되었다.

내 흔쾌한 승낙에 미유키는 만족한 모양이라서 "와아~, 타 군. 잘됐다. 오늘은 오랜만에 류타로 형이랑 같이 잘 수 있겠네"라며 타 군과 함께 서로 기뻐했다.

"⋯⋯⋯⋯."

일이 성가셔졌다⋯⋯. 무척이나 일이 성가셔졌다⋯⋯.

시치미 떼는 얼굴로 타 군과 내 이불 속으로 들어가는 미유키를 바라보면서 머리를 감싸 쥐었다.

역시나 여기에서 노트북을 열고서 관능 소설을 집필할 용기는 없고, 그렇다고 해서 이 중요한 시기에 연재를 쉬기도 무섭다.

어쩔 수 없지⋯⋯. 스마트폰으로 집필할까⋯⋯.

그렇게 해서 조금 쓰기 힘들기는 하지만 스마트폰 메모장 앱을 열고는 마지못해 소설을 집필했다.

그러나 그것도 잠시.

"오빠도 이불에 들어와."

미유키는 이불을 훌렁 걷어 올리고는 매트리스를 툭툭 두드렸다.

"아니, 난 아직 안 잘 거야. 할 일이 있으니까."

"오빠도 곁에서 자."

"왜 너랑 같이 자야 하는데. 나는 바닥에서 잘 거야."

"그, 그러면 밤중에 귀신이 발을 잡아당길 때 오빠를 끌어들일 수 없잖아……."

"나를 끌어들이지 마. 귀신의 세계엔 혼자서 가."

"오빠, 빨리 오라니까."

그렇게 떼를 쓰듯이 몇 번이나 툭툭 매트리스를 두드렸다.

아무래도 곁에서 자는 것 말고는 선택지가 없나 보다.

성가셔…….

하지만 여기에서 또 거절하면 무시무시한 목소리로 협박할 것은 눈에 선하니 곁에서 잘 수밖에 없다.

나는 "하아……"하고 한숨을 한 번 쉬고서 침대로 들어갔다.

뭐 이 녀석에게 등을 보이면서 몰래 집필할 수밖에 없나…….

다행히 도서실에서 집필하게 되고 나서, 스마트폰에는 엿보기 방지 필터도 붙었다. 이 녀석이 엿본다면 소리로 알 테고, 누워서 쓸 수밖에 없나…….

그렇게 해서 미유키에게 등을 돌린 다음 다시 메모장을 열고서 집필하기 시작했다.

다행히 미유키도 곁에서 누워있기만 하면 불만은 없는 모양인지 아무 말도 하지 않았다.

그렇게 해서 등 뒤에서의 시선을 느끼면서도 글자를 꾹꾹 입력하고 있노라니, 미유키가 티셔츠 등 부분을 꽉 붙잡아왔다.

아무래도 진심으로 나를 귀신의 세계로 길동무 삼을 셈인 모양이다.

이러쿵저러쿵해도 귀여운 녀석이네…….

무의식중에도 미유키의 그런 행동에 훈훈해하고 있노라니, 문득 등 위에서 숨소리가 들려왔다.

"으응……."

어? 뭐지, 지금의 숨결…….

그 미유키답지 않은 색스러운 숨결에, 나도 모르게 집필하던 손이 멈췄다.

그리고 숨결과 동시에 내 티셔츠를 움켜쥔 손에 힘이 들어간 것 같은 기분이 드는데…….

"미유키?"

그녀에게 등을 보인 채로 말을 걸어보았다.

"으응……."

숨결로 대답했다.

"…………."

뭘까……. 굉장히 불길한 예감이 드는데…….

그 너무나도 평소와 상태가 다른 여동생의 모습에 동요하면서도, 일단 듣지 않았던 것으로 쳤다.

가슴의 술렁임을 억누르고 가까스로 평상심을 유지하면서 다시 스마트폰으로 꾹꾹 입력하던 나였지만…….

"하, 하루카, 그런 데 올라타다니…… 굉장해……."

OH…… NO…….

지금, 하루카라고 말했지……. 기우이긴 하지만, 내가 쓰는 관능 소설의 히로인 이름도 하루카라고 하지…….

나는 문득 스마트폰 카메라 앱을 켜 보았다. 그리고 오른쪽 위의 전환 버튼을 눌러서 전면 카메라로 바꾸자, 거기에는 음침 캐릭터 관능 소설가의 존안이 표시되었다.

으으…… 여전히 지독한 얼굴이로군…….

그렇게 몇 초 동안 자기혐오에 빠지면서 스마트폰을 천장으로 향해서 살짝 올려보았다. 그러자 화면에는 내 등을 꽉 움켜쥔 내 여동생의 모습이 비쳤다.

"…………."

내 여동생은 무엇인지 뺨을 새빨갛게 붉히면서 자신의 스마트폰을 바라보고 있었다. 그녀는 무언가 아랫입술을 검지로 쓰다듬으면서, 황홀한 눈으로 푹 빠져서 화면을 보고 있었다.

이 눈…… 완전히 관능 소설을 탐닉하는 인간의 눈이다…….

미유키, 그만둬……. 그런 어디 사는 변태 숙녀 여자애 같은 얼굴로 스마트폰을 보지 마.

너는 카나에가를 빛낼 희망의 별이라고.

하다못해 오빠 앞에서는 기특한 여고생으로 있어 줘…….

카메라 너머로 여동생의 딴판으로 변한 모습을 바라보면서 나는 확신했다.

미유키가 내 관능 소설을 읽고 있어……!

어? 지옥인가? 여기는 지옥인가요?

오빠 등에 매달리면서 관능 소설을 읽는 여동생과 여동생을 등에 매달고서 그 관능 소설의 최신화를 집필하는 오빠.

지옥도 아니냐고…….

물론 기특하고 귀여운 여동생을 관능 소설에 빠지게 만든 사람이 누구인지는 불을 보는 것보다도 뻔하다.

미나즈키 스즈네…….

그 변태녀 말고는 있을 수 없다.

그러고 보니 그 변태녀, 전에 언젠가는 미유키에게도 읽게 하고 싶다고 말했었지…….

아아…… 모든 것이 들어맞는다. 이것은 이제 그 변태녀의 소행이 틀림없다.

나는 메시지 앱을 열었다.

이럴 땐 선배로서 폭주하는 스즈네한테 따끔하게 주의를 줘야지…….

그렇게 해서 스즈네에게 전화 걸기 위해 침대에서 나가려고 했지만.

"오, 오빠, 어디 가?"

내 티셔츠를 움켜쥔 미유키가 스마트폰에서 고개를 들었다.

"잠시 전화 좀 하려고. 쇼타에게서 전화해달라는 메시지가 왔으니까."

일단 쇼타의 이름을 팔아서 방을 빠져나가려고 했지만, 미유키는 내 티셔츠에서 손을 놔주지 않았다.

"나, 난 귀신이 무서우니까 오빠 방에 왔는데, 그러면 의미가 없잖아……."

"5분이면 돌아올 테니까 걱정하지 마."

"아, 안 돼. 귀신은 혼자가 됐을 때 덮쳐온다고……."

"괜찮아. 그 왜, 게다가 타 군도 있잖아."

"어? 타 군은 그냥 인형인데."

네가 그렇게 대답하면 어떻게 하냐.

아까 타 군도 오빠랑 같이 자고 싶다는 소리를 한 주제에.

어쨌거나 미유키는 내 외출을 허가하지 않을 모양이라서, 일어서려고 했던 내 등을 억지로 잡아당겨서 침대로 되돌려놓았다.

"오빠…… 오빠도 이걸 읽어볼래?"

그리고 지옥의 막이 열렸다.

"이거야 원, 미유키 씨는 무슨 말씀을 하는 겁니까?"

"이거, 스즈네가 알려준 작품인데 굉장히 재미있어."

"그, 그렇구나……."

미안해. 나, 그 작품에 대해서 미유키보다도 잘 알아…….

왜냐하면 난 작가인걸.

"나도 하루카처럼 그런 식으로 멋지게 올라타 보고 싶다. 찰싹 찰싹 채찍으로 때리는 하루카는 멋지다고."

올라타서 채찍으로 때린다고?

……아아, 제52화 말인가……. 술에 취한 하루카가 여왕님 모드에 들어가서 료타로를 조련하는 이야기지, 아마.

그보다 미유키 녀석. 벌써 그런 최신화까지…….

"하루카의 조련 장면도 좋지."

눈을 반짝거리면서 나한테 작품의 재미를 전해오는 미유키.

아, 이건 스즈네가 나한테 작품 감상을 전해줄 때의 눈이다.

뭘까……. 내 작품에 푹 빠져주는 작가로서의 기쁨과 그것을 읽는 사람이 친여동생이라는 절망으로 감정이 이상해져 버릴 것 같아…….

"미, 미유키? 오빠는 그런 감상을 듣고 싶지 않아."

"어? 아, 미안해. 이제부터 읽을 건데 스포일러 하면 재미없겠지."

"아니, 그런 게 아니라……."

스포일러고 뭐고 쓰는 사람은 나니까…….

"그렇구나. 오빠는 그렇게 흥미가 있구나. 잠깐만 기다려. 그럼 1화부터 되돌릴 테니까 같이 읽자."

미유미는 그렇게 말하며 스마트폰을 눌러 무언가를 조작하더니, 무언가 내 쪽으로 몸을 붙여왔다.

어? 이 지옥은 뭔데……. 나, 이제부터 친여동생이랑 관능 소설을 읽는 거야?

나, 그런 짓을 하면 죄책감으로 죽어버릴 것 같은데?

여동생과 같이 관능 소설을 읽어서 변태 트로피 같은 게 나오는 날에는, 평생 미유키와 얼굴을 마주할 수 없는데?

"미, 미유키……. 오빠는 오늘은 졸리니까 슬슬 잘까……."

나는 미유키에게 등을 보이며 수면 자세에 들어갔다.

"오빠, 어쩐지 나를…… 피하는 거야?"

등 뒤에서 그런 쓸쓸한 미유키의 목소리가 들려왔다.

"아니, 딱히 그렇진 않습다……."

"오빠…… 난 오빠를 좋아해. 평소에는 부끄러워서 살짝 쌀쌀맞은 느낌으로 대하지만, 사실은 오빠랑 좀 더 친해지고 싶어. 오빠가 스즈네하고도 친해져서 기쁘고……."

그렇게 말하며 쓸쓸하게 내 등을 손가락으로 비벼온다.

"어릴 적엔 나랑 같이 놀아줬는데……."

"…………."

"나, 어릴 적처럼 오빠하고 좀 더 친하게 지내고 싶다……."

귀, 귀여워…….

맞아……. 어릴 적 미유키는 오빠 껌딱지였다. 장래엔 오빠의 신부가 되겠다고 말했을 정도로 나를 잘 따라줬잖아.

그러고 보니 최근엔 미유키를 전혀 상대하지 않았는걸. 미유키는 전혀 아무렇지 않은 표정이었지만, 사실은 조금 쓸쓸함을 느꼈겠지…….

그런 귀여운 여동생이 예전을 떠올리면서 같이 책을 읽자고 말해주는 것이다.

그런 여동생의 부탁을 거절할 이유는 없겠지?

"미, 미유키……."

나는 몸을 반대로 돌려서 바로 옆에 누운 여동생의 얼굴을 보았다.

"오빠…… 나랑 같이 책 읽자."

그 시절과 똑같이 반짝거리는 눈동자로 나한테 그렇게 조르는 미유키.

그런 반짝반짝한 눈동자를 바라보면서 나는 생각했다.

역시 무리야…….

아니, 한순간 귀여운 여동생을 위해서라면 같이 읽을 수도 있겠다 생각했어.

하지만 아무리 그래도 관능 소설은 아니잖아…….

더군다나 미유키는 모르겠지만, 그 하루카란 여자애는 네 절친한 친구가 모델이라고.

남매 둘이 친구 남매의 근친상간물 관능 소설을 읽는 건 역시 제정신으로 할 짓은 아니라니까.

"미안…… 역시 무리야."

나는 솔직하게 자신의 마음을 입에 담았다.

미유키는 그런 내 말에 살짝 쓸쓸하게 잠시 고개를 숙였다.

하지만 갑자기 고개를 들더니,

"같이 읽자는 말이 안 들렸냐? 바다 바닥에 처넣는다."

순진하게 웃는 얼굴로 내 멱살을 움켜쥐었다.

아, 그러고 보니 나는…… 언제부터 나한테 거부권이 있다고 착각했던 걸까?

"…………네."

그렇게 해서 거부권이 없었던 나는 미유키 님 곁에 엎드려 누워서 그녀가 든 스마트폰으로 시선을 향했다.

끝났어. 여동생이랑 같이 자기가 쓴 관능 소설을 읽다니 무슨 고문이냐고…….

하지만 그런 내 절망 따위는 꿈에도 모르고, 미유키는 여전히 웃는 얼굴로 "그러면 열게"라며 스마트폰을 터치했다.

그리고…….

눈에 들어온 건 내가 쓴 관능 소설이 아니었다.

"어?"

화면에는 나도 모르는, 말에 올라탄 낯선 미소녀의 일러스트가 있었다.

"이, 이게 뭐야……!"

"뭐냐니, 스즈네가 알려준 만화인데?"

"하루카라는 건?"

"이 애가 하루카야. 여자애 기수인데 귀엽고 멋져."

"그렇구나……."

아무래도 웹툰인 모양이었다. 말에 올라탄 기수 여자애의 일러스트와 그 위에 만화 제목이 적혀 있었다.

올라탄 하루카에 채찍을 찰싹찰싹 때리는 하루카…….

아~, 나도 참 스스로 생각했던 것보다도 심각한 변태였네…….

그런 일러스트를 바라보면서 내가 했던 생각.

스즈네 양, 착각해서 죄송합니다…….

그날 밤, 나와 미유키는 아침까지 하루카의 용맹한 모습에 계속 매료되었다.

후기

반갑습니다, 아키라 아카츠키라고 합니다.

이번에 『친구의 여동생이 관능 소설 모델이 되어주겠다고 한
다』를 봐주셔서 고맙습니다.

본작은 재미있게 보셨나요?

본작은 얼핏 보기에 청순가련한 친구 여동생이 뚜껑을 열어 보
니 터무니없는 변태라서, 주인공을 포함한 주위 캐릭터를 변태의
소용돌이로 말려들게 하는 작품입니다.

정서고 나발이고 없을 만한 작품이기는 합니다만, 변태와 웃음
의 폭력이라는 의미에서는 타의 추종을 불허하는 작품으로 만들
었다고 멋대로 자부하고 있습니다.

본작을 읽고서 조금이라도 웃어주시고 조금이라도 성벽이 삐
뚤어지셨다면, 작가로서 더할 나위 없이 기쁘겠습니다.

이거 참~, 설마 이 작품이 서적으로 나오게 될 줄은 생각도 못
했습니다(웃음).

정말로 자신의 취미와 성벽 MAX로 썼던 작품이었기 때문에,
서적화 타진을 받았을 때는 서점에 늘어놓아도 문제없는 수준으
로 스즈네의 변태성을 억누르게 될 줄 알았습니다.

하지만 뚜껑을 열어 보니 웹판보다도 압도적으로 에로 신을 강
화하게 되었습니다(거짓말이지……?).

제가 생각했던 것보다 라이트 노벨 업계는 훨씬 관대했나 봅니다…….

뭐가 어쨌거나 본작을 무사히 서적으로 발매할 수 있어서 감개무량합니다.

그나저나 오료 선생님의 일러스트는 멋지네요.

캐릭터 디자인을 처음 받았을 때는 스즈네를 비롯한 캐릭터의 귀여움에 간이 떨어졌습니다.

정말로 어느 캐릭터고, 전부 귀여워요. 야하고 귀여워요.

마지막으로 담당 편집자님, 편집부 여러분, 오료 선생님, 본작의 제작과 판매에 관여하신 분들, 본작을 선택해주신 독자분께 감사드립니다.

특히 웹 연재 때부터 읽어주셨던 독자분들에게서는 많은 기운을 얻었습니다. 정말로 고맙습니다.

그러면 앞으로 2권, 3권으로 시리즈가 이어져 또 여러분과 뵙게 되기를 기원하며 펜을 놓겠습니다.

SHINYU NO IMOTO GA KANNOSHOSETSU NO MODEL NI NATTE KURERURASHII Vol.1
©Akira Akatsuki, Oryo 2022
First published in Japan in 2022 by KADOKAWA CORPORATION, Tokyo.
Korean translation rights arranged with KADOKAWA CORPORATION, Tokyo.

친구의 여동생이 관능 소설의 모델이 되어주겠다고 한다 1

2024년 5월 15일 1판 1쇄 발행

저　　　자	아키라 아카츠키
일 러 스 트	오료
옮　긴　이	정우주
발　행　인	유재옥
이　　　사	조병권
출판본부장	박광운
편 집　1 팀	최서영
편 집　2 팀	정영길 박치우 정지원 조찬희
편 집　3 팀	오준영 권진영 이소의
디자인랩팀	김보라 박민솔
디지털사업팀	박상섭 김지연 윤희진
라이츠사업팀	김정미 맹미영 이윤서
영업마케팅팀	최원석 박수진 이다은
물　류　팀	허석용 백철기
경영지원팀	최정연
인쇄제작처	㈜코리아피엔피
발　행　처	㈜소미미디어
등　　　록	제2015-000008호
주　　　소	서울시 마포구 토정로222, 502호 (신수동, 한국출판콘텐츠센터)
판매 및 마케팅	(070) 8822-2301

ISBN 979-11-384-8311-7
ISBN 979-11-384-8310-0 (세트)